图书在版编目（CIP）数据

玩家请就位. 入局 / 时微月上著. -- 银川：阳光出版社，2025.4. -- ISBN 978-7-5525-7786-0

Ⅰ. I247.5

中国国家版本馆CIP数据核字第2025E0A957号

玩家请就位·入局

时微月上 著

责任编辑　李媛媛
封面设计　小　乔
责任印制　岳建宁

出版发行　阳光出版社
地　　址　宁夏银川市北京东路139号出版大厦（750001）
网　　址　http://ssp.yrpubm
网上书店　http://shop129132959.taobao.com
电子信箱　yangguangchubanshe@163.com
邮购电话　0951-5047283
经　　销　全国新华书店
印刷装订　杭州日报报业集团盛元印务有限公司
印刷委托书号　（宁）2500107

开　　本　880 mm×1230 mm　1/32
印　　张　10
字　　数　242千字
版　　次　2025年4月第1版
印　　次　2025年4月第1次印刷
书　　号　ISBN 978-7-5525-7786-0
定　　价　42.80元

版权所有　翻印必究

目录 CONTENTS

PART.01	惊魂七班	001
PART.03	灾难G市	232

004号 1

不过它也算错了,在那400多次循环里,她们在一起的概率,是百分之百。

——时os月上

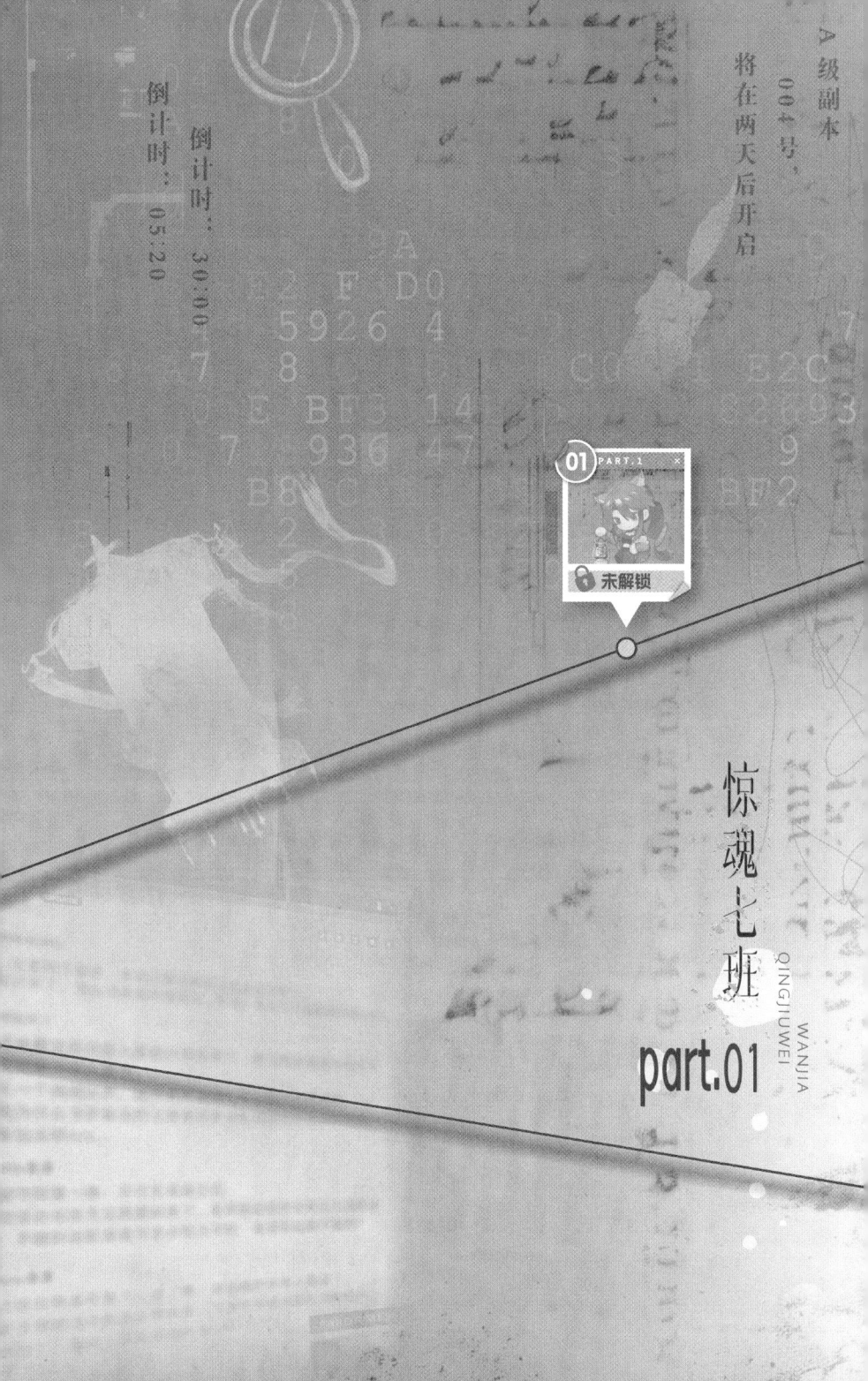

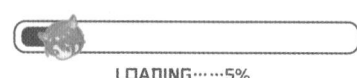
LOADING……5%

1.

在萧暮雨、沈清秋她们从上一个副本出来后的第二十三天，接到了系统的提示：

A 级副本 004 号，将在两天后开启。

因为这是大家第一次组队进入 A 级副本，具体是什么情况，副本难度有多大，是团队副本还是个人副本，他们都不知道。对陈楷杰、左甜甜他们来说，紧张是避免不了的，倒是萧暮雨和沈清秋表现得很淡然。

"以平常心对待，一切具体情况等进了副本才知道，不要这么早就给自己压力。"萧暮雨俨然就是小队的灵魂了。听了她的话，苏瑾三人乖乖地点着头。

转眼就到了副本开启的这天。

这些天，几个人都被萧暮雨安排出去做兼职挣钱了，根本没享清闲。现在马上要下副本了，萧暮雨决定带着几个人去吃顿好的。

这些日子，沈清秋和萧暮雨基本都在苏瑾他们那儿蹭饭。苏瑾和左甜甜两个女生做饭次数倒是少，基本都是陈楷杰这个已婚男士下厨。他手艺其实还不错，但是沈清秋嘴巴刁得很，吃了几天就觉得不怎么样了。沈清秋听萧暮雨说出去吃，当下很是哀怨地叹了口气："这段时间太委屈我了，都没好好吃东西，可算要出去吃了。既然出去吃，那就大方些吃点好的，行不行？"

萧暮雨正要关门，看着沈清秋这娇气的样子，不咸不淡地道："你这话要是让陈楷杰听到了，下次不得掀了你的碗？"

沈清秋弯唇一笑，撩了撩耳边的发丝："借他一百个胆子，他也不敢。"

萧暮雨静默无言：这女人真是无法无天，虽然他们五个人组了队，但是苏瑾他们怕她怕得跟鹌鹑一样，陈楷杰的确没这个胆子掀了她的碗。

最终五人依着沈清秋的意思去了海天大厦顶层一家火锅店吃火锅，味道的确很不错，价格也很"美丽"，花了六千一百金币。结账时萧暮雨瞥了沈清秋好几眼，看着对方那得逞的小表情，忍不住道："如果不是你挣了三千多金币，这顿饭你就只能吃火锅底料。"

沈清秋轻笑一声："我已经很克制了，没有可劲败家了。"

萧暮雨其实不是舍不得，毕竟这次花费的是金币，而不是积分，所以她很看得开，只是看不过沈清秋那嘚瑟的小模样。

不过，她又看了眼沈清秋——虽然初次见面时这女人很恶劣，后来的相处中她也总被这女人刺激，可是打内心深处讲，她讨厌不起来对方。没遇到她之前，沈清秋活得应该挺潇洒，也过得很精致，现在的确是很收敛了。等出了副本她们还得想办法多挣点钱。

一行人吃完火锅乘电梯下楼，刚出电梯门就碰到了一群人。

为首的男人穿着黑色的燕尾服，再加上俊朗的五官，站在人群中脱颖而出，瞬间就能吸引路人的眼光，这被吸引的也包括萧暮雨他们。

萧暮雨走路的步子顿时慢了下来。她看向男人时，对方恰好也把目光落在了她身上，双方对视上了。

除了步子慢了，萧暮雨并没有其他变化，甚至看过去后便准备自然地挪开眼神。

但是男人开口了："好巧，我们又见面了。"

萧暮雨和他仅有一面之缘，但对他印象十分深刻——沈十一，和沈清秋一个姓，看起来不像个玩家，倒像是天网世界里身份尊贵的人。

"不巧，天网不大，人来人往总能遇到的。"萧暮雨并不吃对方搭讪的这套。

沈十一温润一笑："你这'不巧'一说，我以为是我冒昧了呢。不知道小姐记不记得，第一次见面时沈某问你的名字，你说如果能再见面，就告诉我。现在还算数吗？"

沈清秋在一边冷眼看着萧暮雨和沈十一说话，丝毫没有之前吃完饭后的餍足神色了。

萧暮雨历来观察细致，沈清秋的变化她尽收眼底，于是淡淡地道："我记得我说的是，如果能再见面，我们再说不迟，并没有做出肯定回复。"

萧暮雨这话一出，沈十一身边的人已经憋不住了："十一爷想问你的名字是你运气好，你还不愿意，真是——"

沈十一抬了抬手，往后瞥了眼出声的人，人群中顿时鸦雀无声。他点了点头："小姐好记性，的确是，那我是又被拒绝了吗？"

"不用加疑问词，我相信她已经说得很清楚了。我们很忙，这位穿得风度翩翩的先生，麻烦让一让。"沈清秋接过话，站到萧暮雨身边，眼色暗沉，透着一丝嘲讽。

沈十一目光落在她身上时，眼里那种极具绅士风度的儒雅温润瞬间淡了许多。

他盯着沈清秋看了几秒,示意身边的人让开,随后又冲萧暮雨点了点头:"是我失礼了,不过我们应该还会再见的,希望到时候我能有幸知道你的名字。还有,在天网,希望你一路顺风。"

萧暮雨颔了下首,便跟着沈清秋一路出了大厦。

苏瑾和左甜甜面面相觑,觉得气氛有些奇妙了。

"那个男人怎么会认识你?"沈清秋还是没忍住,问了出来。

萧暮雨盯着她的神色,半晌才开口道:"从第一个副本出来,在魍魉街他帮我挑了张符,就是把你从幻境里拉出来的那张符。"

沈清秋表情有点难看,她也知道自己反应过了,但还是忍不住道:"在这里,大多数人都是披了层外衣的。那个男人穿得那么招摇,搭讪方式还那么老套!都什么年代了,还搞霸道总裁那一套,我感觉他不是什么好人,你别和他走得太近了。"

萧暮雨瞥了她一眼,点了下头,最后才迤迤然道:"那你呢?"

沈清秋一愣,后知后觉萧暮雨说的是"披了层外衣"那句话,认真地道:"我都和你绑定了,同进同出,不一样。"

身后三个人无语望天,这个团队人数是五个,不是两个啊。

萧暮雨沉默了一下,随后才道:"你还说别人招摇,分明自己也不遑多让。还有,他的搭讪方式是老套,那你呢?沈清秋,你的搭讪方式倒是新颖,令人耳目一新,印象深刻。"

萧暮雨说这话时表情不像之前那么冷淡,语气听着有点嘲讽,但是她自己不知道,她在说这些时,眼里带着一丝无奈的笑意,被沈清秋捕捉得一清二楚。

沈清秋笑了起来:"这么小心眼吗?到现在都记得我抢了你菜鸟护身符的事啊?"

萧暮雨斜视她一眼,不再说话。沈清秋追上去认真地道:"当时是我不厚道,我给你道歉。抢了你的菜鸟护身符我也没法赔给你了，那我就留在你身边给你当人形护身符，绝对比一次性的菜鸟护身符强。"

萧暮雨愣了下，扭头看着她，神情复杂。半晌，萧暮雨才轻声道："我不用你保护，保护好你自己就好。"

看着萧暮雨不再说话埋头往前走，沈清秋有些摸不着头脑了，她拍了下陈楷杰："我说错什么了吗？"

陈楷杰一愣："啊？"

沈清秋反应过来自己在做什么，嫌弃地看了眼陈楷杰，跟了过去，留下陈楷杰一脸无可奈何。

回到她们租的房子里，萧暮雨还是没有说话。沈清秋有些不解，认真地问道："你怎么了？"

萧暮雨摇了摇头："没什么，别胡思乱想了，要进副本了。"

"真没事？"

"真没事。"萧暮雨道。并不是什么大事，只是沈清秋说一直保护她时，她心里突然涌出一种很难受的情绪，下意识就说出了那句话。

保护她……沈清秋一直在保护她。沈清秋说得多，做得更多，但是萧暮雨不愿意。就像那次沈清秋推开她，自个儿却差点被人一刀入心，那种感觉对她来说太糟糕了。

萧暮雨不想再提这个话题。她突然想到了什么，开口道："那房间里的女人出不了这座房子，那她能被带进副本吗？"

沈清秋蹙起了眉，拿出女人的卡片瞧了瞧："现在不是能不能带进去的问题了，她本身就像个Bug（漏洞），带进去恐怕会出纰漏。"

萧暮雨思考了会儿，还是决定暂且不冒这个险。她看了看这房子，这段时间她和沈清秋里里外外把这房子检查了很多遍，也没有发现端倪；但是她有种直觉，这房子有古怪。

"那就暂且把她留在这里，你记住了，不要用小二那张牌。"

沈清秋知道萧暮雨是担心自己，点了点头："放心吧，我有数。"

刚说完，她们同时听到了一声"嘀"，两人顿时看了眼彼此，下一刻她们就出现在了副本中转的那间小屋里。不仅仅是她们两个，苏瑾、陈楷杰、左甜甜也都在。

"欢迎玩家萧暮雨、沈清秋、陈楷杰、苏瑾、左甜甜开启A级的004号副本，我是本次裁判员004号。"久违的开场白，却又是不一样的人。004号看起来二十多岁，比之前003号年长，看来这裁判员年纪也是越来越大的。

"因为是第四次副本，其他规则我不再赘述。根据系统反馈，本次五位玩家是组团参与游戏，是否确认？"004号表情严肃，丝毫没有年轻人的朝气。

"确认。"萧暮雨开口道。

"副本开启，祝你们好运。"这原本挺好的祝福语，硬是被004号说得像诅咒一样，陈楷杰听得打了个寒战。

叮！"文件加载,加载成功！解压缩，载入场景，载入完毕！"

黑暗中萧暮雨又听到了这千篇一律的程序加载声，这种提示音和电脑游戏打开的提示音别无二致。这系统是真的不介意别人知道它的秘密，还是说这只是它的障眼法呢？

当萧暮雨再次睁开眼时，身边已经没了其他人。她只觉得身边冷风呼啸，一头长发被吹得四处飞舞。

她撩了下发丝，抬头发现自己居然站在天台上。而在她面前，还有一个人正坐在天台栏杆上，双手虚虚地握着杆子。

萧暮雨心猛然一提，下意识就要走过去，那人却表情狰狞地嘶吼道:"你别过来!"

萧暮雨赶紧止住脚步,她眼前的人看起来就十六七岁,穿着蓝白相间的校服,是个男生。

他脸色青白,眼神也泛着浑浊之意,精神状态很糟糕。因为萧暮雨刚刚的举动,他此刻就像竖起刺的刺猬,焦躁不安。

萧暮雨还没弄清楚状况,但是她知道这个男生有了极端且危险的念头!

"你别激动,这里风大,你下来,有什么事我们下来说。"她声音刻意放柔,就怕刺激了他。

"风大啊,那天风比这还大还冷呢。不,不是冷,是烫啊,哈哈。"他神情恍惚地说了这么一句话,然后看着萧暮雨,扯着嘴角笑了起来。他这笑带着怨毒,五官扭曲,看起来分外瘆人。

"你想救他?做梦,哈哈。"说完他非常干脆地往后一仰。

萧暮雨心口一紧,迅速扑了过去,却连他的衣服都没碰到一下。

砰的一声闷响,并不清晰,却仿佛砸在了萧暮雨心里。五层楼的高度足以让这个少年当场死亡。萧暮雨面色凝重地从天台边缘往下看,看到了摔在地上身体扭曲的男生。

突然,萧暮雨觉得身体一空,一股危机感陡然而起。她立刻往后稳住身体,而原本被她虚靠着的栏杆,在她视野中径直断裂,掉了下去,又是一声沉闷的响声。

萧暮雨立刻远离天台,随即一阵寒意袭来——这地方不能久待。而此刻她也发现,她自己穿着的衣服和跳下去的男生身上的一模一样,是校服,她似乎成了学生。

萧暮雨打开天台的门,迅速往下走,到了四楼就看到学生都在惊慌失措地往下跑,还有的围在走廊边往下看,乱七八糟地喊着:"有人坠楼了!"

"啊,是谁啊?怎么会这样?"萧暮雨跟着人流一起往下走,在她身边的两个女生正在讨论这件事。

"不知道,不会……不会又是高三七班的吧?"短头发的女生满脸惊恐,小声道。

萧暮雨敏锐捕捉到了她们的对话——高三七班?又是?

正在她兀自思索时,一个女生拍了拍她的肩膀,语气焦灼:"暮雨,你去哪儿了?"

萧暮雨看着她,没有说话。很显然,这次副本里她的身份是一个学生。可是她根本什么记忆都没有,更不知道自己认识谁,所以不能贸然回答。

女生看起来是很着急,也没等她回答,又连珠炮似的道:"刚刚有人坠楼了,我又发现你和骆子豪不见了,急得要命。"

萧暮雨顿时脸色发白,一副被吓坏了的样子,只是摇头没有回答。很快她们就随大部队到了楼下,学校的保安和老师都已经闻讯赶到了,现场拉起了警戒线,不许学生靠近。

于是那一块区域被里三层外三层围了起来,萧暮雨透过人群的缝隙看到了那个坠楼的学生。

他坠下时是头朝下的,所以现场不堪入目。看清这一幕的学生脸色惨白,有的受不了在一边吐了出来,还有不少女生惊声尖叫,一片混乱。

"这是高三七班的骆子豪吗?"

"好像是啊,又是七班啊,怎么回事啊?"

骆子豪?萧暮雨心中一动。刚刚那个女生说她和骆子豪不见了,也就是说,副本设定中是"她"和骆子豪一起上了天台,然后骆子豪跳了楼。

才一进来就看到一个年轻生命的陨落,即使知道是副本设定,萧暮雨也觉得有点不舒服。思忖间，她蓦然觉得有一道冰冷的视线落在了自己身上，它无比准确地穿过熙熙攘攘的人群捕获到自己。

被这种视线盯着，后背都开始发冷，萧暮雨四处环视，最终皱眉抬起了头。

五层楼高的天台，距地面十六七米，这种垂直距离使得视野并不是那么清晰，但是萧暮雨一抬头就看到一个红色身影飘浮在天台边缘，正在看着自己。

那个身影红得如火一样。红影笑了——萧暮雨明明看不清红影的脸，却莫名其妙地这么觉得。而这一个笑，让萧暮雨鸡皮疙瘩都起来了，她再想仔细看，那红影就消失不见了。

萧暮雨找了一圈，最后才面色沉沉地盯着地上的尸体。这个男生莫名其妙地坠楼，自己又是目击者，这意味着什么？那个红衣服的女人又是什么身份？

沈清秋他们……刚想到沈清秋，她蓦然发现有一道视线从人群中穿了过来，她连忙抬头，恰好和一个披着校服，头发垂到肩膀的女生对视。

萧暮雨看着对方，愣了好几秒。在这种环境下原本不应该笑，可是萧暮雨实在没忍住，抿嘴笑了一下，随后又快速恢复严肃的表情。

沈清秋看见她时何尝不是愣住了？那张清秀漂亮的脸蛋分明就是萧暮雨的，可是女生扎着马尾辫，头发都被梳上去，露出白净光洁的额头，眉眼间带着十五六岁少女青涩的气息。

刚刚萧暮雨抿唇一笑，让不属于她这个年纪的老成褪去，显得明媚清纯，可爱又动人。

这是十六岁的萧暮雨。这个认知让沈清秋把因自己这打扮、这模样而生出的别扭感都抛诸脑后，只是盯着萧暮雨看。

萧暮雨笑是因为沈清秋现在的打扮，她校服不好好穿，头发也不扎起来，戴着耳骨钉，整个一校园大姐大。如果是之前的沈清秋，这装扮肯定是又媚又酷，只是现在的沈清秋才十七岁，这副打扮看起来故作老成、不伦不类，让她像一个中二少女。

沈清秋自然捕捉到了那丝笑容，当下抬脚走了过来。身边的人都满脸惊恐地避开，看都不敢看她。萧暮雨本来觉得奇怪，但是看到她的腿，脸色也变了。

刚刚沈清秋站在人群中，下半身被挡住了，等到她出来，萧暮雨才看到她校服裤子上都是血迹，甚至还有些白点。

难怪周围人看到她就满脸惊恐，这分明是这跳楼的男生摔下时，血液之类的溅在了她身上。

萧暮雨也赶紧走了过去，她身边那个女生伸手想阻止她却没拉住。

"你怎么样？有没有事？"萧暮雨盯着沈清秋上下打量。

沈清秋没有立刻回她，只是看着她，随后摇了摇头，垂眸笑了一下。沈清秋喜欢萧暮雨这种不自觉的着急和关心。

"我没事，只是刚刚他摔下来时落在了我身边。"沈清秋凑到她耳边，然后抬眸看了眼周围，低声说了一句，"你这样很好看，还可爱。"

萧暮雨："……"

本以为她会趁机说点什么重要的事，结果就耳语了这么一句，萧暮雨差点要翻白眼。

"所有学生都赶紧回教室，不要围观，不要慌乱！班主任迅速下来把自己的学生带回去！"学校广播里，教导主任一遍遍在广播，学生骚动着离开。

这时，那个陪萧暮雨一起下来的女生开始叫萧暮雨。

萧暮雨没有回应她，一个看起来四十多岁的男人走了过来，大声道:"暮雨,赶紧回教室,不要在这里逗留。还有你沈清秋,这种热闹就不要凑了,赶紧回去。"

他满脸焦灼,脸色苍白,就像是长久没有休息好,很憔悴。

男人说着伸手拉了萧暮雨一下,仿佛看不惯她和沈清秋站在一起,然后又急急忙忙转身想要去处理这起事故。本班学生坠楼,这是件很严重的事情,足够让他焦头烂额。

"老师,她衣服脏了,需要去换一下。"萧暮雨虽然不认识对方,但是知道这应该是她们班的老师,于是提了一句,好让沈清秋能离开一下。

男人听了萧暮雨的话,目光才落在沈清秋的衣服上,顿时脸色一白:"你……你这是怎么回事?"

"我刚路过,他掉了下来。"

男人脸色变了又变,欲言又止,萧暮雨又丢了一个重磅消息:"骆子豪摔下来时,我就在天台上。"

这件事瞒不过去,她和骆子豪一起出现在天台肯定会被人查出来的,如果她不先开口,等到被别人发现,问题会更多。

但奇怪的是,听到萧暮雨的话后,这高三七班的老师愣了一下,然后满脸复杂地盯着萧暮雨,整个人失魂落魄地道:"它又开始了,又开始了。"说完他居然扭头就走,像是没把萧暮雨的话当回事。

他的反应完全不正常,自己的学生坠楼了,另一个学生在现场,难道第一反应不应该是让她去配合调查吗?

萧暮雨看了眼沈清秋,两个人眼里都有些疑惑,但这里实在不是说话的地方,于是借着去换衣服的理由,萧暮雨和沈清秋一起离开了现场。

"这个副本很古怪,目前看类似于角色扮演,我们的身份应该是学生。而且眼下我还没观察到有其他的玩家,也没看到苏瑾她们,很可能这里只有我们一个队伍。"萧暮雨分析着眼下的局势,推测道。

"那你的意思是,我们这次是团队副本?"沈清秋微震:A级第一个副本就是团队副本,她们这运气是差还是好呢?

"很有可能,我不清楚我们扮演的角色会对我们有多少限制,但是比起B级副本肯定要麻烦很多。我一来就和那个骆子豪站在天台上,还没来得及和他说什么,他自己说了一句莫名其妙的话就坠楼了。"

"你在天台上?"沈清秋表情微凝。这不是个好兆头——这种类型的副本,坠楼轻生那就很可能不是轻生,就算是轻生,估计也会麻烦不断,和发生事故的关键人物扯上关系,肯定不是好事。

"嗯,而且我完全不记得我为什么会在那里,骆子豪坐到栏杆上时我才进入副本。"

"那他说了什么话?"沈清秋的敏锐度并不逊于萧暮雨,很快她就抓住了关键。

"我说那里风大让他先下来,他说了一句'风大啊,那天风比这还大,还冷呢',接着又语无伦次地说'不是冷,是烫啊'。还说我救不了他。"萧暮雨清楚地记得骆子豪的每一个表情以及他说的每一个字。

"那天?又冷又烫?看来这个男生身上有故事。"沈清秋听得一头雾水。

"嗯,另外坠楼时骆子豪应该是被什么东西控制了。他掉下来后,我看到天台上有一个红衣服的女人,凌空站着——她应该不是人。"

萧暮雨把仅有的信息都和沈清秋分享了,虽然现在毫无头绪,但是按照套路,可能又是一个复仇故事。

"另外我下楼时听到有学生在议论,'不会又是高三七班的吧',刚刚也证实了,骆子豪的确是高三七班的,你和我应该都是这个班上的,那个老师可能就是高三七班的班主任。目前看,这个副本关键问题就出在高三七班上。"萧暮雨一边说话,一边用目光四处打量着,观察学校的布局。

沈清秋认真听着,随后忍不住感慨道:"我们真的是一起进副本的吗?为什么才打个照面你就知道了这么多?"

萧暮雨瞥了她一眼,淡淡地道:"一切剧情安排都应该有逻辑,有些细节不是我知道得多,而是它给得多。你呢,还没来得及得到一些信息吗?"

沈清秋听了她的话略显郁闷,低头说道:"我一来就是路过这栋教学楼,因为弄不清状况就停在了这里,刚好那个学生就从天而降,摔在我面前。然后我又发觉自己这身不伦不类的打扮,除此之外什么都不知道。"她如果没有停下来,可能会刚好被砸中,后面还落下来一个栏杆,也差点砸到她。

萧暮雨动作一顿,瞥了她一眼,微弯了一下嘴角:"挺酷的,不过你的身份看起来应该是校霸之类的,不是好学生。"

沈清秋哼了一声:"系统挺了解我的。"

"嗯,长大不是正经人,做学生时应该也不是正经学生。"玩笑般说出这句话,萧暮雨自顾自地走到前面了。

沈清秋被噎了一下,她发现萧暮雨越来越会损她了。

"那我这身衣服该怎么办?"沈清秋追过去。虽然恐怖场面见多了,但是没有正常人会愿意碰上这些东西。

萧暮雨眯了下眼,然后打量着沈清秋。

"无能为力,这学校我看了下,应该是寄宿学校。两栋宿舍楼,每一栋都有五层高,都晾了衣服和被子。但是,我不知道你住在哪个宿舍,更不知道你衣服在哪里。"

沈清秋沉默了，她目光扫了一圈，看到远处有几个女生，便快步走了过去。

萧暮雨远远看着那几个女生满脸惊恐之色，颤巍巍地说了几句什么，然后撒腿就跑。

"你去问她们了？"萧暮雨看了下，几个女生穿的校服和她们的是一个颜色款式的，应该是同一个年级的。

"嗯，宿舍是312。"

"她们不会觉得你奇怪吗？"

沈清秋将手插进校服兜里，不在意地道："我说我被吓糊涂了，忘记我住哪里了。"

"……"这借口，是个人都不会信，不过就沈清秋的人设来说，她做这种事也没人多追究。

宿舍楼白天有阿姨看着，原本是不允许进去的，但是沈清秋这一身脏污没谁敢拦。

找宿舍很顺利，沈清秋的物品很有不良少女风格，一看就知道。而游戏系统还算有人性，萧暮雨也跟着知道了自己和沈清秋住在同一间宿舍。换好衣服后，她们一出去就遇到了学校的领导以及七班的班主任，说是有警察来调查骆子豪坠楼事件。

因为骆子豪坠楼前萧暮雨和他都在天台，沈清秋又是除萧暮雨外最先发现他摔下来的，所以两个人都需要配合警察做调查。

去见警察时，学校的校长和班主任眼神都很复杂。比起她们班主任的焦灼，校长显得很平静，甚至是木然的，仿佛对此没有任何想法了，只是抬手拍了拍七班的班主任，对萧暮雨两人说了一句："只是例行公事，你们如实回答就好，去吧。"

萧暮雨和沈清秋对此没有露出其他表情，只是当两人走进学校独立办公室，看到坐在那里等着她们的警察时，彼此对视一眼，舒了口气。

男人穿着一身笔挺的警服，显得十分精神，在他身边还坐着一个年轻警察，年轻警察仅仅是抬头打量了一眼萧暮雨两人，又低下头来。

男人最初有些错愕，但很快冷静下来。他正了正表情，对着跟进来的几个学校领导道："为了避免学生有其他压力，请让我们直接和她们沟通。"

校长没多犹豫，看了眼萧暮雨两人，转身对着警察道："警察同志，萧暮雨这学生平日里就品学兼优，这点我们老师可以保证。她、沈清秋和骆子豪，三人之间没有矛盾，接触都很少。另外，学校监控都给你们了，应该可以确定他是轻生。唉，快高考了，学生心理压力太大了，我们学校会好好处理这件事的。这次又辛苦你们了，放心问吧。"

校长话里已经下了结论，同时他也在维护萧暮雨；但是他表现得实在是太过镇定了，学校里有学生坠楼，无论是不是轻生，绝对都是重大事故，不至于说得这么轻松。

男人同样发觉了，不动声色地垂了下眸子，等人离开，他立刻走到了萧暮雨两人面前，眸子里光芒闪烁。

他伸手示意萧暮雨她们："你们不用紧张，我就了解下情况，你们只要如实回答就好了。"

这个警察不是别人，正是陈楷杰。因为身边有一个小警员，所以陈楷杰没有和她们相认。等到谈话结束，他赶紧示意小警员先回去。对方看起来对这个案件也不上心，记好笔录带着资料就走了。

等其他人一走，陈楷杰连忙道："萧队、沈小姐，终于找到你们了。你们两个这是……"他一进副本就被派到远宁一中处理一名高三学生坠楼的事，而其他人一点影子都没有。

刚才他还担心到底是什么状况，没想到他要询问的两个学生刚好是萧暮雨和沈清秋。

萧暮雨看了他一眼："这次应该是团队副本，我们每个人都有自己的角色。目前看，你是警察，我和沈清秋是学生。"

"那苏瑾和甜甜呢？"陈楷杰忙问道。

"不知道，但可以确定的是，这次副本的重点就是坠楼的学生骆子豪所在的班级，高三七班。而我们应该都会和高三七班有关。我和沈清秋没来得及回班上，还不知道她们是不是也是学生。"萧暮雨简明扼要地说了问题，然后看着陈楷杰。

陈楷杰一时间没反应过来，沈清秋抬了抬下巴："你的联系卡片还在吧？"

陈楷杰回过神，连忙点头。他掏出卡片，张了张嘴，然后轻咳了一声，小声道："相亲相爱一家人。"

这恶趣味的召唤语，沈清秋有点遗憾没听萧暮雨念一念。

而陈楷杰这句话一说出来，萧暮雨和沈清秋就发觉自己的控制面板上出现了一条消息：

群主陈楷杰邀请你加入相亲相爱一家人，是否同意？

"……"萧暮雨点了同意，很快群聊人数从两人变成了三人——沈清秋加入了，然后是四人，最后变成五人。

萧暮雨瞥了眼沈清秋和陈楷杰，看来他们没猜错，左甜甜、苏瑾也在学校。

与此同时，系统再一次发出声音。

"欢迎玩家萧暮雨的队伍进入004号副本——《惊魂七班》。本次副本为不限时的团队副本，队员通关结果自行计算，通关条件需要自行摸索。当任务完成或者全队死亡时，游戏结束！"

沈清秋听完抿了下唇："这系统果然说不出好话来，什么全队死亡？它做梦呢。"

就在这时，群里有了动静。

苏瑾：萧队，副本开启了，你们几个都还好吗？

左甜甜：萧队、沈小姐，你们也是高三七班的学生吗？苏瑾、陈楷杰，你们呢？在哪里？

苏瑾：我现在是高三七班的语文老师。

萧暮雨和沈清秋一愣，怎么到苏瑾就成老师了？

五个人在群里简单了解了下彼此的情况，左甜甜现在借着肚子疼溜出来，想找一下萧暮雨她们，而苏瑾也在学校里四处查看。

萧暮雨：陈楷杰，你现在的身份是警察，那你应该可以利用身份查一些资料。比如，高三七班，或者是远宁一中这段时间都发生过哪些事情，还有没有其他学生出意外的。我们在学校里，后面会发生什么我们反而比你知道得多，这个交给我们。

她说完又在群里交代了她知道的信息，同时安排道：苏瑾是老师，活动起来比我们更方便，所以你要多费心。我们三个就主要看班里学生有什么异常，这么多人的副本场景，既然有主场高三七班，那也应该有主角，需要我们多观察。

左甜甜：明白。

苏瑾：明白。

对于萧暮雨，她们有种盲目的信赖，她怎么说，她们就会怎么做。

调查并没有持续太久，结果自然是皆大欢喜。警方调取了监控，也比对了指纹和足迹，证实骆子豪确实是自己坠楼的。

虽然萧暮雨出现在天台上很古怪，但没有证据证实是她导致了骆子豪的死亡，所以警方只能暂不追究。更古怪的是学校领导和学生的反应，他们丝毫没问萧暮雨去天台的原因，反而用一种同情又恐惧的眼神时不时看着她。

这种感觉在萧暮雨回教室后，变得越发明显了。

2.

当她和沈清秋踏进高三七班教室门的那一刻,正在抬头看老师讲课的学生全齐刷刷地看向她们两个。

除了左甜甜眼里隐约有喜色,其他的人基本只剩下两种神情了,一种是木讷呆滞、死死盯着她们看的神情,另一种就是恐惧的神情。

沈清秋看了眼萧暮雨,然后懒洋洋地喊了句:"报告!"

她斜倚着门,手都没抬,浑不在意地扫视着教室,把一个不好好学习的学生演得入木三分。

"进来。"班里正在上的是数学课,数学老师也只是看了她们一眼,表情和那些学生别无二致。

顶着一干人的目光,沈清秋和萧暮雨走进了教室。教室里有三个空位子,其中一个算是黄金座位,在第二排的正中央,典型的学霸专属座位;另一个位子在这个黄金座位的右边,与之隔了一条过道;还有一个位子在倒数第一排的角落里。

沈清秋很有自知之明地坐到了最后一排,而萧暮雨就坐在了学霸专属座位上。周围的人没有其他反应,看来她们没猜错。

整个教室里很快就只剩数学老师一个人的讲课声。萧暮雨没心思听课,她快速数了一下,教室里一共有四十六个人。

此刻她身边这个空空的座位,应该就是今天坠楼身亡的骆子豪的。

骆子豪的同桌是一个女生,她低着头没有多看萧暮雨一眼。刚刚进来时,萧暮雨就注意到,教室里只有这个女生抬头扫了眼她们就挪开了视线。

而原本下楼时和萧暮雨搭话的那个女生,正坐在萧暮雨身后。

查看完教室情况后,萧暮雨借着"相亲相爱一家人"的道具在群里给他们发了一段话。

萧暮雨：整个远宁高中一共三栋教学楼，分高一、高二、高三。每一栋都是五层高，一到四楼有教室，每一层楼五个班，也就是说整所学校学生人数将近三千人，很显然他们不可能都是关键NPC（非玩家角色），所以目前目标还是在高三七班。七班现在有四十六个学生，我们几个人什么相关记忆都没有，也不可能要求我们关注所有学生。

沈清秋：所以暮雨的意思是？

沈清秋很快就回了信息，顺带在后面缀了个俏皮的表情，看得萧暮雨皱眉摇了摇头。

萧暮雨：不需要刻意去了解他们，但是要注意你觉得奇怪的人，也许他身上会有线索。

这是萧暮雨的直觉，就像下楼时那个女生一样，有些人的出现注定不是一个巧合。

于是萧暮雨说完就转头看着自己右边的那个女生——骆子豪的同桌。她没有在听讲，而是拿着笔在本子上涂鸦。

因为距离有点远，又是侧着的视线，萧暮雨看不清她在画什么，但是反常地被她吸引了注意力。

当下课铃响了后，那女生后面的一个男生拿笔尖戳了戳她的后背。她那白色的校服上，已经留下了很多乱七八糟的痕迹。

"刘雅，我笔用完了，借我一支笔芯。"

女生顿了顿，然后扭过头面无表情地看着对方。男生并不为所动，还是用那种理所当然的表情看着她："快点啊，别耽误我做卷子。"

萧暮雨冷眼看着，后面的沈清秋同样也注意到了这一幕。

男生的态度虽然很让人不适，但是声音并不大，女生也没有其他举动，原本不算显眼，但是沈清秋和萧暮雨的反应一样，两人一眼就锁定了他们。

叫刘雅的女生扎着马尾辫,皮肤很白,是一种白到没有血色的苍白,加上她眉毛淡而纤细,使得她虽然五官并不差,可是整个人看起来就像没有生气的人偶,而男生的话和行为让这人偶变得越发沉闷了。

她转身拆了自己的笔,默不作声地把只剩下一半的笔芯递给了他。男生接过来看了一眼,嗤笑道:"果然是穷酸货,笔都没有多的。"

其实是很微小的声音,恐怕只有身边留心的人才能听见,但对人的伤害一点也不小。

此时一个瘦高的男生走了过来冲男生道:"张渚,去上厕所吗?"

被叫了名字的男生站了起来,一脚把椅子踢开,两人结伴离开了。

在张渚走了后,刘雅低头把刚刚上课画的东西夹进本子里,拿着只剩下一小截的铅笔开始做题。

教室里的学生除了去上厕所的,大多是在位子上发呆,完全没有学生时代下课时该有的热闹。沈清秋她们自然都发现了这个怪异的地方,而且班里刚没了一个朝夕相处的同学,竟然没有一个人议论,这实在是诡异至极。

"去上厕所吗?"声音清脆悦耳,又带着点随意,是沈清秋。这个人迤迤然走到了萧暮雨身边,说了这么一句话。

萧暮雨愣了下,不仅是她,原本一脸呆愣或一脸苦闷地坐在位子上的其他同学都瞪大了眼睛,不可思议地盯着她们。

萧暮雨用余光把其他人的表情尽收眼底,看来沈清秋这身份,很扎眼。随后她站起身,也没回应沈清秋,径直出去了。

沈清秋笑了起来,双手插兜地跟在后面,轻快地走了出去。

左甜甜一直留意她们,见状也跟着站了起来。

当萧暮雨她们走到门口时,一个穿着浅色卫衣的女生背着书包从两人面前经过,几乎是挤着进了教室里,还差点和迎面而来的左甜甜撞上。

不过女生动作轻盈,侧身一绕就避了过去。

萧暮雨原本准备继续走,却突然停了下来。身边的沈清秋跟着脚步一停,转头看了眼萧暮雨,低声问道:"教室里只剩一个位子。"

左甜甜出来恰好听到了她们两个人的对话,当下也是一怔:"她也是高三七班的吗?是不是转过来的?"

之前教室里只剩下三个位子,萧暮雨、沈清秋坐下后确认了一遍,她们没坐错,按理说,那仅有的一个空位就该是骆子豪的。

萧暮雨立刻转身透过窗户盯着教室里面,只见那个女生毫不犹豫走到刘雅身边,然后坐在了她旁边的空位上。

原本没有表情的刘雅瞬间绽放出笑意,眸子里都有了光,她目不转睛地盯着女生,仿佛变了个人。

"她们认识。"萧暮雨低声道,很显然左甜甜的说法不成立。

"那是她的位子。"沈清秋蹙眉扫视了一遍教室,好几个人都看见那个女生坐在那里,但是没有一个人有异样。

"林雪,你可算回来了,我还以为你也出事了。"

坐在萧暮雨后面的女生对着林雪打了个招呼,看似关心的话却因为她那不阴不阳的语气,反而显得像嘲讽。

刘雅扭头看着她,那双原本盛满了光的眸子里,此刻却是透着股阴郁之意。

别说被盯着的那个女生,就连萧暮雨看了都觉得心里发凉。一个高中生,眼里怎么会有这么重的戾气呢?

萧暮雨三人没有多停留,等走到楼层尽头的厕所门口,萧暮雨才开口道:"骆子豪坠楼不过几个小时,没道理这么快就把他的桌椅给收走了,而且教室里没有其他的空位子。刚刚那个叫林雪的女生那么自然地坐过去,再加上其他人的反应,应该就是她的座位。那,骆子豪的座位呢?"

左甜甜也蒙了,她顺了一下思绪,说道:"我一进副本就是在教室里坐着,当时骆子豪应该还没坠楼,教室里当时……"

说着,左甜甜皱了下眉,晃了下脑袋,有些茫然地道:"我不记得空了几个位子了,但是在我印象中,没搬过桌椅出去啊。"

萧暮雨沉默着,微皱眉头,陷入沉思中。

左甜甜还想问什么,沈清秋抬了下手,示意她先别说话,然后就静静地看着萧暮雨。

不巧的是,很快铃声就响了。

萧暮雨吸了口气,喃喃道:"这个身份既是我们调查真相的依托,也是阻碍。"

沈清秋明白她的意思,学生必须上课,甚至左甜甜逃课都被系统警告了一次。

不过,沈清秋笑了下,凑到萧暮雨身边,眨了眨眼睛:"不过呢,作为一个不学无术的学生,我逃课应该是光明正大的。我们下午还有两节课,晚上还有晚自习,如果一直留在教室里,那我们这次通关只能靠陈楷杰和苏瑾两个人了。"

萧暮雨想了想,然后点了点头。苏瑾是老师,虽然比他们自由,可是也得上课;陈楷杰行动必须按照警局指示,也不是完全自由。让沈清秋翘课,的确是最好的办法。

"嗯。"萧暮雨道。

沈清秋伸了个懒腰,皱眉道:"总算不用待在教室里听课,我高中毕业都十年了,一点都不想重温那些知识。你继续上课学习,我先撤了。"说着,她冲萧暮雨挥了挥手,边笑边倒退着走。

在她转身时，萧暮雨丢了一张卡片过去，沈清秋伸手稳稳接住，拿来一看，诧异地转过身。

"你拿着，有情况及时联系我。""相亲相爱一家人"的卡片在陈楷杰离开后就会慢慢失效。她们待在教室里目前不会遇到危险，但沈清秋就不同了，不知道会遇上什么事。

沈清秋没拒绝，点了下头，刚准备走，身后又传来萧暮雨的声音。

"小心一点。"

等沈清秋听清楚转过身时，萧暮雨早就头也不回地快步走远了，留下的那句话就像是沈清秋自己的幻觉一样。

"真是别扭啊，什么时候可以温温柔柔地和我说话呢？"她喃喃自语着，似乎是想到了什么，情不自禁笑了出来，灰色眸子里的桀骜和淡漠悉数化为柔软。但想到自己需要做的事，沈清秋脸色就又变得凝重了。高三七班的事她不需要操心，有萧暮雨在，她很放心。

再一次当起高中生，萧暮雨才发觉学生有多忙碌。除了三餐时间，她们几乎都要在教学楼里度过，晚自习要持续到晚上十点，根本没有空闲。

这段时间，萧暮雨和身边的同学简单聊了几次，尤其是坐在她后面的那个女生，萧暮雨也知道了她叫黄梦。

从黄梦那里，萧暮雨终于摸到了一丝线索，知道为什么大家对骆子豪跳楼的事表现得这么怪异了。

高三七班学生出事的确不是第一次了，自从这个学期开始，包括骆子豪在内，七班已经有三个学生出事了！

现在远宁高中流传着一个说法，他们这个七班是被怪物选中了的，也就是说，七班的学生随时都可能出意外。骆子豪坠楼的事，给这个传闻再次加深了一层恐惧。

萧暮雨想要追问，但是大家对这个事都讳莫如深，不过奇怪的是，他们居然也不知道为什么会少了一套桌椅，萧暮雨什么也没问出来。

而直到吃晚饭的时候，萧暮雨都没看到沈清秋，陈楷杰的"相亲相爱一家人"卡片也已经失效了。

左甜甜吃着饭，看萧暮雨有些心不在焉，忍不住问道："沈小姐还没联系你吗？"

萧暮雨"嗯"了一声，继续低头吃饭，似乎对此并不关心。

"这个副本是惊悚风格的副本，但到现在为止，除了那个传说，我还没感觉到一丝恐怖氛围，也没遇到很怪异的事，总感觉有点不安。"左甜甜其实一直很紧张，A级副本感觉和B级不大一样，这场景太真实了。

萧暮雨闻言停了下来，淡淡地掀了一下眸子："骆子豪坠楼时我看到了一个红衣女人，另外，凭空少了一套桌椅，不够怪异吗？"

左甜甜被噎了一下，她其实只是想引出"沈清秋一个人行动会不会有危险"的话题，这个人明明很担心沈清秋，却又不肯开口承认。

左甜甜上课也很无趣，她和这些学生又不是真的同学，下课除了套话也没多余的交流，所以大多时间都是在四处观察。她发现萧暮雨不止一次往外看，至于看什么，总不是等苏瑾来上语文课。

"她不会出什么事吧？"左甜甜还是问了一句。

萧暮雨握住筷子抬头看了她一眼，淡淡地道："你没见识过她的身手吗？要是有不长眼的东西敢动她，到时候有事的指不定是谁呢。"

左甜甜听了忍不住笑了起来："的确是，我下副本见过的玩家也有十几二十个了，厉害的不是没有，但是像萧队你这么冷静聪明的，像沈小姐这么……这么彪悍的，真是从没见过。"

别人是被对手吓哭，沈清秋是能吓哭对手，至今她还记得沈清秋剽悍的身手。

"不过，我其实比较担心，越往后那些东西是不是会变得越来越难对付？光靠武力能解决它们吗？"左甜甜吃着东西，又有些忧心地补了一句。

萧暮雨吃东西的动作慢了下来，随后她放下筷子道："我吃完了，先去周围看看有没有其他线索。"

左甜甜有些愣，但是萧暮雨已经端着餐盘走远了。她赶紧低头扒了几口饭，能在副本里吃上正常饭菜太难得了。

晚自习上的是物理和语文，可到了晚上九点上语文自习时，萧暮雨依旧没有看到沈清秋。

倒是苏瑾拿着试卷一本正经地进了教室，一来她就打量了下左甜甜和萧暮雨，和她们简单地进行了眼神交流。

做卷子那是不可能的，苏瑾下去巡视的时候看到了萧暮雨的试卷，作文格子上写了一句话："有看到沈清秋吗？"

苏瑾冲她微微点了下头，拿上笔写了几个字。

萧暮雨看后抿紧了唇，手指也微微捏了起来。

苏瑾在她握成拳的手上拍了拍，以示安抚。

一个小时无比漫长，当铃声响起后，教室里原本低着头的学生纷纷直起身，脸上又是那种十分明显的惶恐，似乎这铃声不是提示他们可以休息了，而是催命符一样。

毫不夸张地说，有些人的脸色在铃响的瞬间就苍白起来了。

萧暮雨留意了一下，刘雅和林雪两个人表情倒是还好，而她们身后的张渚冷着脸交了卷子,踢开凳子冲教室里明显着了慌的几个人嗤笑道:"装神弄鬼的就把你们吓成这样了,可出息了。"

说完他看了眼刘雅,冷笑着走了出去。他莫名其妙说了这么一句话,班上学生顿时鸦雀无声,交卷动作都凝固了。

站在讲台上的苏瑾只是看着张渚离开,催了声交卷。班里的学生恍惚着交了卷子。

眼前的一切越来越让人糊涂了,如果真被怪物选中陷入了诡异事件,怎么老师、学校和家长都无动于衷呢?

但是萧暮雨此刻没有多余的心思去思考这个,刚刚苏瑾说沈清秋受伤了。

"相亲相爱一家人"卡片没被激活,是不是意味着沈清秋伤得很严重,连联系她都不行了?她拿着卷子,和左甜甜一起跟着苏瑾快速往教师公寓走去。

在学校昏暗的路灯下,七班的学生沿着通往宿舍楼的小路三三两两地往寝室走去。

萧暮雨回头看了他们一眼,三栋教学楼几十个班,宿舍楼都在一个区域。明明回寝室的路有三条,但是只有七班那一群人就像被人规定好了一样走最左边那条鹅卵石小路。

那条小路幽深蜿蜒,灯光昏暗;右边的大路宽阔笔直,灯光明亮,一路照耀过去。

萧暮雨就这样在远处看着,仿佛七班的学生走的是一条通往黑暗的路,和其他学生划分成两拨,泾渭分明。

这样的场景诡异得很,左甜甜和苏瑾都愣愣地看着,只觉得后背发凉。

"这……这怎么回事啊?七班难道……难道没有正常人吗?"左甜甜突然想到一个问题,倒吸了一口凉气。

萧暮雨眸子里神情晦暗不明："不至于，至少在知道骆子豪坠楼之前，七班学生在里面并没有不同。而且陈楷杰来调查过，总不至于全班学生有问题他都看不出来。但是被怪物选中这事，大概率是真的了。"

左甜甜其实把话说出口时就知道不对了，只是她太过震惊了。

萧暮雨转过头，不再看那一幕，脚步再一次加快了。

七班啊，如果那些人都是正常人，恐怕在这副本里也和他们一样，是待宰的羔羊。

因为远宁高中要求学生住宿，老师要上晚自习和查寝，所以教师是有宿舍的，苏瑾自然也不例外。

一路上，萧暮雨走路速度远比平日里快，如果不是不清楚具体位置，她就一个人先跑过去了。

她边走边问苏瑾："她到底怎么样了？出了什么事？"

苏瑾知道两人关系好，也不打马虎眼："我也不清楚到底出了什么事，只是在我上课的半个小时前她突然来找我，当时脸色就有些难看。我察觉到不对，带她去了我的宿舍，刚进门她就撑不住了。"

萧暮雨听得呼吸一乱，赶紧问："她怎么了？"

"不知道是被什么东西伤到了，腹部被划了好大一条口子，里面衣服都被血浸透了。"苏瑾想到当时自己替沈清秋处理伤口时的情形，脸色有些发白，她都想象不到沈清秋怎么忍下来的。

教师宿舍离得并不远，再加上萧暮雨走得快，很快她们就到了二楼，苏瑾的房间门关着，但是房里亮着灯。

萧暮雨吐出一口气，抬手敲了敲门。

"哪位？"声音很轻，隔着门有些模糊。

"是我，萧暮雨。"

咔嚓，门被打开了。萧暮雨抬头，目光直接落在沈清秋的腰腹处，然后快速停留在对方的脸上。

她脸色的确不好看，在灯光下更显得苍白，嘴唇都干得起了皮。她身上衣服换了，穿着一件简单的白T恤，和原本栗色鬈发不同的黑色长发披散着。若忽略她那和外表不符的眼神，她就是一副十足的高中女生样子。

但是萧暮雨没心情去欣赏这些，她闻到了血腥味。

"怎么回事？"声音说不上温柔，但是手已经伸过去扶住了沈清秋。被她扶着，本来就觉得伤口疼痛的沈清秋卸了力道吸了口气，语气慵懒随意："就在学校四处查了一下，遇到了不干净的东西，有些出乎我的意料，所以被划了一下。皮肉伤，没大事。"

萧暮雨很不喜欢沈清秋这个样子，每次受了伤被她说出来，就像家常便饭一样，什么都不要紧，没大事。

于是没听她继续说，萧暮雨直接掀了她的衣摆，看到了苏瑾替她包扎的伤口。

伤口被纱布遮住，萧暮雨看不到具体伤成什么样，可是沁出来的血挺多，说明那不是一点点小伤。

沈清秋没料到萧暮雨这么直接，也是伤口疼痛动作慢了，被看了个正着，她不自然地道："还有人在呢。"

萧暮雨表情更难看了："你不是很厉害吗？就让你翘课打听下消息，你就把自己弄成这样。副本还没开始，你就挂了彩，接下来你还想做什么？"

这话如果是别人听来肯定会不舒服，沈清秋却很清楚地从里面听出来了着急和关心。怎么会有人用这种方式表达对别人的关心呢？

沈清秋无奈摇头，轻轻一笑，也不生气："你说得对，是我大意了，今晚要出什么事，恐怕会连累你们。不过得亏了我厉害，不然你的红线就要换人了。"

萧暮雨听得心里一颤。她真的很不喜欢这种感觉,她的心情被这人左右,一举一动,哪怕是一句话都会挑动她的情绪,让她没办法理智思考。

但是她完全抗拒不了这种感觉,也控制不住。

萧暮雨知道刚刚自己话说得太生硬了,于是忍耐了下来,转头问苏瑾:"有没有杯子?"

苏瑾和左甜甜缩在角落里看戏,听罢她连忙道:"有,我去拿。"

她拿了杯子倒了水,看了眼两人,把杯子递给萧暮雨。

萧暮雨忍不住瞟了苏瑾一眼:"她嘴都干了。"

苏瑾面无表情地转了下方向,又把水递给沈清秋。她当然知道是给沈清秋倒的水,这不是看氛围不对,让两位大佬缓和一下嘛。

沈清秋的确口渴了,接过水低头闷笑着,一点点喝完了水。

对于她受伤的事,左甜甜她们其实很想知道到底出了什么事,可是萧暮雨坐在一边不说话,直到她喝完水嘴唇润了点,才开口问道:"你遇到了什么?"

沈清秋闻言放下杯子,神色严肃:"这所学校,出不去。"

"出不去?"左甜甜一愣,然后立刻摇头道,"陈楷杰他们可以自由出入啊。"

"是你出不去,还是时间不对?"萧暮雨眉头一皱,随即问道。

沈清秋眸子里涌出一丝光:"你的思维总是这么缜密。"

"这么说吧,陈楷杰和我们同样是玩家,他不受限制,那说明我不能离开这点应该和玩家身份无关。而我们另一个身份——学生,我看到也有逃课出去的学生,他们也没有事。但是在晚饭后,当我尝试出去打听情况时,它就出现了。"沈清秋声音瞬间低了下去,脸色也变得凝重起来。

看到沈清秋这模样,左甜甜和苏瑾呼吸都紧促了起来,后背莫名发冷,心中难以遏制地涌出一股恐惧。

苏瑾心里满是担忧,她看了眼沈清秋,又瞥了下萧暮雨,最终还是一言未发。

虽然她没见过,但能把沈清秋伤成这样,又能让天不怕地不怕的沈清秋脸色有异,她不敢想象那是怎样一个可怕的东西。

"它是什么?是那个红衣女吗?"萧暮雨问她。

说到遇到的那个东西,沈清秋也是心有余悸:"不是,是一个十分高瘦的干瘪怪物,看起来像木乃伊,可是它足足有三米多高,站起来就像一棵枯树,腿脚也是瘦长的,像树枝。我翻围墙时它突然出现在我面前,速度很快。因为手脚太长,我没躲开。所以你们最好别轻易尝试离开,毕竟到底出去有什么限制我们还不确定。如果遇到那东西,后果不堪设想。"说着,她看了眼苏瑾。

对方接收到她的眼神,悄悄点了下头。

萧暮雨用余光扫了她们一眼,但是没说什么。能让沈清秋这么提醒的,她听着心里都发凉,看来这次副本真的不是一般的麻烦。

"从时间上来看,既然白天有人逃课没出事,说明白天肯定没什么大问题。还有一点,你是七班的学生。"萧暮雨补了一句,看着沈清秋继续道,"这次副本名字给得直截了当——《惊魂七班》。目前我们了解到的重要信息也是这个七班陷入了诡异事件。从老师和学生的表现来看,他们颇有种认命的状态,你不觉得奇怪吗?"

"对,既然是七班被选中,那么作为一个普通人,无论是学生还是家长,最先选择的应该是离开这个班,离开这所学校,再不行也应该尝试离开这里,不至于听天由命,任由自己的孩子出事。现在还留在这儿,那很可能是他们尝试了,但是没有用。也许,这里的规则是——七班的学生无法离开。"苏瑾给出了一个最合理的解释,这也是在各种设定里都常见的情况。

萧暮雨点了点头:"很有可能,所以就像沈清秋说的,不到万不得已不要试着离开学校。"

说完她看了眼沈清秋的伤口,再次问了一遍:"真的没事吗?"

沈清秋摇了摇头:"苏瑾替我去校医务室拿了药,消炎药我吃了,伤口也消毒了,没事的。"

萧暮雨这才没说话了。

"那你们要回宿舍吗?"沉默许久后,苏瑾有些迟疑地问道。

刚进副本,如果大家能在一起肯定是最好的,陈楷杰今天有事没办法过来,她们几个再分开,在这么一个危机四伏的副本里是很冒险的。

萧暮雨看了眼沈清秋,开口道:"今晚先委屈一晚,她受伤了,再分开的话……"

"警告、警告,不要违背人物设定,十一点熄灯,请迅速回到寝室!"萧暮雨话还没说完,系统就开始提示。

萧暮雨抿了下唇,脸色有些不好看。沈清秋站起身,语气里透着安抚的意味:"没关系的,我们刚好在一个宿舍,有你陪着我,没事的。"

说罢,她冲系统道:"人物设定里可没说老师和学生不能睡在一起吧?一个老师偏爱学生,留学生在宿舍待着,也不是不能。所以左甜甜留在这里,很符合人物设定。"

苏瑾:"……"

左甜甜:"……"

系统:"……"

萧暮雨听得都愣住了,但是沈清秋已经拉着她离开了。

仅留左甜甜在苏瑾宿舍里,这次系统却没有任何言语,好像真的被沈清秋的逻辑打败了。

苏瑾和左甜甜面面相觑,这居然也行?然后就有些尴尬。苏瑾也不明白自己怎么就符合这种人物设定了,但是左甜甜能留下来,的确是件好事。

当萧暮雨和沈清秋往宿舍走时,路上已经一个人都没有了,除了她们的脚步声,连风声都没有,一切都陷入一片死寂之中。

然后她们发现,去宿舍的三条路,仅有七班学生走的那条小路是亮着灯的,而另外两条路隐匿在夜色中,完全看不见了。

萧暮雨脚步不由得停了下来。沈清秋看了她一眼,伸手拍了拍她的手,低声道:"有我呢,走吧。"

沈清秋掌心冰凉,萧暮雨下意识瑟缩了下,然后皱眉捏了下她的手道:"手怎么这么冰?冷吗?"

"有点凉,应该是之前流了些血,所以身体有点虚。时间不早了,先回去吧。"

她们加快了脚步,沈清秋目光却往夜色中学校的围墙看去,那围墙透着沉沉的冷意。

在那里有一个巨大的黑影,犹如一棵枯树一样立在那里,此刻它正随着她们的脚步缓慢移动,干枯的树枝也在暮色中晃动。

萧暮雨已经感觉到有东西在她们身后看着她们了,她有种强烈的念头,想回头去看看。

只是还没动作,沈清秋就附在她耳边低声叮嘱:"别回头!"

沈清秋呼吸有些急,在这静谧夜色中,感官被无限放大,萧暮雨听着只觉得心跳也急了起来,只是有沈清秋在,那种未知的恐惧也被驱散了不少。宿舍大门已经只剩下虚掩的一条缝,宿管阿姨要关门了。

沈清秋步子变得更快了，最后几乎是小跑着拉着萧暮雨钻进了门里。

嘎吱一声，宿舍门自动合上。

"再晚，你们就回不来了。"一个阴森森的声音不紧不慢地突然响起。

萧暮雨和沈清秋连忙抬头，吓了一跳。

一个女人的脑袋从宿舍楼门口的窗户里伸了出来。这个角度看过去很古怪，她就像没有身体一样，只能看到一个脑袋。

因为楼道里的灯关了，所以她的脸藏在了阴影里，面色僵硬发暗，五官都模糊在了一起。

她看着门外，脸色变得有些惊恐："要熄灯了，赶紧回宿舍。"说完那颗脑袋也跟着缩了回去。

萧暮雨回头，透过不锈钢材质的伸缩门，可以依稀看到外面的场景。

那个高瘦的身影此刻就站在门口，像个人却又不是人，因为萧暮雨只能看到对方腰部以下的部分——它高得不可思议。

哐当！它抬手捶了一下不锈钢门，随即迈步离开，巨大的影子透过外面宿舍楼的路灯投射进来，完全笼罩了萧暮雨和沈清秋。

这个有两三米高的枯树干一样的东西就在外面游荡着，像是在找什么。

"弄伤你的就是它吗？"萧暮雨咽了口口水，低声道。

沈清秋没说话，带着萧暮雨上了三楼。

"是的，如果遇到了它，不要和它对视，记住了。"沈清秋说出一句话。

萧暮雨心脏怦怦跳着。和它对视？沈清秋怎么知道不能对视？她一下就想到刚刚沈清秋和苏瑾之间的小动作，顿时心里发沉。

推门进宿舍,里面已经有四个女生了,看到萧暮雨和沈清秋时,她们都马上缩进被窝,仿佛看到了什么可怕的东西。

沈清秋和萧暮雨对视了一眼,随后各自收拾衣服,轮流去洗漱。

咯吱——一个略显尖厉的声音响了起来,就像树枝刮擦玻璃的动静。

正在整理床铺的萧暮雨看了眼自己的几个室友,她们未拉拢的床帘都在抖动,显然吓得魂不附体了。

那东西到底是什么?它这是在挑选猎物吗?

就在沈清秋洗完了澡,从卫生间出来时,萧暮雨发现窗帘动了起来。下一刻,一根树枝样的手指出现在玻璃上。那手指长得不可思议,棕褐色的皮肤皱巴巴的,看起来很恶心。

窗帘动了……窗帘……窗帘是在玻璃里面而不是外面!

这个念头蹿进脑海后,几乎是下意识,萧暮雨猛然伸手拽住一身水汽的沈清秋,两人一起侧了个身,背对窗户。

只听唰的一声,窗帘齐齐被掀开!

在两人身后,一张干枯得犹如风干牛肉般的脸贴在了玻璃上,鼓起的眼珠子直直望着宿舍里面,喉咙里发出破风箱一样的声音:"嗬嗬,嗬嗬。"

"呜呜!"其他四个人已经濒临崩溃,快要哭出来了。

萧暮雨的心脏几乎是在胸腔里撞击着,一阵阵发疼。

"它……它在干什么?"萧暮雨从齿缝里挤出一句话。

沈清秋脸色有些苍白,但是神色很镇定,她侧眸看着萧暮雨,用气音道:"它在找人。"

"什么人?"

沈清秋没说话，萧暮雨想到了什么，脸色微变："你是不是看到它的眼睛了？"

沈清秋伸出食指压在了她的唇上，低低"嘘"了一声，然后摇了摇头，眉眼间还带着些许笑意，随后伸手捂住了她的眼睛。

萧暮雨心头发凉，那东西进来了！

尖叫声此起彼伏，一股腐败的酸臭味在宿舍里飘散开来。

眼睛被沈清秋紧紧捂住，可是萧暮雨的鼻子、耳朵依旧敏锐。只听一阵冷风吹过，沈清秋动了起来，其中有匕首和硬物撞击的声音，还有沈清秋惯有的又冷又傲的语气："滚开，离她远点！"

沈清秋没有闭眼，也没避开它！这个认知让萧暮雨彻底失去了冷静。

看了那个东西的眼睛会有什么后果，她还不清楚，但是有一点她很清楚，她不能让沈清秋一个人去面对。

就在沈清秋动手后，萧暮雨拿开了沈清秋捂在她眼睛上的手，看清了眼前的状况。

四个本来躲在被窝里的女生全坐了起来，直愣愣地盯着萧暮雨和那个从窗户里探进半个身子的怪东西。

沈清秋用匕首在那怪东西脖子上划开一道深深的口子，脸上是毫不掩饰的杀意。

只是察觉到萧暮雨的动作，她脸色一下就变了，不可思议地扭过了头。

与此同时，那怪东西一双空洞的眸子里发出荧绿色光芒，迅速锁定了萧暮雨，萧暮雨当下就有一点晕眩，仿佛魂都要被抽走了一样。无数场景在脑海里如走马灯一样掠过，各种意外死亡的画面浮现出来，死亡方式五花八门，唯一不变的是，主角都是她自己。

但这种感觉并没有持续很久，因为沈清秋抓住了宿舍上下床的栏杆,一下就翻了上去。随即一跃而起,将匕首连根没入它的右眼,狠狠地把它本来就只有绿豆大小的眼珠子给抠了下来。

她咬牙切齿道:"我说了让你离她远点,让你看,我挖了你狗眼!"

"嗷!"一声嘶吼在312宿舍久久回荡,这高瘦干瘪的怪东西一下子就捂着脸把身体缩了回去,在外面跟踩高跷的人站不稳了一样,摇晃着到处乱窜。

说来也奇怪,这么大动静,除了她们宿舍里鬼哭狼嚎,其他宿舍都很安静。

"嗬,哈!"一股狂风席卷而来,那怪东西混杂着一堆枯枝落叶再次从窗户外伸了手进来,它身上布满污垢,破破烂烂的。而那张褐色干瘪的脸从破布中露出来,它张着嘴嘶吼着,几乎就要贴到沈清秋脸上了。

这一下太过于惊悚,四个女生抽搐了下,身体全软了下去,尖叫声终于停了。

沈清秋皱眉侧头,又是干净利落的一刀,阴郁道:"你再敢来,我今天不把你另一只眼睛抠出来,我就不姓沈!"

大概是沈清秋气势太盛、动作太狠,这怪东西即使不甘,也还是在狂躁地吼了几声后,真的退了出去。

沈清秋警惕盯着它,冷声道:"给我把窗户关好!"

砰!玻璃窗一下阖上了,撞得砰砰直晃。

萧暮雨:"……"

萧暮雨还没从震惊中回过神。

"萧暮雨,你是吃错药了吗?你刚刚在干什么?"一向在她面前言笑晏晏,好像没脾气一样的沈清秋劈头盖脸地冲她骂道。

从来没见沈清秋对自己这样过,萧暮雨一时间微张着嘴,愣愣地看着她。

模样青涩的沈清秋一张脸沉得发黑,眼神也是冷冰冰的,细长的眉毛紧皱着,声音也是冷得掉冰碴儿。

萧暮雨却不合时宜地想到,难怪连怪物都怕沈清秋,这女人发起脾气来的确挺吓人的。

眼看萧暮雨一言不发,表情都没变地盯着自己,沈清秋心里那股火越发大了。她自鼻腔里发出一声冷笑:"你要是想送命,不用这么赶着找那东西,我现在就能成全你。"

萧暮雨看着她,目光往她手里的匕首一扫,淡淡地道:"你想怎么成全?"

沈清秋气得呼吸一滞,紧咬着牙连吸了好几口气。

"你让我别看它的眼睛,你呢?"看她气得快要发抖了,萧暮雨语气缓了点。

"我已经避不了了,难道还不能让你躲一下吗?你非要拉开我的手!我之前和你说的话你听进去了吗?"沈清秋越说越气。

"你这么害怕它吗?刚刚你动手挖它眼睛,冲着它叫骂,可是一点都不犹豫的。"萧暮雨发觉自己被她骂得狗血淋头,却一点气都没有,反而忍不住眼里有了些许暖色,声音也柔和了。

沈清秋眼睛都被气红了,双眉一竖,咬牙切齿地道:"我怕的是它吗?我怕的是你被它……你应该知道被它看到时那瞬间的感觉,它今晚的目的不是杀人,而是在选人。你一进来就和骆子豪扯上关系了,我又目睹了他坠楼,你别跟我说你心里没想法。班上的人那么怕我们,不就是说明我们很可能就是下一个倒霉鬼吗?这个副本眼下还没有杀机,可你知道之后面临的会是什么吗?那些画面,还有场景……"

"我知道。"萧暮雨语气难得温和,"因为知道,所以我不放心你一个人。"

沈清秋原本还要说什么,却发现所有的话、所有的气愤,都被这句温柔而不容拒绝的话语塞了回去。

沈清秋目不转睛地盯着萧暮雨,表情变得复杂了起来。

"既然你说了我们两个很可能是倒霉鬼,那迟早都要经历的。而且我们是队友,应该一起面对,单独行动反而会更危险。再加上你受伤了,我更不放心你一个人。"说完,萧暮雨轻轻笑了下,"说实话,你发起脾气来挺吓人的,估计它就算选了我,也不敢怎么样。"

沈清秋听罢,声音放低了:"A级副本的怪物会更难对付,刚刚它有实体,我并不怕它。可如果那些杀机来得意外又无规律可循,我怕我保护不了你。"

说到这里,沈清秋有些焦躁。

"你查到什么了?"萧暮雨不由得问道。沈清秋反应这么大,肯定不是因为副本变成了A级就担心,听她的语气,是知道了一些东西。

"七班学生出事的有三个。骆子豪是坠楼;一个月前出事的是一个男生,因学校外墙脱落被砸死的;上上个是女生,走在路上被足球砸中后脑当场死亡。"

都是在学校里可能发生的,但完全不应该如此高频率发生的意外事故。

"你是说,这些意外事故和被怪物选中有关系?"萧暮雨略有些诧异,沈清秋查到了这么多吗?

"对,每天晚上都有一次挑选,形式不定。这所学校,就是一个猎场。"沈清秋吸了口气,缓缓道。

"你怎么知道的?"萧暮雨实在是摸不着头脑了。

沈清秋抬眸看了萧暮雨一眼,表情有些一言难尽。她点开控制面板,眨眼间,她的头顶冒出了两个闪着金光的字。

萧暮雨微微张大了嘴,最后扑哧笑了出来。

"你别笑我,你应该也有的。我当时也是被你说的话提醒了,点开才发现称号竟然是激活状态的,就成这样了。"

沈清秋头上顶着的不是别的,而是在之前副本里获得的荣誉称号——校霸。

此刻那个称号还有解释说明:

称号:校霸

稀有度:S,通关中,武力输出15000/s可以获得。

所谓校霸,学校的霸王,鼎鼎有名的社会姐,气场两米八。激活校霸头衔后,学生怕、老师愁,自带威慑力,无往不利,谁都怕你!补充说明:请注意,做一个良好公民。

萧暮雨看得越发想笑:"刚刚那些消息你都是从别人嘴里听到的?"

"嗯,我瞅准上厕所落单的人,把他们拖进厕所里按在墙上逼问。他们怕我得很,不用怎么威逼就颤巍巍全交代了。"

萧暮雨失笑不已,不愧是沈清秋,简单几句话就已经让她有画面感了。

"不过选人的事是我猜测的,在他们的记忆中,只是晚上做了场噩梦,可梦里面出事的人,通常现实中也出了事。"沈清秋在不小心看了那个怪东西的眼睛后,就联想到了这个。

萧暮雨看了眼窗外,知道沈清秋应该没说错。

"说来你这个校霸头衔用处真不小,我和甜甜在班里旁敲侧击,怎么问大家都三缄其口,倒不如你拖人进厕所逼问来得快。"

"甜甜?"沈清秋突然反问了一句。

萧暮雨一愣,有点不明所以,结果校霸沈清秋同学皱着眉,眼里都是委屈:"你和她认识才多久,你就叫她甜甜了?我们都这么熟了,你却总是连名带姓地喊我。"

萧暮雨道:"这是你的关注点吗?"

她刚说完,嘀的一声响,宿舍灯灭了。

沈清秋知道场合不对,伸手拉住了萧暮雨,盯着窗外,一步步退到她们的床边。

那个高瘦的影子还在外面,不过不是站在她们这里,而是站在隔壁宿舍那儿。

"看来它选的不只有我们。"萧暮雨喃喃道。

"七班的人都在被选择范围内,具体会发生什么,那个学生根本就说不清楚;但是今晚,我们肯定不得安生。"沈清秋低声说着,然后想了想叮嘱道,"晚上还有一场硬仗,先休息。"

萧暮雨不得不佩服她心真大。那个怪物在外面游荡,她还能休息。

但是沈清秋说得也没错,于是她脱了鞋子躺到床上去,然后说:"你伤还没好,更要歇一下。"

沈清秋"嗯"了一声。

宿舍里的灯熄了后,她们反而适应了黑暗,外面的月光流淌进来,让萧暮雨还能模糊地看到沈清秋的眼睛。沈清秋的眼睛亮晶晶的,很漂亮,可是她总觉得藏了点蔫儿坏。

然后她就看到她盯着看的人,很自觉地甩了鞋子也跟着躺在了同一张床上。

萧暮雨睁大了眼睛:"沈清秋,你干什么?"

沈清秋眨了眨眼睛,低声道:"歇一下。"

萧暮雨觉得又好气又好笑,明明是很恐怖的场景,自己愣是被她搅得什么都顾不上。

3.

萧暮雨听了无语凝噎，这谁不知道她是要歇一下？

"不要得寸进尺。"

沈清秋一时没说话，半晌才道："我受伤了，我一个人睡，怕。"

昏暗中，身边传来一声笑叹，萧暮雨实在是拿她没办法，叹了口气："怕什么？怕你把怪物吓到吗？"

话说出口，萧暮雨又忍不住弯了下唇，轻声道："好了，休息吧。"

她没有再多说其他的，显然是默许了。

沈清秋扬起唇，忍不住侧了下身盯着萧暮雨——她怎么感觉萧暮雨变温柔了？就在这时，黑暗中一根修长的手指伸了过来点在沈清秋的额头上，把她的脸推远了，随后就缩了回去。

沈清秋觉得自己应该还有话要说，但是很快意识就开始混沌了。

铛！铛！

不知道过了多久，接连几声沉闷的钟响把萧暮雨的意识从梦中唤醒了。她猛然睁开了眼睛，但是下一刻她瞳孔紧缩，迅速转身环视周围，满脸震惊。

她发现自己此刻根本就不是躺在床上，而是站在学校的操场上。她的头顶仅有一盏孤零零的路灯，一个明亮的圆圈落下，她就站在圈里，脚下没有影子。

明明是夜里，可是周围并不黑暗，而是弥漫着一片白茫茫的雾气，身边的一切影影绰绰，看不分明。

渐渐地，她发现那白雾在隐约晃动，有影子在里面漫无目的地游荡，越来越清晰。

萧暮雨有些紧张，全神贯注地盯着那不断靠近的影子，满心戒备。突然，一个影子从萧暮雨背后快速靠近。萧暮雨心里一惊，右手握紧回身一拳挥了过去，可还没碰到对方就被抓住。

正要挣扎，那人却急急道："是我，终于找到你了。"

"沈清秋？"萧暮雨心里松了口气，赶紧看了她几眼，才低声道，"这就是晚上会发生的事吗？"

沈清秋神色严肃："应该是，这里不只有我们，还有其他人。"

"那你的意思是，只要被那东西吸引着看了它的眼睛，就会进……来？"萧暮雨还没来得及说完，就看到了左甜甜，顿时脸色一变。

"左甜甜，你怎么在这里？苏瑾呢？"刚说完又有几个人出现了，里面就有苏瑾。

"怎么回事？你们遇到那东西了？"沈清秋表情也变了，苏瑾和左甜甜不是住在教师宿舍吗？而且苏瑾还是老师呢，怎么也没躲过去？

"是的，我们没躲过，它出现得太突然了。"苏瑾也是一脸懊恼。其实沈清秋一回来就悄悄叮嘱过她，绝对不要看那东西的眼睛。不过，她又舒了口气低声道："进来也没关系，留你们在这儿我也不放心。"

尤其是沈清秋瞒着萧暮雨叮嘱自己不要看那东西的眼睛时，苏瑾就很担心。要是她不进来，也许沈清秋会一个人面对这些。

不过看了下萧暮雨，苏瑾又觉得自己想多了，萧暮雨怎么会让沈清秋一个人面对危险？

这么一会儿，萧暮雨就发现来这里的不仅是她们，和自己一个宿舍的四个女生也在。这会儿人都陆陆续续聚到了一起，其中还有黄梦和坐在刘雅后面的张渚。

萧暮雨数了数，一共十三个人——八个女生，四个男生，加上苏瑾这个老师。

几个学生已经抖如筛糠，看到苏瑾时几乎要哭了出来。黄梦哽咽道:"老师,这次轮到我们了,这种日子什么时候是个头啊?"遇到老师,无异于遇到了救命稻草,胆小的女生都围着苏瑾不敢离开。

"这是什么鬼地方?我一定是在做梦,一定是在做梦!你们都疯了,信那些乱七八糟的东西,就是因为你们神神道道的,才会总是出现这么多乱七八糟的事。"张渚冲着一群人大喊大叫,脸涨得通红,情绪很不稳定。

他身边的男生一把拉住他,拼命劝他冷静点。

"呵呵。"突然,一阵笑声在人群中响起来,突兀而空洞,吓得所有人都噤了声。

一时间,现场只有急促的呼吸声和牙齿碰撞的声音。

唰!操场上,教学楼楼道里,几盏灯齐刷刷地亮了起来,昏黄的路灯犹如一只只眼睛,窥探着夜色中闯入牢笼的羔羊。

"呵呵,大家今天上了一天的课,肯定很累了吧?"那个笑着的声音又一次开口了,这次他们听清楚了,是学校的广播播报。

"啊啊,啊!"人群中一个女生无法遏制地叫了起来,她指着广播站的位置,崩溃般地叫道,"你们……你们听见了吗?那声音……那声音很耳熟……很耳熟啊!"

她这话一出,苏瑾、左甜甜和沈清秋只是觉得不对劲,但是萧暮雨神情一变——是很耳熟!

"骆子豪,是骆子豪!"黄梦面如死灰,说出的话就像是最后一根稻草,压垮了所有学生。好几个人都听出来了,哆哆嗦嗦道:"老师,是骆子豪在说话。"

"啊,没想到大家对我的声音这么熟悉,那我走了,大家肯定很想我吧?嗯,送我最后一程的同学也在啊,实在是太好了。那接下来,就让我陪大家玩一个游戏吧。嗯,你们一定会喜欢的……就叫……捉迷藏。"

他刚开始吐字很清晰，可越往后杂音就越大，变得有些口齿不清。广播把他说话时的每一个动静都放大了，于是所有人都清楚地听到他嘴里像含了液体一样发出咕嘟咕嘟的声音。

萧暮雨和沈清秋目睹了骆子豪坠楼，都能想象到那个画面。

广播室里的骆子豪嘴角沁出血丝，却还笑着说："你们可以选择能躲的地方，我数一百个数，就去找你们了。哈哈，如果半个小时内被我找到了，你就要留下来陪我，知道吗？哈哈。"在那含糊声中，她们努力听清了他在说什么，但是其中的每一个字都犹如可怕的咒语，激出了她们灵魂深处的恐惧。

"什么……什么意思？我们能往哪里躲啊？"

"叮，玩家萧暮雨、沈清秋、左甜甜、苏瑾激活004号副本大型连续生存游戏——躲猫猫①。很有趣的游戏，不过不要忘记，躲猫猫是很危险的。但是请玩家不要恐慌、不要绝望，亡者找人会用亡者的方式，也会以亡者的姿态来找。"

四人听得齐齐皱眉，那边学生们还在叫喊，一团乱。

"闭嘴！别说话！"沈清秋语气冷厉，目光从人群中扫过，吓得慌乱不已的几个学生大气都不敢出。

"好好想想哪些地方他不熟悉，哪些地方可以容身，注意保持安静，千万别出声。无论看到什么，听到什么都别出声，别去看！"萧暮雨没时间给他们多说，也只能给这点提示。

随后她抬了下手，示意赶紧分散。

"我……我怕，我不敢一个人。"黄梦满脸泪痕地哽咽道。

"最多两个人一组，目标一大，躲哪里都没用。"萧暮雨也知道他们恐惧，但是她不是神，眼下一切都是糊涂的。她们四个

---

① 躲猫猫，是一种儿童游戏的名称。比喻像猫一样躲到不容易找到的地方。这种比喻形象地描述了游戏中的躲藏行为。也称为捉迷藏或藏猫猫、逮猫儿。

人有卡片，却不如这些学生对学校熟悉。说到卡片，萧暮雨赶紧看了下。

"我的道具许多都用不了。"这一看让萧暮雨心里一沉，她发现了一个要命的事。

"看来，这意思就是我们只能真的去捉迷藏，别想着硬碰硬了。"沈清秋在心里忍不住"问候"了系统的祖宗，"不过万幸的是'相亲相爱一家人'卡片还可用。只是系统说的亡者的方式、亡者的姿态是什么意思？"

这个副本总算是给他们留了一线生机。这种没有太大防御能力和攻击能力的卡片还可以用，让她们稍显安慰，但是系统那两句话说得不清不楚的。

"正常人想要用半个小时在这么大的学校里找到人，难度很高，所以骆子豪肯定会以亡者的形态去找人。那么他的速度、听觉之类的肯定优于正常人。亡者姿态应该是指用他坠楼后的那具身体。不然他说话时也不会那样。"

"准……备……好了吗？"那个让人心慌的声音又从广播里传了出来。

时间紧急，萧暮雨急急忙忙道："苏瑾、左甜甜，你们一起行动，但教室最好不要去。骆子豪对那里了如指掌，而且那里没有可以躲的地方。有事群里聊，一定记得看消息。"

走的时候沈清秋轻声道："你们不用太害怕，今晚它估计会优先找我们。"

苏瑾听得心里一凉，还想说什么，沈清秋已经带着萧暮雨离开了。

"一、二、三……"骆子豪已经开始计时了，即使他吐字再怎么含糊，有那广播在，无论在哪里，这十三个人都能把数数声听得一清二楚。

这声音就像是夺命的刀刃，刀刀刺过来，让人惊魂失魄。

得益于之前在学校里仔仔细细转了几遍，所以远宁高中的布局沈清秋摸得一清二楚。

在使用了"相亲相爱一家人"卡片后，沈清秋开始在群里用语音介绍远宁高中的几栋建筑。

"学校三栋教学楼平行排布，布局一模一样。高三教学楼前面是篮球场，对面就是体育馆，体育馆面积很大，有两层观众台，座位很多，还有两排座位是伸缩的，那里是个很好的藏身之所。教学楼后面有一个人工湖，湖右侧是食堂，三层，很空旷，只有座位。食堂后面是宿舍，一样没什么躲的地方。食堂前面是行政楼、图书馆，还有理化实验室，房间很多，书架众多，也是个很好的躲避之所。"

与此同时，萧暮雨一边听一边把学校的平面图画了出来，发到了群里，让苏瑾和左甜甜目瞪口呆。

"那我们去哪里？"

萧暮雨听着广播里的声音，皱眉沉思，打字发了一条消息：从现在开始就躲，他不是人，不要指望他真的会在广播室待着。

苏瑾和左甜甜后背一凉，环顾一周后立刻钻进了旁边的绿化带，躲了起来。

沈清秋勾起一抹冷笑，抬眸看向身边的一棵梧桐树，树上有一根杆子，上面有一抹细微的红点。

此时，骆子豪已经数到五十了。沈清秋没有多犹豫，抽出匕首靠近树干，攀着树干翻身上去，一脚就把摄像头踢得粉碎。

沈清秋：别忘了监控，一个不留。

广播室里，电脑和话筒都倒在地上，正在数数的骆子豪看着电脑屏幕上一个个黑下去的画面，摔塌了半边脑袋的脸上，表情一点点扭曲，变得更加骇人。

"七十、七十一！"

"他生气了，我们该找个地方躲了。"

十三个人，看似可以藏的地方很多，但是远宁高中就这么大，一个怪物找人，需要多久呢？萧暮雨不知道，也没办法知道。

体育馆因为座位多而密，又有八个出口，几乎是绝大多数人的选择。

只是人一多，那就不是庇身之所了，而且那里最适合躲藏这点，骆子豪应该也清楚。一开始萧暮雨就看到了好几个人往那边跑，所以她和沈清秋不能去那里。

苏瑾和左甜甜本来也想往体育馆走，在沈清秋提醒了之后，两人选择了去图书馆。

"那里可以吗？"

萧暮雨想了想："可以，但是记住藏低不藏高。"

苏瑾和左甜甜听了后有些不明白："什么藏低不藏高？"

"我只是突然想到，骆子豪发生事故已经十几个小时了，按理说他的身体已经僵化，如果按系统说的亡者姿态，那么他应该是弯腰比较困难。这个推测不是那么严谨，但你们小心点总是好的。"

苏瑾和左甜甜一听，觉得很有道理，即使猜错了，也无关紧要。

"八十九！"

时间快要到了，沈清秋看了眼萧暮雨："想好躲哪里了吗？"

萧暮雨神色沉静如水，她盯着群里的平面图，然后伸手指了一个地方。

沈清秋微微一愣，旋即笑了起来："怎么每次你总能和我想到一起去呢？"

但是萧暮雨想到了什么，皱了下眉，查看了沈清秋腰腹处的伤口,发现绷带还在。

沈清秋知道她的意思,压低声道:"没关系的。时间紧急,不能耽搁了。"

说完,沈清秋拉着萧暮雨,两个人避开路灯区域,穿过行道树和灌木林,悄悄摸到了人工湖那里。湖上方有一个亭子,亭子底部高出水面一小截,她们可以躲进去。

这个天气水很凉,但是此刻也顾不得了,两个人身手都很敏捷,她们轻巧地翻到了亭子下方。亭子底部是架空的,那一点缝隙刚好够她们露出水面呼吸。

水面还未平静下来,一百个数字已经数完。

"时间到了,我要开始找人了。"广播里的声音满是兴味,似乎十分开心,

这句话说完后,广播里就传出咚咚的声音,随即归于平静。

那是什么动静?萧暮雨觉得不大对劲,在群里打了一行字。

不只是她,苏瑾她们也觉得有些不对。

苏瑾:听起来像是什么撞在地上的声音,又闷又响。

左甜甜:他既然来找人了,那就应该会离开广播室,该有脚步声,可感觉这声音不像脚步声。

沈清秋心里蓦然发沉,立刻扭头看着萧暮雨,萧暮雨也是一脸惊骇。那绝对不是脚步声,没有人脚步声会这么重而密,像是……

沈清秋迅速打了一行字,随即按着萧暮雨的脑袋整个没进水里。

而另一边的苏瑾和左甜甜看到沈清秋发的消息,也是脸色大变,迅速从图书馆管理室的柜子里爬了出来,径直翻上了柜顶。

咚、咚。

那种声音又一次响了起来,而这次它沉闷又飘忽,一下一下,

在整所学校里四处飘荡。

长时间憋在水里肯定不行，听声音还远，沈清秋微微托起萧暮雨让她换口气，动作轻得连水纹都只泛起微微几圈涟漪。

夜里视野不好，萧暮雨隔着水和湖岸，也看不清外面到底是什么情况。只是她此刻紧张万分，因为按照她们刚刚的推测，她们选的这个位置十分不利。是她失误了，"亡者姿态"，骆子豪的亡者姿态她应该想到的！

骆子豪的声音依旧在学校里飘荡，还在不停地问："让我看看你们会躲在哪里呢？宿舍床底下，还是教室课桌底下？体育馆？图书室？"

他每说一个地名，躲在里面的人就吓得魂不附体，有的已经快要哭出来了。

时间一分分流逝，在这期间骆子豪三次从人工湖附近经过，萧暮雨和沈清秋也领教到了他的速度——比正常人快了近三倍。偌大的校园，他不用十分钟就能把所有的地方都找一遍。

萧暮雨的心情越发沉重了，就这种速度，哪怕是一个个找，他半个小时也肯定能找到人。可是到目前为止他一个人都没找到，她怀疑他不是找不到，而是找到的人不是他想要的。

忽然，那咚咚的声音越来越近了。萧暮雨憋了口气看了眼岸边，差一点被打乱了气息。她看到了骆子豪，也再次确认了她们的猜测。

从楼上摔下来的男生脊柱和双腿都摔断了，入殓时虽然做了简单的修复，可是此刻他的身体还是不自然地扭曲着。右腿因为走路的动作，断裂的骨头也戳了出来，断腿随着他的动作摆动。砸在地上塌了一半的脑袋像装了弹簧一样，在地上一下一下咚咚地撞击着。

骆子豪根本就不是用双脚走路，而是头朝下，一下一下用脑袋在跳，所以每一次都发出了那咚咚声！

"亡者姿态"是指他坠楼时的姿态，因为骆子豪头朝下摔在了地上，所以他是用脑袋在走路！

那具倒立的身体开始在湖边徘徊，鼻子耸动时发出的声音十分清晰，他竟然是在嗅味道。

咚、咚。

岸上的骆子豪就立在湖边的一盏路灯下，灯光清晰地把他的样子都映照了出来。

萧暮雨两人大气都不敢出，头全部埋进水里了，所以什么都看不清；而她们也不敢做任何动作去窥探，只能凭借细微的动静来判断。

水隔绝了光，也阻碍了声音，那咚咚声变得越发沉闷。

陡然间，亭子底下的萧暮雨和沈清秋发现那动静大了许多。

咚、咚，不仅是有声音，就连湖水都被震得轻微晃动。

骆子豪在她们头顶的亭子里跳！

"呵，有人会躲在亭子里吗？"他笑着，在亭子里来来回回地跳动。

时间过去太久了，还不知道这鬼东西要在这里逗留多久，沈清秋怕萧暮雨憋不住，伸手碰了碰她的掌心。

萧暮雨会意，两个人一点点仰头，刚好趁着被这鬼东西震动了水面，露出口鼻，极轻极缓地呼吸。

滴答！滴答！

就在她们准备缩回去时，几滴液体滴到水面上，夜色中看不清是什么，但是萧暮雨和沈清秋已经猜到了那是什么。本来就嗅觉灵敏，且有一点洁癖的萧暮雨恶心得差点要吐出来。偏偏骆子豪还不肯离开。亭子里没有发现，他又跳到岸边，用仅剩的一颗眼珠子努力地往亭子上面看。他绕着亭子转了几圈，还是看不到亭子顶上的状况，又嗅不到味道，变得越发狂躁起来。

"我找到你们了，别躲了，快出来！哈哈。"他突然大笑起来，冲着亭子这边嘶吼，眼珠子瞪得像要掉出来一样。

"两个人，我只用找一个就够啦。萧暮雨、沈清秋，你们真的不打算出来吗？"

他越说萧暮雨越心惊，也再一次确定了，他要找的就是她和沈清秋。这个副本里的学生的确和她们一样是猎物，但是猎手在开枪之时心里就已经有了目标。

让萧暮雨觉得可怕的是，这是这几个副本中，头一个会利用人性的怪物。他这番话，分明是在威吓诱逼她们主动现身，或是互相残杀。

因为只要有一个人被找到，那么这个游戏就结束了！

水下，沈清秋手指轻动了下，萧暮雨顿时紧了紧手指，往回轻拉了下。水下动作小得近乎无，可是彼此都明白了对方想说什么。

沈清秋心口蓦然涌出一股热意，实话说，她从没觉得自己会是一个保护者，相反她天生就是一个毁灭者。

可是遇到萧暮雨后，她总是不自觉地想保护萧暮雨，一开始是为了刻意拉近关系，现在是由不得自己了。萧暮雨是她最重要的队友，所以她见不得萧暮雨受伤害，见不得那些东西欺负萧暮雨。

时间一分分地流逝，骆子豪大概是没有在其他地方找到两个人的踪影，围着亭子不肯离开。他在那里气急败坏地叫了很久，也没有察觉到一丝动静，已经几近癫狂，从喉咙里发出一阵阵嘶吼声。

"出来！出来！找不到啊，找不到啊，怎么会找不到呢？怎么会找不到呢？呜呜。"他凌乱地跳跃着，可是突然间，他的声音消失了。

刚才一直把眼睛往上看的骆子豪停了下来,他把眼珠子往下一转,随后紧紧锁在亭子下面。

他一下一下跳过来,凑近了岸边,倒立着盯着水面,咧嘴笑道:"在水里吗?"

萧暮雨和沈清秋脸色一变,心跳也陡然快了起来。

心跳一旦加速,耗氧量也会增加,如果不是刚刚趁他发疯她们换了口气,此刻肯定就憋不住了。

奇怪的是,骆子豪怀疑两人在水里,却没有直接跳进水里找人,只是死守着水面,不停地逡巡。

这是让两人唯一值得庆幸的,不然恐怕真躲不过去了。

盯了半天,水面动都不动,也看不到人影,骆子豪出奇地愤怒。

他在岸边不停跳着,僵硬的手臂几次在水里试探,但就是不敢把脑袋放进水里。

很显然,他还没摆脱作为正常人时对水的恐惧。

这的确是不幸中的万幸,但是萧暮雨感觉自己已经屏息到极限了,原本加快的心跳已经被迫降速,她已经无法控制身体。如果不是强悍的意志力在坚持,她一定大口呼吸了。

沈清秋的手指一直抓着萧暮雨,她很清晰地感觉到了对方的变化。萧暮雨身体开始变得僵硬,她很清楚,这是缺氧所导致的身体不受控制的变化。

她心里一直预计着萧暮雨的憋气时间,普通人在水底憋气两分钟就已经很久了,通过训练后有些能持续三到四分钟,在这种高度紧张的情况下,萧暮雨憋了四分钟已经是不可思议了。

所以早在两分钟前,沈清秋就借着水势一点点凑近,此刻她已经离萧暮雨很近了,因此也发觉萧暮雨快不行了。

她动了下,揽着萧暮雨的左手,把人往自己这儿轻轻带了下。

此时两人刚好在水下的柱子边,于是借着遮挡靠了过去。

萧暮雨克制不住本能,借着这遮挡浮出水面,捏紧沈清秋的手贪婪地吸了一口气,却又在理智恢复时,克制住了大口呼吸的欲望,憋了回去。

两人在水底一动不动。骆子豪还没离开,萧暮雨这一口气完全是杯水车薪,她还是坚持不了多久。于是沈清秋睁开眼,笑了下,右手松开了萧暮雨,转而摸出了刀。

萧暮雨已经发现她的动作了,也明白她想干什么。萧暮雨想要阻止却被她按住。沈清秋正要钻出水面,却听到砰的一声,一个篮球砸到了水面上,湖面顿时水花四溅。

于是萧暮雨和沈清秋恰好在这个混乱中钻出来喘了口气,透过亭子下的缝隙,她们发现骆子豪被那篮球砸中了!

此刻他脸朝下摔在了地上,根本就看不到这边的情况。

沈清秋和萧暮雨面面相觑,迅速吸了一口气后再次悄无声息地沉了下去。趁着这会儿有机会,沈清秋查看了下群消息。

上面是苏瑾发的:萧队、沈小姐,坚持住!

沈清秋差点笑出来,只是不知道苏瑾和左甜甜能不能藏好,现在看,离半个小时还有七分钟。

本就不协调的骆子豪挣扎了半天才重新倒立起来,他看着漂浮在水面的篮球张嘴咆哮起来,扭头冲着篮球飞过来的方向跳去。

他速度极快,眨眼就没了影子。

萧暮雨迅速发消息:他朝你们那边去了,千万小心。往高处躲!

苏瑾:明白。

苏瑾她们本来就躲在图书馆,但是骆子豪在人工湖这边叫嚷,她们都能听见。尤其是听到了萧暮雨和沈清秋的名字,让她们更加紧张。沈清秋说那东西今晚大概率是盯着她和萧暮雨,于是苏瑾和左甜甜坐不住了。

两个人自从跟着萧暮雨和沈清秋后,胆子越来越肥了,她们很快就下了楼,摸到人工湖后面的教学楼里。从窗口,她们两人看到了在那里一直不肯离开的骆子豪。

这个角度很容易看到亭子上面没人,苏瑾头脑不笨,自然能想到唯一可能的就是沈清秋和萧暮雨躲在水里。时间久了水里的人会受不了,于是她赶紧四处找东西,最后找到了一个篮球砸了过去。

丢完篮球,她和左甜甜马不停蹄地转移了位置。这次她们爬到了教学楼顶楼的钟楼上,直接挂在了顶上,虽然很吓人,但是这个位置,骆子豪这个倒立的怪物应该是找不到她们的。

看着骆子豪气急败坏地离开了,萧暮雨和沈清秋再次冒了头。萧暮雨满脸水迹,盯着沈清秋,沈清秋有些心虚,微微别过头。

萧暮雨刚想说什么,但是一股危机感在心里升起,于是她又拉着沈清秋钻进了水里。就在她们藏进去时,骆子豪眨眼间就出现在岸边,阴森森地盯着她们这边。

只是可惜的是,错过了刚刚那次时机,萧暮雨和沈清秋已经有了足够的喘息机会。时间只剩下不到三分钟了,他还没找到人。

骆子豪疯了一般撞击亭子的柱子,亭子被他毫无知觉的身体撞得砰砰作响。他力气大得可怕,那根柱子被他撞得硬生生裂开,然后咔嚓一声断了,亭子整个倾斜下去。

就这么折腾了一番骆子豪才真正离开,一路号哭着去了体育馆。

他还保留着人的思考方式,很清楚体育馆里有人。

咚咚的声音急促地在体育馆内响起来,他不停地怨毒而哀戚地叫着:"找不到啊,找不到啊!"

之前张渚情绪失控,一个人跑了出去,直到听到骆子豪的声音他才真的恐惧起来。后来听清楚规则后他也不敢放肆，赶紧找了一个地方躲了起来。此刻他就躲在体育馆最下面一层的座椅下面。

那个地方本来是伸缩的，现在椅子被拉出来了，张渚就缩在原本放座位的槽里，很隐蔽的位置。

当骆子豪跳进来时，张渚又听到了那声音，每一次撞击，那沉闷的声音都通过地板清晰地传递到他耳朵里。张渚吓得浑身发抖，紧紧缩在里面，听着外面的声音变得越来越急促，语气越来越怨恨，他的恐惧也不断攀升。

他不停地咽着唾沫，在这恐惧之中却又生出一种好奇来，一种无法克制的好奇。

他慢慢扭过头，透过缝隙往外看。体育馆的灯亮着，他可以看清的范围很窄，视野里都是地板，什么东西都没有。

然后就在他松了口气准备扭过头时，骆子豪的声音变得十分兴奋："找到了！"

张渚身体不可遏制地僵硬起来，下一刻视野里出现一张只剩下一半的脸，恰好对上了他的眼睛，对方仅有的那只眼里满是残忍而天真的笑意。

"啊！啊！"张渚的惨叫声不需要通过广播就响彻了整个学校。

同样躲在体育馆的黄梦死死捂着嘴，眼泪汹涌地往外流。

"叮，本轮游戏结束，张渚出局！恭喜玩家萧暮雨、沈清秋、苏瑾、左甜甜通过第一轮游戏！"

这句通报是萧暮雨几个人暂且逃出危险的喜讯，却也是张渚的凶讯。

听到这句话，萧暮雨和沈清秋总算可以毫无顾忌地从水里爬出来了，湿冷的衣服贴在身上，冷风一吹，人难受得很。

在这个不大的人工湖旁边,密密麻麻都是圆形的血印子,全是骆子豪在这里徘徊时留下来的,一圈一圈,让人头皮发麻。

萧暮雨想起刚刚的场景就心有余悸,她猛然回头定定地看着沈清秋,眼神冰冷,说出的话更冷:"沈清秋,你刚刚在干什么?"

沈清秋愣了下,她知道萧暮雨生气了,但是一时分不清楚萧暮雨是在为哪件事生气:"你说的是哪件事?"

萧暮雨咬了咬牙,语气更是不善:"我是说你赶着送命的事。刚刚如果不是苏瑾她们用篮球砸了骆子豪,你是不是就准备自己出去了?"

沈清秋沉默了下,然后不在意地笑了:"那种情况下我们已经藏不住了,如果不出去一个人,那么他找到的就是我们两个。暮雨你这么聪明,肯定清楚,一个人牺牲总比两个人都牺牲好。况且即使我被选中了,有你在,你肯定能想办法……"

"浑蛋!"萧暮雨非常暴躁地吐出两个字,直接打断了沈清秋的话,一双眼睛也气得通红。

这还是沈清秋第一次听到萧暮雨骂人,这下是真的被骂呆了,只愣愣地看着她:"你生气什么?"

"我说,你这个浑蛋!什么'一个人牺牲比两个人都牺牲好','你肯定能想办法'。我无所不能吗?我什么都能掌控?你知不知道一旦在副本里消失,你就彻底消失了!再有本事我也不能让你死而复生,就算我通关了,你也没了,你明白吗,沈清秋?"萧暮雨越说越激动,一把拽住沈清秋的衣领把她扯了过来,最后狠狠瞪了她一眼又丢开。

萧暮雨从没这么失态过,可是在涉及沈清秋的安危时,她还是控制不了。

沈清秋踉跄着后退了两步,站在那里沉默不语,只是安静地看着萧暮雨。

不知道为什么，萧暮雨明明怒不可遏，可是沈清秋在这暴怒的人身上，感觉到了浓郁的悲伤。

沈清秋觉得那滋味仿佛一张网勒紧了她的心，让她有些喘不过气。

"对不起。"半晌，她说了三个字，声音却哑得厉害。

萧暮雨抬了下手阻止她，然后冷笑了一下："你还问我生气什么，你到底是个什么意思？"

"喀喀。"刚赶过来的苏瑾和左甜甜发现两人在吵架，感觉不太好上前。

沈清秋有些许尴尬，伸手想去牵萧暮雨，萧暮雨却是径直甩开了她的手。沈清秋闷哼了声，弯下了腰。

萧暮雨脸色一变，又赶紧去扶她。沈清秋抬了下眼，娇弱地说了一句："好疼。"

萧暮雨瞥了眼下巴都要掉了的苏瑾，又看了看沈清秋，咬牙切齿道："活该！"但萧暮雨最终还是没有撒手。

与此同时，广播里再次响起骆子豪的声音："好可惜啊，游戏时间结束了，没能找到我喜欢的伙伴，真是遗憾。不过有张渚，我也不孤单了。大家好好休息，千万要小心。哈哈。"他声音阴冷空灵，听得人鸡皮疙瘩都起来了，尤其是在他提到张渚时，底下的人都在颤抖。

广播结束，所有参与的人都出来了，十三个人只剩下十二个，张渚不见了。那个和张渚关系好的男生面无血色，整个人失魂落魄的。

其他人看向萧暮雨和沈清秋时眼神都变了，不仅是恐惧，还有羡慕和震惊。

不过他们没有停留太久，十秒倒计时后，萧暮雨和沈清秋发现她们已经回到宿舍，四个歪在外面昏睡的女生也醒了。

缓了半天,她们四个人哆哆嗦嗦地钻进被子里,为那场噩梦般的经历无声哭泣。她们劫后余生并没有多少喜悦,因为这种侥幸的背后,是看不到希望的深渊。

萧暮雨没有说话,只是看着身边的人。

沈清秋低声道:"暮雨,对不起。我知道我那样做有些自以为是,我和你说什么一个人牺牲总比两个人都牺牲好,那的确是瞎说。我做这个决定也不是理智的选择。牺牲一个人还是牺牲两个人,对我而言不重要,重要的是你在哪个里面。"

萧暮雨盯着她,眼睛都没眨,看不出是专注还是冷漠。

沈清秋也不知道自己是怎么了,心里攒了一堆话就是想说出来。

"还记得那次我问你什么时候可以真正接纳我,你却反问我什么时候才不用脑子算计你。当时我是想否认你说的潜台词的,但是暮雨,我刚刚做出那种选择,就说明了我不是在算计你。"

她说了长长的一段话,萧暮雨依旧只是看着她,一个字也没说。

这样的萧暮雨,头一次让沈清秋有些许局促,半晌她又轻声道:"暮雨,你——"

"先放开我。"

"哦,哦哦。"沈清秋忙松开手,稍微往后撤了一点。

"我对通关以外的事并不感兴趣。"萧暮雨吐出的话有些冷淡,让沈清秋心头一闷。

但很快,萧暮雨又说了一句:"所以你刚刚为什么还要和我说这些?"

沈清秋怔了怔,不明白萧暮雨是什么意思。许久后她犹豫着开了口:"我也不知道为什么要说,就是忍不住了。在这里吉凶未卜,就像今晚,我们离危险不过一步之遥。说不定哪天我就没了,既然这样,在这种境地下,又何必互相猜忌呢?"

萧暮雨听得直皱眉:"你别张口闭口说没了。"

沈清秋就直直看着她,眸子里微光闪烁:"那你呢,你能全心信任我吗?或者换句话说,你能给我个机会完全接纳我吗?"

萧暮雨心有点乱,她有点扛不住沈清秋的目光,只好轻轻转过头看着床顶,半晌才含糊道:"不知道。"

沈清秋有些失落,就在她叹了口气时,萧暮雨闷声道:"但要是别人像你一样这么恶劣,我早就对她不客气了。"

"扑哧。"沈清秋沉默了半晌,突然笑了起来,声音很低,但是萧暮雨能听出来她很开心。

沈清秋没有靠萧暮雨很近,就侧身目不转睛盯着萧暮雨,眸子里都是笑意。

萧暮雨又忍了很久,抓起身边的衣服丢给了沈清秋:"赶紧回自己床上睡觉,困了。"

沈清秋闷闷笑着,侧头看了眼萧暮雨,见她似乎没怎么生气了,才回自己床上闭眼睡觉。

4.

过了许久,萧暮雨轻轻扭过头。熄了灯的宿舍光线很差,她看不清沈清秋的五官,但是可以看到沈清秋的轮廓。这么睡着,从线条就能看出这人长得很好看。

萧暮雨轻轻叫了沈清秋一声,没动静。于是她悄悄走到了沈清秋身边。

她定定看了沈清秋一会儿,然后小心查看了下沈清秋腰间的伤口——绷带是干燥的,看来晚上的经历说是梦也没错。

萧暮雨缩回手准备躺回去,却又不由自主地把目光落在了沈清秋身上。想到沈清秋的话,萧暮雨看了很久,眼里神色复杂,最后才泄气一般躺回去闭上了眼睛。

她认了。

第二天早上六点半,起床铃声响了起来,早自习要开始了。

萧暮雨被铃声惊醒,却发现起床铃居然没有惊醒沈清秋,宿舍里其他四个人也没动静,看来昨晚的噩梦让她们身心俱疲。

萧暮雨目光又落在沈清秋身上,绷带上的血迹已经干了,但还是很刺眼。这女人是没痛觉吗?伤得这么重还要硬扛,而且睡觉也不老实,被子也不盖好。

萧暮雨皱着眉勾着手指把被子拉了过来替沈清秋盖上,一低头,对方正睁着眼睛,笑意盈盈地盯着她。

萧暮雨顿时木着脸凉凉地道:"你这睡觉姿势,让人一言难尽。"

沈清秋笑意难止:"这只是个意外,平日里我睡觉很老实,一晚上都不动。"

沈清秋直直地看着萧暮雨,灰色眸子里没有戏谑轻浮的笑,倒是有光,就像是有星星。可以看出来她心情不错。

萧暮雨之前总觉得沈清秋眼里是玩世不恭,是恶劣,是调侃,还有面对危险时的冷酷;此刻她恍然意识到,沈清秋看着她笑时,有时候就会是这样子,眸子里有星星。

萧暮雨略显慌乱地把眼神挪开,嘴硬道:"早知道你醒了,我就该直接掀了你被子。"

沈清秋还是定定看着她:"我是在你给我盖被子时才醒的。"

"我是怕你肚子受凉,这么大个人了,跟孩子一样。"

萧暮雨拿起外套准备穿,一转头,发现沈清秋也坐了起来,笑意盈盈地盯着自己。

萧暮雨看了她一眼:"你不用急着起来,多睡会儿吧,昨晚也累了。"

"你呢?"沈清秋有些不解。

"我不困,我去看看今天班上的情况。起床铃响了,他们应该都起来了,但是宿舍的四个人还没动静,我想昨晚进去的人大概可以晚去一点。况且系统也没有警告你,你就留下歇一会儿。"萧暮雨一边说,一边穿衣服。

沈清秋摇了摇头:"算了,你起来了我也睡不着。"

萧暮雨手里动作一顿,扭头看着沈清秋。她已经坐在了床边,晃着腿,露出一双白嫩的脚丫子。她表情很认真,但是语气娇软,和以往大不一样。

萧暮雨就这么看了她很久,最后转身去她床边柜子里替她找了身衣服。

沈清秋拿着衣服,轻笑一声。

"笑什么?"萧暮雨不明所以。

沈清秋穿着衣服,回忆了下:"就觉得暮雨你特别好。之前给我叠衣服,现在又给我找衣服。"

"别贫嘴了。"萧暮雨给了她一个白眼。

两人洗漱完没有直接去教室,而是先去了一趟教师宿舍。

敲门后,是苏瑾开的门,看到萧暮雨和沈清秋时,屋里的两个人都松了口气。

"都没事吧?"

萧暮雨摇了摇头:"昨晚都没来得及好好聊,多亏了你和甜……左甜甜,不然有人昨晚就凉了。"

她本来要叫"甜甜",只是才吐出一个字就改了口。

左甜甜和苏瑾没听出什么不对,苏瑾连忙摆手:"我们都是队友,这是我俩应该做的。况且如果不是你和沈小姐这么厉害,我们真没这个胆子用篮球砸那怪东西。"

"是啊,如果不是沈小姐,打死我也想不到玩家可以把怪物打得嗷嗷叫。你别说,昨晚我们是又怕又激动。还有萧队,你别骂沈小姐了,她也是关心则乱,你们可别再吵架了。"左甜甜应和道。

萧暮雨看了沈清秋一眼,这眼神有点埋怨。她闷声道:"我怎么骂她了?昨晚她还冲我大吼大叫,把我骂得狗血淋头。"

沈清秋瞪圆了眼睛看着萧暮雨,一脸不可思议的表情——好小心眼的人。

左甜甜和苏瑾也愣住了,两个人面面相觑,齐声道:"怎么可能?"

沈清秋扑哧笑了出来,萧暮雨看着她那小人得志的模样,眉头皱得越发厉害了。怎么就不可能了?沈清秋过分的地方多了去了。

苏瑾看萧暮雨表情不对,赶紧补充道:"我们意思是说,换成别人,别说沈小姐只是骂他,就算是直接上手打他我们都深信不疑。可是沈小姐对你,怎么会大吼大叫呢?"

左甜甜在一边鸡啄米一样点头。

萧暮雨懒得说了,转身就走:"我们先去教室。"

沈清秋在一边也是连连点头,跟在萧暮雨后面像煞有介事地道:"就是就是,我怎么可能骂你?"

"闭嘴!"萧暮雨头也不回地说出两个字,走得越发快了。

虽然这个副本仅仅开了个头,还有很多信息没收集,还有很多危险存在,可是沈清秋现在的心情却特别好。

两人回七班时天还没大亮,因为教学楼都长得太像,外面又昏暗,她们差点走错了楼。

七班教室里,除了昨晚参与游戏的人,其他人全到齐了。当她们两人走进教室时,班里有气无力的读书声戛然而止,几乎是所有人都扭头看向了她们,表情十分震惊,像看到了怪物一样。

沈清秋堂而皇之地走了进去,吸引了绝大多数人的目光。萧暮雨看似一脸冷淡、目不斜视,却在用余光一个个看过去,把众人的表情都收在眼底。

大多数人表现得都很正常,只是,她瞥了眼刘雅——刘雅面无表情,依旧冷漠地看着她们,神色不像正常学生该有的。

她身边的林雪倒是和别人没什么不同,表情又是惊讶又是畏惧,十分复杂。

英语老师已经在教室里了,这个年轻的老师同样在看她们,眼神里有同情也有无奈。

"好了,大家继续读书吧。"

然后教室里稀稀落落地响起了读书声。还是那种感觉,太平静了。看来沈清秋说得没错,对这种事他们已经习以为常了,应该是所有人都知道了七班的学生会遭遇什么。

"很难想象他们在这种压力下还能坐在教室里,换成别的人,恐怕会疯。"

沈清秋无视老师的要求,嘟囔了一句"相亲相爱一家人",在群里发消息。

陈楷杰:你们怎么样?昨晚发生什么事了?

左甜甜:我们被选中了,夜里进入了一场猎杀游戏。七班的学生都有可能进入这个游戏,进去的人如果失败,就会成为下一个骆子豪。

左甜甜提起昨晚的游戏,手指还在抖。说实话,看到骆子豪脑袋朝下地在地上跳,那感觉真的是魂飞魄散。

昨天晚上她看着苏瑾把他砸翻,吓得一直在原地跺脚,真是毛骨悚然。

陈楷杰:你们躲过了吧?

萧暮雨：放心，没事。

苏瑾：很奇怪，按理说我们都该和七班有关，为什么陈大哥的设定是警察呢？

萧暮雨看到苏瑾的消息时，动作顿了下。这个想法昨晚就在她脑海里浮现过，这的确不合常理。

左甜甜想了想，回复道：陈大哥的身份能够帮我们获得一些消息，如果我们的身份都是学校的学生或老师，信息源太窄了。

陈楷杰：而且身为警察，我和七班也会有联系，但凡学生出了事，警察都需要调查。说起来，七班这个学期已经出了三次事故，记录中都是我负责处理的。

萧暮雨看着他们聊天，盯着面板一言不发。这些解释得通，但还是有不对劲的地方。

先不说她们一早就知道系统会刻意保持玩家之间的公平性，就算因为本次副本是团队副本而不存在竞争，那系统的每一个安排也都是有原因的。

而这些原因里，绝对不会有系统为了让玩家便宜行事这一条。警察的身份也许是有用处，但不应该都是好处。

苏瑾：萧队怎么不说话呢？

沈清秋低头看了眼控制面板，侧过头去看萧暮雨。坐在那里的女生十六七岁的样子，长得清俊秀丽，腰身挺得笔直，姿态十分规矩。

怎么会有这么好看的人呢？真是从小好看到大。

不过，这个好看的家伙坐得这么规矩，却并没有在认真听讲，而是皱眉沉思。

沈清秋：她在想事情，别打扰她。

苏瑾下意识打了一句话：那沈小姐你呢？

沈清秋：我看她想事情。

看到这句回复后,苏瑾扭头看身边正在煮粥的左甜甜,对方凑过来看了一眼,抿嘴一笑:"你有没有觉得,沈小姐其实很怕萧队?"

苏瑾眸子一亮:"你也这样觉得?我觉得咱们队长其实是外冷内热,反而沈小姐是外热内冷。别看萧队脸上嘴里都在嫌弃沈小姐,其实很关心她。"

苏瑾和左甜甜在宿舍里聊天时,教室里的沈清秋突然打了个喷嚏,好几个学生都被惊了一下,连忙看她。

发现是沈清秋打喷嚏了,他们这才惊魂稍定地转过去。

看来是真的被吓到了,一点风吹草动都能惊动他们。

萧暮雨同样看了过去,眼神里带着询问。沈清秋摆了摆手,低头就看到萧暮雨发的消息。

萧暮雨:受凉了?

沈清秋快速回复:没有,就是突然打了个喷嚏。

萧暮雨看了消息后,还是打量了下沈清秋。衣服是她挑的,应该不会冷,就是怕沈清秋昨天受了伤,身体弱,又在水里泡那么久受凉了。

沈清秋知道萧暮雨在看自己,嘴角上扬,继续打字:你是不是担心我啊?

萧暮雨:没有,是你太不让人省心了。

沈清秋:我哪里不让人省心了?

萧暮雨手指往上一滑,抿唇发了一句:你自己心里清楚,说正事。

她最近越来越不像自己了,换成以前,她绝不会在这种时候和沈清秋聊些有的没的。

她迅速把思路拉回去,刚刚明明正在想事情,结果被沈清秋一个喷嚏给打没了。

沈清秋看她没回复，探头看了她一眼，眉眼带笑，也没再打扰她。

正事上沈清秋也不糊涂，虽然坐在最后一排看不到同学们的神态，但是可以看到他们的一些小动作——大多数人都是失魂落魄的，读书也跟机械的复读机一样，只有几个人一直在看她和萧暮雨，看神色他们明显有问题，想问又不敢问。

那边萧暮雨突然动了起来，沈清秋看了下消息，果然萧暮雨发信息了。

萧暮雨：我突然想到一个可能，陈楷杰并非和七班没关系，甚至他也是属于七班的范围内。昨晚只是因为还没有选中他，所以他没有进副本。

沈清秋看完，敲了三个字：有可能。

萧暮雨：另一个问题，陷入猎杀游戏的为什么是七班的学生，甚至包括老师？

这是很容易被忽略的问题，不是说她们之前没考虑过，而是七班被怪物选中已经是明摆着的事实，所以他们几个人的注意力都放在了七班学生会怎么被选中，却没有倒着去想一个问题——七班的学生和老师做了什么事，才被纳入选择范围内。

004号已经提示过了，逻辑依旧在线。既然副本是有逻辑的，就不可能乱设定，七班被选中的事一定要有合理的解释，怎么不是八班，不是整所学校？其他老师还有校长，怎么看着虽然焦躁却没有七班老师那么死气沉沉？

苏瑾和左甜甜等人盯着那个问题，陷入了沉思。

沈清秋：我逼问的那几个学生都不知道七班为什么会被怪物选中，在他们的记忆里根本就没有原因。而本次副本任务还需要自己探索，完成条件还不知道。但是系统说了，通关有两个条件——活着，并且完成任务。这个任务也许就和七班被怪物选中的原因有关。

苏瑾：赞同！

左甜甜：赞同！

陈楷杰：赞同！

萧暮雨：看来这也是系统故意设定的，被怪物选中却不知道原因。记忆也许可以被遗忘，但客观存在的东西则一定会留下痕迹，需要我们去发现。另外，被纳入选择范围的人应该和七班被选中的原因有关系。按照我刚刚的猜想，如果陈楷杰你也是被选择的对象，那么你就必然会和七班被选中的原因有关系。一个警察，怎么会和辖区内的学校或者说学生产生关系呢？

苏瑾：陈大哥，除了警察你没有其他身份了吧？

陈楷杰：没有。

此时陈楷杰眉头紧锁，他起身穿好了衣服，开始回忆他昨天了解到的信息，想要找到一点蛛丝马迹。

萧暮雨：如果没有其他身份，那警察和普通人最寻常的联系就是案件。

陈楷杰一愣，案件？

陈楷杰：是那些学生意外身亡的案件吗？

沈清秋：不是。

萧暮雨：不是。

两人几乎是同时发了消息，萧暮雨顿了一下，那边沈清秋立刻又发了一个"您请"的表情图片。

萧暮雨心里失笑，沈清秋这人其实什么都知道，可是就喜欢缩在一边听她说。

萧暮雨：意外身亡的案件只是被选择进行游戏后的结果。陈楷杰，你利用一下你的职务之便查一查高三七班的学生是不是有过其他报警记录，不一定是立案了的，那种小矛盾、小冲突，只要有你们参与了的,都查一下。甚至不一定是这一年的,以前的也可以。

沈清秋:要是没结果,你还可以利用职务之便查一下家长和邻居。

两人一说,陈楷杰、苏瑾、左甜甜都明白了过来。校园意外事件其实一点都不新鲜了,这个时期的孩子思想不成熟,喜欢以自我为中心,心理发育也不成熟,很容易酿成恶果。高三七班恐怕也没能摆脱这种问题。也许,他们沿着这个方向走下去,没准就能找到真相。

早自习后,远宁高中要做广播体操,等到做完操,昨晚参与游戏的人陆陆续续到了。

教室里空位一个个被填满,只剩下两个人没来。这时候班里没有人能冷静,终于有人问进来的学生。

"昨晚你们做梦了吗?是也进去了吗?"

声音非常压抑,音量也不大,可是在这教室里,几乎所有人都听见了,全部看着那两个人。

被问的学生恰好是黄梦,她脸色青白,黑眼圈很重,精神状态很差。她整个人反应都慢了半拍,半晌才点了点头。

"是谁?"

"张……张渚。"黄梦说出张渚的名字时,声音都带着颤音。她其实记不太清昨晚那个梦了,只有当时的恐惧感无比清晰,更清晰的是张渚被找到时的惨叫。

她再也说不下去了,趴在桌子上不住地发抖。

周围的学生都没说话,低头看着自己的书。没有人开口安慰黄梦,因为在这里,大家都没有资格安慰别人,或早或晚总会轮到自己。

张渚是最后一个来教室的,当他进来时,学生们尤为安静,没有一个人说话。此刻他们都看着张渚,眼神里有同情,也有无法掩饰的悲哀情绪。

萧暮雨只是看了眼那个完全被消磨了锐气的男生,就把注意力悄悄放到了自己右手边那两个女生——刘雅和林雪身上。

林雪倒是和其他人没有太大区别,也在看张渚;而她身边的刘雅却在抬眼后露出了一抹冷笑,低头时她还是自顾自地在涂鸦,仿佛对此毫无兴趣。

刘雅的异常不仅萧暮雨看见了,沈清秋和左甜甜也看见了。

不过也能理解,她们来这个班级才一天就能看出来张渚在欺负刘雅,那张渚出事,刘雅心里觉得解气也很正常。

其实不仅是张渚,班里其他学生对刘雅都很冷淡。吃饭、上厕所是学生时代好朋友之间必然会一起做的事,可除了林雪,基本就没人和刘雅一起进出。她们由此可以知道,刘雅不合群。

吃早饭时,左甜甜、萧暮雨、沈清秋坐在一起,远离了七班的学生,三个人边吃边低声讨论。

"看出什么异常没?"左甜甜吃着包子,四处环视着。

"刘雅很奇怪。"萧暮雨喝了口粥,低声道。

"嗯,能看出来,她表情很古怪。而且在七班她除了那个同桌,就没有朋友。昨天一天,我大概看到四个人和她起了冲突,当然都是单方面的冲突。"沈清秋斜坐着,手里正在剥茶叶蛋。

她手指又白又长,剥个鸡蛋壳都让人感到赏心悦目。而且她剥鸡蛋很有技巧,在桌子上一敲然后一滚,蛋壳都碎了,手指扒开一点,蛋壳就一圈圈都被她扒了下来,那神态闲适得很。

"那我们应该猜得没错,七班发生的事是校园霸凌,所以才会导致他们被报复,刘雅很可疑。"左甜甜皱眉道,又觉得有点不对劲。

"如果是霸凌引起的报复，这就太过了。惩罚他们倒是没问题，可是这基本是被围杀，量刑完全不匹配。这七班的事说是意外，不如说是怪物作祟。回顾前面几个副本，除了典藏版的002号是纯粹机关副本，其他副本里的怪物作祟都是有原因的，我不认为这个副本里会毫无理由地设定怪物作祟。"

萧暮雨正说着，沈清秋就把剥好的鸡蛋放进了碟子里。

她用筷子把里面的蛋黄分出来夹进碗里，把蛋白送到了萧暮雨的面前。

萧暮雨顿时愣住了，很复杂地看了眼沈清秋。

左甜甜也诧异地看着她们。一边的沈清秋听了萧暮雨的话，沉思道："所以如果是校园霸凌，就一定有人在这霸凌中遭到了极大的痛苦，甚至付出了生命的代价，最后成了副本里的怪物NPC。暮雨，你说你进来就看到了一个红衣女人，那很可能就是她。"

左甜甜听得不停点头："如果真出了这么大的事，那可以让陈大哥调查警局出警记录，说不定能找到线索。"

萧暮雨点了点头，心不在焉地喝着粥，把沈清秋递给她的蛋白吃了。

她吃水煮蛋时不喜欢吃蛋黄，这个习惯她从不说，没几个人知道。刚刚沈清秋怎么这么自然地就把蛋黄拿走，把蛋白留下了呢？

萧暮雨忍不住皱了下眉，沈清秋总是干扰她想正事，这么想着，她却忍不住问了一句："你怎么知道我不爱吃蛋黄？"

沈清秋有些诧异，看了看自己碗里的蛋黄，沉默了一下，最后才笑着道："我不喜欢吃蛋白啊。"

"……"萧暮雨有些无语。

"我不爱吃蛋白,你不爱吃蛋黄,我们是天生的搭档。"

这逻辑,不愧是能把系统说蒙的人。

左甜甜左右看了看,低下头闷头吃饭。

几人吃完饭回到教室,教室里的学生都蔫头耷脑的。张渚早饭都没吃,一个人坐在座位上。时不时就有学生瞥他一眼,但是没有一个人和他说过话。

在这之前一直玩世不恭、喜欢欺负刘雅的男生,现在整个人都失了精气神,眼底一片青黑,愣愣地在那里发呆。

左甜甜:他们怎么都不敢靠近张渚了?

萧暮雨回忆了下,回复道:昨晚骆子豪明显就是冲我们来的,也许目睹死亡或者作为亡者生前最后见到的人,在游戏中会被优先选择,显然他们也知道这一点。

左甜甜:这个班的学生感觉都认命了,没有一个人想要弄清楚真相,就这么坐以待毙,这对我们的调查很不利。

沈清秋伸出双手,指节被她捏得噼啪作响,班里响起一阵骚动,大家都有些畏惧地盯着她。有校霸头衔在,沈清秋对七班的学生极具威慑力。

沈清秋:看来,我又得展现我"校霸"的神通了。

不过沈清秋还没来得及实施,班里的英语课代表就站在了讲台上,喊学生帮忙去搬东西。

有不一样的事件发生,即使是这么简单的事,萧暮雨他们都很关注。

搬回来的是两摞书,是上个月订的听力训练资料,每个人一本。

组长开始领书挨个发下去,到最后讲台地上就只剩下包书的牛皮纸和绳子了。

英语课代表郑婷婷在讲台上看了又看,才提高了点声音问:

"大家检查一下,看是不是有人多拿了。"

郑婷婷抿着唇,问的时候表情都变难看了。见没人回答,她又说了一句:"资料都是按人头订的,应该还有一本多的。"

为什么有一本多的,大家都清楚,郑婷婷这句话也让原本沉浸在自己世界里的其他人抬了下头,然后在自己桌子上看了看——没有多的。

郑婷婷又问了一遍,也下去看了看,的确没有多的。

"说不定是少配了一本呢。"左甜甜眸子转了转。

郑婷婷看了她一眼,没有说什么,收拾好垃圾,将其扔到垃圾桶里,安静地回到了自己的座位上。

萧暮雨沉了下眉,兀自思索着。少了一本书是普通意外还是有什么暗示呢?毕竟发资料有多有少也不是没可能,是她们太敏感了吗?

正在这时,她左后方第四排的男生徐青有气无力地嘟囔了句:"这也不是第一次了,每次总会缺一本。"

萧暮雨瞬间转头看着对方。徐青被萧暮雨吓了一跳,嗫嚅道:"你……你看着我干什么?"

萧暮雨追问了一句:"你刚刚说什么?"

他愣了半晌,有些慌乱地道:"我说什么了?"

"上一句?"

也许是萧暮雨的表情太过严肃,男生有些畏惧,最后还是把那句话重复了一遍:"我……我是说每次都会缺一本,你又不是不知道。"

萧暮雨转过头,没有再说话,眉头不自觉地皱了起来。

课依旧按部就班地进行,萧暮雨放空思绪,愣愣地看着讲台上物理老师讲课。

高三新的课程都已经结束了，现在基本都是在讲题，此刻物理老师讲的是物理中经常出现的磁场问题，这种类型的题目往往都是压轴题。

　　不知怎么的，萧暮雨就看了进去，这道题有一定难度，而且内容实在是离她们太遥远了。

　　物理老师嘴里提到的洛伦兹力实在是让萧暮雨有些恍惚，不过毕竟她当年也是学过的，掌握得也相当好，所以听懂这些还是可以的。

　　她不由得想到了沈清秋说的称号，于是找到了自己几乎忽略了的那个称号，那下方的确有一个激活按钮。作为一个学生，没有什么比"学霸"这个称号更有用的了。萧暮雨不打算留着了，于是点了激活。

　　左甜甜愣了一下后有些哭笑不得，她还记得这个称号，那沈清秋应该也有"校霸"称号才是。

　　萧暮雨本来就聪明，读书时期的她成绩更是优异，激活"学霸"称号后，黑板上那道题目对她而言就更不是问题了。

　　拿起笔，她随手画了磁场电场，转眼间那颗电子的运动轨迹就被她画了出来，黑板上老师终于讲到这一步了，丝毫无差。

　　激活称号后，萧暮雨基本上扫一眼就知道老师在讲什么了，时间因此也变得快了起来。

　　上午第三节课是七班生物老师，也就是班主任的课。他进来后先看了一眼张渚，欲言又止，最终还是没有说什么。此刻什么话都是苍白的了，张渚也看了他一眼，最后趴在了桌子上。

　　"最近大家也都辛苦了，高考在即，大家都很紧张，所以学校决定组织一次外出春游活动，时间就在明天。这在以往都是不可能的，所以大家趁着这次机会好好放松一下，等毕业了，也许就好了。"这一句话说得学生们都抬起了头,麻木的眼神里有光在涌动。真的毕业了就好了吗?

萧暮雨听了后,在群里发了消息:看来七班的学生也不是不能离开学校的。

苏瑾:那限制出学校应该是有时间范围的。

5.

这一天除了两件事,其他的都很稀松平常,学生们和平日里没什么不同,萧暮雨他们几个人还没找到新的线索。

沈清秋又出去了一趟,把张渚的好朋友,也就是昨晚和张渚一起参与游戏的男生李悦航按在了楼道里。

沈清秋身材高挑,将近一米七,把高她半个头的李悦航甩在墙上时一点都不突兀。即使没有称号光环加持,从生死绝境闯过来的沈清秋真的狠起来,谁都扛不住。李悦航被吓得根本站都站不稳。

"你想……你想干什么?"

沈清秋松开手,灰色眸子不带多少温度地注视着他:"张渚为什么总是欺负刘雅?"

李悦航有些诧异,半晌才嗫嚅道:"欺负她,我也不知道到底为什么。就……就他们习惯欺负她了。"

"她做了什么事让你们这么对她?"沈清秋很看不惯这些没有成熟的孩子搞这些东西。

"她……她就不怎么爱说话,虽然长得秀气但是很孤僻,从不愿意接受别人的好意。其实班里以前还有人喜欢她来着,但是最后也不知道怎么了,都讨厌她,时不时就在背后议论她。"

"那你呢?"沈清秋冷笑一声问道。

李悦航脸色一下变得通红,他结结巴巴道:"我……我也没怎么欺负她，就只是在张渚欺负她时起哄而已。"

"哼，那你是挺温柔的了。那班里有没有其他人被欺负的，或者说，以前有没有因为霸凌出事故的？"

李悦航表情有些许茫然："有吧，不是，好像没有，没有。"他蓦然变得不安起来。

沈清秋冷笑了声，突然一拳直接砸到他脑袋旁边的墙壁上。

"啊，啊，你干什么？！"李悦航吓得短促地叫了一声，差点瘫下去。

"到底有还是没有？"沈清秋眼神锐利，说得又急又快。

"同学之间发生矛盾这不是很正常的吗？说到被欺负的人，也不只刘雅啊！黄梦，还有我，有时候都会被人欺负。可是出事故的，那我就说不上来了。像是有，又好像没有。我不记得了，真的不记得了。你……分明你才是霸凌人的，干什么还问我啊？呜呜。"李悦航被沈清秋吓坏了，这么一个大个头的人居然直接被吓哭了。

沈清秋看着他哭，表情十分嫌弃。不过她再一次确认了，企图直接从别人嘴里得到信息是不太可能了。

想到这里，她不由得有些烦躁，今天才过去一半，张渚还活着，可是她不知道他还能活多久，今晚又会不会再来一次游戏。

看到哭哭啼啼的李悦航，沈清秋更加心烦："一个男人哭哭啼啼，不丢人吗？"

李悦航呜咽了下，他是真的受不了了，不仅是因为沈清秋恐吓他，更是因为昨晚经历的事，让他几乎崩溃。

"我还不是男人，我真的受不了了！"

沈清秋看了他一眼，嘴唇动了下，淡漠地道："就这么等着，你们迟早都要玩完。既然都是等，为什么不想着弄清楚到底是什么让七班落到这种地步？"

说完，她转身离开了。李悦航一个人愣愣地站在那里，神色一变再变。

另一边，萧暮雨和左甜甜两个人站在过道里，正安静地看着沈清秋。

"有什么收获？"萧暮雨语气平静，似乎并没有什么期待。

沈清秋趴在了栏杆上，扭头看着她："你都没一点期待，能有什么收获？"

萧暮雨没说话，沈清秋看了眼操场，叹了口气："他都吓哭了也没说什么，我基本能断定七班学生忘记了一些事。刚刚那男生说起霸凌这件事，明显情绪不对，又说有又说没有，这反而说明我们猜得没错。"

萧暮雨点了点头："看来还需要我们自己去调查了。"

正说着，陈楷杰又发起了群聊，萧暮雨看了一眼，点了进去。

陈楷杰：方便语音吗？

萧暮雨：方便。

不一会儿，陈楷杰声音传了过来。他语气严肃地道："萧队，我今天一早就去查了我自己的出警记录还有局里的接警记录。除了出事的那几个学生的案子，在今年年初，也就是一月份他们快要放寒假的时候，四天内，有两次我的出警记录，都是在远宁，但很古怪的是，里面除了出警时间还有处置案件的民警信息，其他如报警人信息、出警详情居然都是空的。除了电子记录，登记表我也找到了，但是都被损坏了，一片模糊。"

说着，陈楷杰把拍的几张照片发了过来，其中有两张截图，显示的是指挥中心的接警记录。

案发地是远宁高中，报警时间分别是 2016-01-04 12:30:29、2016-01-08 20:25。

案件类型那一栏，4日记录里填的是治安，案件性质是斗殴；8日记录里的案件性质、案件内容都是空的，显得很突兀。

三个人都没说话，认真地看着图片。

她们点开手写的出警登记表，果然，接警员那一栏里是陈楷杰的签名。

接警内容及处置措施那一栏写了好几行字，可是字迹就像被水浸泡了一样洇开了，模糊不清。

萧暮雨连蒙带猜，也认出了一行字——该情况已经受理，妥善解决，双方都认同。

第二份记录则是完全报废的，什么也看不清。

"你问过警局里的同事吗？怎么会这样？"萧暮雨盯着图片问道。

"问了，可是除我之外，所有参与过案子的警员都离职了，其他人就跟失忆了一样完全没印象，电脑记录出错也查不出原因。总而言之，它不想我们知道具体的经过。"陈楷杰气得脸都青了，语气里也是带着愤懑和不满。

萧暮雨神色很平静，双眸盯着群里的图片，手指轻轻敲着栏杆："不用生气，至少有一点可以确定，我推测的都是对的。它越隐瞒，越说明我们方向没有错。"

这样的萧暮雨有种难以言喻的魅力，仿佛就没有什么事会脱离她的掌控，她轻描淡写地说，却带着十二万分的自信。这样的她，让身边的人也跟着安心和冷静了。

沈清秋的逼问还有陈楷杰这模糊不清的调查，共同构建起了萧暮雨对004号副本剧情的大致推论。

一个因为学生之间的纷争而引发的事故，让整个高三七班陷入了危险中。每次有人出事，都将有人陷入夜晚的噩梦中参与游戏，游戏失败者，消失！

萧暮雨转身看着远处七班教室的窗户，坐在窗户旁边的恰好就是刘雅和林雪。

两个人此刻凑在一起说着话，不知道林雪说了什么，逗得一向孤僻的刘雅笑了起来。

然后萧暮雨看到林雪伸出手，在刘雅头顶揉了揉，动作间满是亲昵，氛围无比融洽，和七班的死气沉沉格格不入。

萧暮雨一直注视着那边，沈清秋察觉到不对，也看了过去。

"发现什么了？"

那厢的两人分开了，各自又在做自己的事。萧暮雨似乎有点心不在焉："感觉刘雅和林雪关系很好。"

沈清秋看了一会儿："是很好，同进同出，又是同桌，亲密无间。"

"觉得她可疑吗？"沈清秋转头问道。

萧暮雨点了点头："在这个副本里，刘雅实在是太过频繁地吸引我的注意了。"

说完她又吸了口气，转而告知群里的众人：现在我们方向很明确了，第一，躲过夜间的猎杀游戏；第二，找到远宁高中两次报警中到底发生了什么事，夜间的猎杀游戏到底怎么产生的。

苏瑾和陈楷杰连忙回道：明白。

这一天过得很平淡，张渚之前虽然桀骜不驯，也不相信七班所谓的意外，但是经过这一遭，他整个人变得十分乖觉，基本没有脱离同学们的视野——他在躲避意外。

而萧暮雨除了听课，就没有再多说什么了，显得十分沉闷。

晚饭过后，沈清秋、萧暮雨和左甜甜在人工湖边散步。现在左甜甜看到这个亭子心里就发怵，她低声道："你们怎么还敢来这里散步啊？"

萧暮雨听罢看了眼亭子，还有那和梦里一模一样高的水面，眼神略微放空。

而沈清秋瞥了眼萧暮雨，眼里带了一丝笑，狐狸精一样，意味深长地道："虽然昨晚惊心动魄，却别有一番收获，那点恐怖也就微不足道了。"

萧暮雨没说话，只是拿眼睛斜了她一眼，还是低着头继续闷声走着。

沈清秋若有所思，敛了笑认真地道："暮雨，你是不是有什么问题想不通？今天一天你都有些心不在焉。"

萧暮雨顿了下步子，半晌后点了点头。

沈清秋眼里有些无奈："我知道你聪明过人，可是三个臭皮匠顶一个诸葛亮，有问题说出来大家一起想想，不要一个人憋在心里。"

萧暮雨摇了摇头："不是，我其实也没想通到底是什么问题，所以才没和你们说，怕我误导了你们。"

左甜甜睁大了眼睛："怎么会？"

"左甜甜说得不错，就你那脑袋瓜子想出来的东西对我们而言都是指路明灯，怎么会误导？你什么地方想不明白？"沈清秋表情认真，一点都看不出来这人有些时候会让人无语凝噎。

萧暮雨并不是不准备和她们说，只是有些猜测说得太早并不一定是好事，尤其是在左甜甜她们对她太过信任的情况下。

"目前为止我的所有疑惑都能初步得到一个合理的解释，只有两点，我觉得有点摸不透。"

左甜甜听得有些摸不着头脑，但是沈清秋一直关注着萧暮雨，听了她的话，心里已经有了猜测："是因为今天发听力资料的事吗？"

萧暮雨抬头看了沈清秋一眼,眼里略有些诧异,到最后又变成释然:"是。"

沈清秋笑了下:"那我大概知道你在疑惑什么了。"

她灰色的眸子盯着萧暮雨,眼里带着些许柔和,随后她开口道:"骆子豪出事的那天,那件少了一套桌椅的事恐怕一直挂在你心里吧?而这一次又少了一本资料。缺一本资料并不是稀奇事,但是如果把这两件事联系起来,就有问题了,是吗?"

萧暮雨不得不承认,没有人比沈清秋更懂她。

"不错,但是我总觉得一切都好像太理所当然了,我不应该这么快就得出结论,太过轻易地得出结论,有时候并不是好事。"就像昨晚,她的武断猜测差点害了沈清秋。要是苏瑾没出手,沈清秋就成了昨晚的牺牲品,说着她又下意识地看了眼沈清秋。

见萧暮雨说这么一句话又看了自己一眼,沈清秋当下就明白了她在想什么。

"一路走过来,我们遇到的危险数不胜数,能够迅速通关,不知道仰仗了多少次你看似武断的结论,怎么能因为一次失误就拒绝用它?"沈清秋看着萧暮雨,温声道。

萧暮雨没有说话,只是把目光挪开。她又被这人看透了。

"这有什么呢?萧队你又不是神,有失误这不是人之常情吗?况且你那种失误,几乎是可以忽略不计的。"左甜甜也意识到萧暮雨心里有疙瘩,赶紧安慰道。

"萧暮雨,他们三个又不是废物,选择了他们三个就是因为你信任他们,承担点风险怎么了?再说,即使他们不行,还有我呢。你大胆猜,大胆地做,即使有错了的还有我们扛着,总有回旋余地的。"

"对,沈小姐可是怪物见了都怕呢,我们也不是吃素的。"

苏瑾和陈楷杰不在现场,但因为"相亲相爱一家人"的卡片还没失效，两人便一直默默听着，这时候都开口表了态："大家一起齐心协力，即使萧队想错了，我们也能一起扛。"

"谢谢。"萧暮雨沉默了半晌也只说了两个字，可其中的感情，大家都懂。

"其实这两件事联系在一起，我就有一个猜测。骆子豪的桌椅不见了，是可以理解成教室里少了套桌椅，这也能和资料明明多订了一本结果发下去数量却刚刚好对应起来。另外班上的学生说，缺一本资料的事已经不是第一次了，那就不是巧合了。毕竟资料总是少，订资料的人一定会特别留心，不至于一犯再犯。"

她说得细致且认真，苏瑾在那边听了，隐约明白了萧暮雨的意思。

"萧队，你的意思是说，书的数目没错，是人错了？"

苏瑾这句话一出，众人忽然感觉到了一股寒意，忍不住打了个寒战。

左甜甜清晰地感觉到自己的鸡皮疙瘩都起来了。

陈楷杰都结巴了："所以萧队，你的意思是，七班……七班有一个人是多出来的。他……他不是人？"

左甜甜搓了搓胳膊，觉得遍体生寒。

与你朝夕相处的人居然是怪物，还是导致你身边人一个个消失的凶残怪物，说起来都让人心悸。

"如果暮雨你说的是对的，那么刘雅的嫌疑直线上升。"沈清秋把这段时间她观察过的学生、老师在脑海里迅速过了一遍，还是觉得刘雅不对劲。

左甜甜也点了点头："你说该不会刘雅就是怪物吧？"

萧暮雨摇了摇头："只是猜测，我们没有任何证据。而且刘雅太明显了，我反而觉得不像她。"

苏瑾在自己宿舍里听着，蓦然有了一个想法。

"如果萧队你猜得没错,那七班肯定是有人不应该在里面的。既然我的设定是老师,那我这里应该有学生名单。通常各学期的月考、期中考、期末考成绩都会有电子存档,里面应该都可以查到名单,我去看看是不是有线索。"

萧暮雨听了眼神微微一亮:"苏瑾想得不错,可以查一查。"

苏瑾没有耽搁,立刻去了办公室,打开了自己的电脑。

里面的确有每个学期月考、期中考、期末考的成绩单。这一看,她发现自己不是一直带七班,而是在高三上学期开始接手七班的。

简单浏览了下,苏瑾就把目前七班高三两个学期六次考试的成绩表发到了群里。

萧暮雨点开六个表格反复比对。

高三七班的学生自进入高三起,就没有转入和转出的。

在高三上学期四张成绩单上,七班学生人数都是五十人,萧暮雨、沈清秋、左甜甜都在里面。

沈清秋的关注点总在萧暮雨身上,她伸手指了指:"不愧是学霸,第一名,还超过第二名三十多分。"

萧暮雨瞥了沈清秋一眼,看了下她的成绩——倒数第一,同样"甩"倒数第二名三十多分。

"彼此彼此。"

沈清秋:"……"

原本上学期期末还有五十个学生,可是等到高三下学期的三月调考时,学生人数就只有四十八人了。

萧暮雨很快找到了那两个名字,一男一女,正是之前出事的那三个学生中的两个。第六张成绩表是四月调考,刚过去一个多月,上面的人数还是四十八个,骆子豪还在里面。

萧暮雨没有说话,只是反复比对着,最后她指向了刘雅,点了点其中两张成绩单中刘雅的分数。

从上学期期中到期末短短几个月,刘雅总分从598分跌到了144分,成功取代沈清秋成为倒数第一。

"这是怎么回事?退步好严重。"左甜甜忍不住皱眉。

"期末考试的时间往往是一月中下旬。"萧暮雨淡淡地说了这么一句话,大家都马上想到了陈楷杰之前发给他们的接警记录。

"不会真的是刘雅吧?都是一月份。"

萧暮雨沉默了下,继续往后看:高三下学期,七班整体成绩都在急剧下滑,刘雅却是再一次回到了570分以上,甚至从三月调考到四月调考,还在进步。

"林雪呢?"沈清秋提了一句。

萧暮雨愣了下,然后在名单里找了起来。名单都是按照成绩排的,所以人名都乱了。

高三上学期一共四次考试,高三下学期有两次。在其他的几张名单里,萧暮雨很快找到了林雪的名字;但是在高三上学期期末考试那一张名单里,萧暮雨自上往下,再自下往上,找了两遍才看到林雪的名字。

萧暮雨皱了下眉,晃了下脑袋,仔细看了起来。

林雪成绩中等偏上,从这六次考试来看都中规中矩,和七班的平均分差不多,没什么特别的。

"这林雪看来挺正常的。"苏瑾把成绩单打印了出来,一个个比对。

七班出意外的眼下有三个人,二男一女,他们三人成绩波动也挺厉害的,尤其是一月的考试,基本是最低谷。

六张单子四五十个人,人名还有点乱,并不好观察。

于是萧暮雨对苏瑾道:"苏瑾,你手边有电脑吧?你按照我说的打开电脑,把几次成绩导入表格。"

苏瑾连忙照做，打开了视频，按照萧暮雨的指示不停操作，在表格里编辑公式。

到最后电脑界面上出现了一个总表格，只要输入姓名，后面就会显示这个学生六次成绩的折线图。

这样一来，本来六张姓名、位置都发生变化的成绩表，其变化趋势在他们眼里就变得一目了然。

苏瑾看着电脑，愣了愣："长这么大，我从来不知道这些软件可以这样玩。"

沈清秋弯唇一笑："你是没看她玩电脑，这些都是小儿科。"

苏瑾几个人纷纷拜服，他们这个队，校霸是真校霸，学霸也是真学霸，解谜脱困方式尤其清新脱俗。

有了这个表，苏瑾把名单都输了一遍，其他四个人都盯着屏幕，看着每一个学生的折线图，很直观就可以看到异常的地方。

最异常的数据就是萧暮雨和沈清秋的，一个优秀得很平稳，一个差得很稳定，别人的数据都有波动，就她们两个的数据几乎是直线。

这个原因她们都理解，所以没有多关注，笑着调侃了几句就划过去了，重点找出了那些波动异常的人。

"很明显，除刘雅和出事的三个学生之外，张渚、黄梦，还有语文课代表陈璇、班长江一帆，成绩变化也都有点夸张。"

苏瑾看数据最方便，她直接把结果给了出来。

"的确是，七班成绩整体都在下滑，尤其三月调考的分数下降得很明显，后面还在下滑，可并不是很离谱。但这几个人的分数不是从三月调考开始骤降的，而是从上学期期末考试开始，也就是一月份。"

陈楷杰看着，忍不住开了口。

一月份这个时间点在他脑海里已经是无比深刻了，这个月，七班一定发生了什么大事！

这件事就是一切灾难的源头，也是这个副本的核心任务所在。

"时间线基本吻合，又一次证实了我们的猜想。三月七班的成绩普遍急剧下滑很好理解，毕竟当时猎杀游戏已经开始，得知这个事实，他们肯定无心学习了。一月份其实普遍也有波动，但是并不大。那么关于成绩骤降的几个人，你们怎么看呢？"萧暮雨看了眼沈清秋和左甜甜，不紧不慢地道。

"一月份他们身上发生了大事，直接影响了他们的考试成绩。如果发生的事是校园霸凌，那么，他们要么是霸凌者，要么就是被霸凌者。"沈清秋摸着下巴，慢悠悠开了口，随后喷了一声，"那这么一来，目标重新锁定了刘雅，毕竟她这样子，感觉只能是被霸凌的人了。"

"那我们不是就找到了多余的那个人，就是刘雅？"在左甜甜的认知中，霸凌者应该是出事了，所以才变成了怪物，那么多余的那个人自然就是刘雅了。

萧暮雨还是皱着眉头，喃喃自语："太顺利了，刘雅的存在太显眼了。"

不只是萧暮雨，沈清秋也有这种感觉："不排除系统故意设迷雾，但是按正常情况来说，以它的德行，绝不会让我们这么好过。另外，你们没发现系统跟死了一样，一声不吭吗？按道理说，发现关键剧情的时候它一定会出来找存在感。更何况是我们都找到罪魁祸首了。"

沈清秋提到系统时语气一点都不客气，脸上也满是不屑。不过她的话却是说进了几个人的心里——是不对劲。

只是她刚说完，叮的一声，系统声音再一次出现。

"恭喜玩家沈清秋激活系统隐藏小任务，系统不装死。由于任务进程受阻,系统无发挥之地,当玩家召唤系统时,将启动隐藏任务,强行拉进度。"

沈清秋听得脸都黑了,眼睛眯起来,神色说不出的危险。

"我看你是找死。"

萧暮雨知道系统这鬼东西是有情绪的,于是伸手拉了下沈清秋,淡淡地道:"什么任务?"她已经习惯了,系统不作怪就不是系统了。

萧暮雨话音刚落,眼前的栏杆突然消失了,而原本不在走廊里的苏瑾和陈楷杰一起出现在了她们身边。

萧暮雨还没来得及想什么,身体已经不由自主地往下滑。

下意识的危机感让她手脚猛地用力,勉强稳住身体。

她低头一看,心脏顿时狂跳起来。

他们五个人此刻就在骆子豪坠楼的天台上,可眼前的天台不是水平的,而是成了一道光滑的陡坡。

这陡坡倾斜角度将近七十度,她使出浑身力气扒住陡坡,同时脚尖用力绷着,才能勉强不下滑。

而且她能清晰感觉到自己的身体十分沉重,在一点点往下溜。

陈楷杰、苏瑾几个人短促地叫了一声,左甜甜更是往下滑了一截才撑住,场面顿时变得无比惊险。

萧暮雨额头上一下就冒出汗来,她贴着陡坡壁快速地道:"你到底要干什么?"

沈清秋双目赤红,却一语未发。此刻她觉得自己有些可笑:这样一个阴晴不定的系统,人都算不上,她当初怎么被猪油蒙了心相信了它?

"请回答,本次副本《惊魂七班》中,七班师生被怪物选中的原因是什么?请注意,如果答错,陡坡倾斜角度将继续加大,请谨慎回答。"

萧暮雨看了看底下还有身边的几个人。沈清秋语气冷静而低沉:"你只管说。"

萧暮雨知道这样下去肯定有人撑不住了,于是吸了口气道:"在今年1月8日,远宁高中高三七班发生一起恶性……事件,导致有学生被霸凌死亡!"

话落,平台咔嚓一声往后倾斜了一点,坡度降低了,萧暮雨五个人却因为这个震动再次往下滑去。

萧暮雨手指用力,脚紧贴着陡坡,硬生生止住了下滑的趋势,但是距离陡坡底部不到一米!

一时间大家的心脏好似在嗓子眼儿里剧烈跳动。

左甜甜又下滑了一截,脚几乎碰到陡坡边缘了,她吓得忍不住惊叫一声,不停地喘着粗气。幸好倾斜坡度降低了,很快她也就稳住了。

萧暮雨往下瞥了一眼,左甜甜手指都抓出血了,脸上冷汗连连。苏瑾满脸紧张地盯着左甜甜,提醒她稳住。

萧暮雨手指同样因为太过用力而撕裂开来,在陡坡上硬生生拉出几条血印子。但她因为太过紧张,此刻已经感觉不到痛了。

她又往右看了眼沈清秋,沈清秋的核心力量是一群人中最强的,人基本没怎么动。但是沈清秋正紧张地盯着她,脸色有些苍白,一直以来带着笑意和散漫神色的脸上,表情也冷了下来,此时的沈清秋和之前判若两人。

她对沈清秋摇了摇头,示意自己没事,同时瞥了眼沈清秋的腰侧,有些担心那道伤口。于是她没有再犹豫,继续道:"出事的学生并没有离开人世,还留在高三七班,在别人眼里他还活着,而他要报复整个高三七班的人。"

咔嚓,又是一声,陡坡坡度再次降低。

萧暮雨试探了下,发现已经可以不那么使劲维持自己不下滑了，却还没到可以爬上去的地步。

"不仅是学生，七班的老师以及处理这个案子的警察也成了被选中的对象。"

陡坡再次降了下来，幅度很小。

萧暮雨表情松了些，低声道："你们赶紧往上爬。"

左甜甜吓得都腿软了，深吸了口气在陈楷杰和苏瑾的帮助下转了个身，面朝陡坡，一点点爬了上去。陡坡没有再动，看来的确是可以上去了。

等到陈楷杰、苏瑾、左甜甜都安全离开陡坡，沈清秋和萧暮雨却同时停了下来。

苏瑾有些心急："萧队、沈小姐，赶紧上来啊！"

萧暮雨轻声道："你上去。"

沈清秋摇了摇头，眸子里是无声的坚持。

"你腰间的伤口是不是裂了？时间不多了，快上去。"萧暮雨语气依旧温和，可是说出的话是不容拒绝的。

沈清秋没说话，用右手摸出了匕首，低声道："你知道我不可能让你一个人冒险的，既然时间不多了，那就抓稳了。"

"凶手和刘雅有关系！"她突然就说了一句话，旁边的左甜甜几个人意识到什么，吓得心脏都快停了。

系统沉默很久，陡坡坡度没有下降也没有上升。

就在萧暮雨和沈清秋对视一眼有些失望时，咔嚓一声，陡坡再次降了下来。

萧暮雨也豁了出去："凶手不是刘雅！"

这次陡坡依旧是过了好一会儿才下降，幅度非常小。萧暮雨心里有了计较："而且被选中的也不仅是七班的人，但凡涉及了那次事件处理的人，都是被选中的对象。"

陡坡坡度再次下降，同时系统的声音响了起来："时间到，恭喜萧暮雨团队成功完成隐藏小任务,免除惩罚。"

依旧是机械的声音,但是萧暮雨他们听出了系统的憋屈。

那边沈清秋拉着萧暮雨,两个人一起从陡坡上下来。就在两人站稳后,下一刻,她们重新回到了走廊里,仿佛刚刚惊险刺激的一幕不曾发生过。

沈清秋没说话,而是过去检查萧暮雨的手。萧暮雨指甲留得并不长,但是刚刚因为用力,导致指甲和肉分离,看着都疼。

沈清秋有些痛楚,但也只是一瞬间的眼神流露,她低声说了句:"对不起。"

这声道歉不仅是对萧暮雨说的,也是对左甜甜他们说的。她从未这么憋屈过,刚刚是系统在警告她。

左甜甜也意识到了问题,连忙摆手:"怎么是你的错呢?的确是系统有问题……有点让人防不胜防。"左甜甜强行改口,压低声道。

萧暮雨点了点头,看了眼自己的手道:"它不过是借题发挥,更何况我们都有惊无险,而且算是因祸得福。"

左甜甜满脸赞叹:"我是真的太佩服萧队和沈小姐了,在那种情况下,我们都只能想到逃命,你们怎么能想到利用它去解谜呢?"

队里的两个女生,苏瑾冷静,左甜甜安静,很少有这种情绪外露的时候,如今两人都快有星星眼了。

萧暮雨看了眼沈清秋:"无论是不是自愿的,系统的确一直在努力维持公平公正的设定。刚刚这个任务太无厘头,也太过分了,甚至来得莫名其妙,有些像典藏版002号中让你们强行选择队友的游戏。那个游戏如果不给奖励,就是百害无一利,完全是捉弄玩家,但是选完队友后奖励的道具秒表很有价值。所以,我想这次游戏同样也应该有好处。"

说完她把话丢给了沈清秋："你当时怎么想的呢？"

沈清秋把视线从萧暮雨手上挪开，轻声道："系统说要强行拉进度，我们为了保命回答的一定是有充分依据的推论，即使被验证是对的，那也谈不上拉多少进度。所以在暮雨回答了两次后，我就想它可不可以用来充当'预言家'。你们爬出去后它还没消失，就更印证了我的猜想。只是我怕答错了惩罚会更大，所以只敢打擦边球。"

左甜甜直摇头："好厉害，真是绝了！"

那边吓掉线的陈楷杰和苏瑾再次上线，同样发了两个大大的赞。

"你腰间的伤赶紧去处理下。苏瑾，你那边还有药吧？她伤口怕是裂开了，给她换个药。"萧暮雨更担心沈清秋的伤。

"有的，刚刚大家肯定也伤到了手指，都来清理一下。"

沈清秋没说什么，她也想萧暮雨赶紧处理一下手部的伤。

6.

到了苏瑾屋里，萧暮雨顾不上其他，立马示意沈清秋撩起衣摆。沈清秋犹豫了下，蹙眉道："你的手？"

"没事，现在不疼了，你的伤更要紧。"最开始陡坡变动的那两下太紧张了。沈清秋受伤才过了一天，伤口根本不可能愈合，那一下都不知道伤口裂开了多少。

沈清秋知道萧暮雨的坚持，也不打算浪费时间，早点处理好萧暮雨也能安心上药。

于是她解开校服，伸手去撩衣摆，里面是白色针织衫，萧暮雨发现血迹都透出来了。

苏瑾把急救箱拿过来，看了眼沈清秋的腰腹，也有些担心地说："这又出血了。"

为了方便处理伤口，沈清秋把衣服撩了起来。

萧暮雨瞥了眼苏瑾，挪了下凳子："嗯，我来就好，你替甜甜处理下手指。"这一动不偏不倚，挡住了苏瑾的视线。

沈清秋把萧暮雨的动作看得一清二楚，于是笑着把衣摆往下放了放。

"别乱动。"正在给她解纱布的萧暮雨提醒了一句。

沈清秋凑过来轻笑道："我知道。"

萧暮雨抿了下唇低头不说话，只是盯着她的伤口。那道口子是被昨晚那怪东西划开的，它的指甲看起来并不锋利，以致伤口边缘很粗糙，伤口一直从后腰延伸到了腹部。刚刚沈清秋一用力，原本才结了血痂的伤口又被扯开，看上去更是触目惊心。

她竟然能忍着这样的伤打架、下水、扒楼，这人是没心还是没痛觉呢？

萧暮雨又气又闷。

"其实我倒是很喜欢你诚实一点，承认你担心我、关心我，把我当作自己人。"见萧暮雨不作声，她又得寸进尺道。

"嘶！唔……"沈清秋伤口处一阵剧痛，却是萧暮雨毫不留情地在给她伤口消毒。

"下次还敢这样拼命吗？"回应她的是萧暮雨凉凉的语气。

沈清秋并不是痛觉麻木，只是能忍。而这一下猝不及防，她完全没管理好自己的表情，顿时龇牙咧嘴，那柔美妩媚的脸庞瞬间就扭曲了。

她闷哼一声，痛得身体都软了，往前一栽。

"疼。"这一声别提多可怜了。

萧暮雨怕又扯到她的伤口，赶紧迎上去把人稳稳兜住，低哼一声："我还以为你不知道疼呢。疼就对了，把你的嘴闭上，省点力气。"

清理伤口有时比受伤还疼，沈清秋咬着牙垂下脑袋，一声不吭。

萧暮雨发现这场景出乎意料地熟悉，那种久违的感觉又涌上心头。

其实在002号副本里她也帮沈清秋包扎过伤口，可是心情已经大不相同了。那时候好奇和不解占据了大多数，这次基本都被心疼占据了。

"很快就好了，忍一忍。"虽然刚刚萧暮雨说得狠，可是看沈清秋痛，她还是忍不住温柔下来。而且，除了清理伤口的动作让沈清秋很痛，做其他的动作时她都很轻柔，很快就处理好了。

沈清秋深吸了一口气，额头上还挂着冷汗，发丝都濡湿了。不过沈清秋心情看起来不错，她看了眼身上的绷带，缠得很整齐，结打得也漂亮。

"怎么这么熟练？"上一次萧暮雨给她包扎时她就感觉到了。

萧暮雨顿了下，没说话，只是看了她一眼，伸手粗鲁地把她脸上的汗擦干净。

"萧队，你也清理一下伤口吧。"苏瑾审时度势，插了句话。

萧暮雨"嗯"了一声，收回了手。

"经过刚刚那一轮小游戏，我的推测已经是事实了。同时我们还得到了另外两条信息，凶手不是刘雅，但是和刘雅有关系。那说明刘雅一定是牵扯进霸凌这件事里了，可是目前看班上那个多余的人不是她，这有点奇怪。不过有一点可以确定，我们要重点调查刘雅。"

萧暮雨刚说完，系统立刻有了反应：

"叮，恭喜玩家萧暮雨、沈清秋、苏瑾、左甜甜、陈楷杰成功开启004号副本主线任务，查出《惊魂七班》进入猎杀游戏的真相!当前任务进度:40%!"

"呼,终于来了。看来之前是因为没有证据,都是推测,系统才没有播报。"左甜甜松了口气。

"好了,时候不早了,大家回教室吧。现在要多留意刘雅,还有一月份那些成绩骤降的人也要关注。"萧暮雨叮嘱道。

"好。"左甜甜几人齐声应道。

晚自习很漫长,可是再漫长也终究有结束的时候。

教室里氛围有些异样,但是张渚还活着,所以,所有人心里都有一个期盼,也许今晚不会出事。

李悦航今晚不知道看了几次张渚了,下课铃一响,他慌慌张张收了东西赶紧往外跑,生怕被什么脏东西追上一样。

因为走得太匆忙,他一下子撞上了林雪的桌子,碰掉了林雪堆在桌子上的几本书。

啪嗒一声,在教室里很明显。

萧暮雨转头看了眼,发现李悦航仅仅是扭头看了一下地面又看了一眼林雪,然后停都没停,径直和另一个男生一起走了。

萧暮雨蹙了下眉,什么都没说,弯下腰帮着林雪捡东西。

其中有一个本子摔在地上后摊开了。萧暮雨伸手去捡时,发现上面画了一幅画,一个赤身裸体的男人身上戴着镣铐,正在埋头推着一块巨大的滚石。

这本子萧暮雨有印象,它并不是林雪的,应该是她同桌刘雅的。萧暮雨不止一次看到刘雅上课时在这本子上涂鸦,难道就是在画这个?

"谢谢。"林雪伸手拿过本子,冲萧暮雨露出了一抹感激的笑。她一笑,脸颊上还有两个酒窝。

林雪其实长得很好看,眉眼秀丽柔和,皮肤白皙。扎着马尾辫的她露出饱满光洁的额头,看着别人时神情专注,是典型的江南女生温柔文雅的样子。

"不客气。"将本子合起来递过去时萧暮雨又看到了另一面,还是那幅画。

而另一边刘雅也站了起来,帮着林雪把书整理好,脸上表情有些不好:"他撞掉了你的东西,怎么连对不起都不说?"

林雪笑了笑:"也许是他着急。"

刘雅伸手时,萧暮雨目光也跟了过去,发现刘雅右手上有一片疤痕,只是她没来得及看仔细,很快就被刘雅的袖子挡住了,但很像是烫伤。

而刘雅听了林雪的话,只是看了眼外面,没有说话。

那边林雪收拾好东西,把本子递给刘雅,忧心忡忡地看了眼外面:"天又晚了,早点回去吧。"

刘雅点了点头,两个人挽着手,一起离开了教室。

萧暮雨一直在后面看着两人,回过神时发现沈清秋就站在她身边,同样看着她们。

"怎么这么盯着她们?发现有什么不对吗?"沈清秋随口问她。

萧暮雨摇了摇头,随即又想到了那幅画:"我看到刘雅在本子上画的东西了。"

沈清秋神色微凝:"有什么特别的吗?"

"边走边说吧,先送你回去。"萧暮雨对后面的左甜甜道。

天色晚了,一个人回去不知道会出什么事,左甜甜也没多推辞,三个人边走边谈到那幅画。

"一个男人推石头,是古希腊神话中被惩罚的不停推巨石的西西弗斯吗?"左甜甜一听就想到了这个神话故事。

"应该是,而且她画了不止一张,我不认为这个是毫无意义的。"萧暮雨双眼看着鹅卵石小路,脑子里不停地在想那幅画。

"那她画西西弗斯是想表达什么?还是说这是系统的设定,传达了一些特殊的意思?"左甜甜回忆着有关西西弗斯的描述。

"诸神让西西弗斯不停地推一块沉重的巨石,当巨石到达山顶时又会滚下去,如此周而复始,西西弗斯就要永远重复着那没有意义的艰苦劳作。"左甜甜喃喃自语,又满头雾水。

"它是想说什么呢?是指七班就像推石头的西西弗斯一样,永远没有希望,周而复始吗?"

萧暮雨摇了摇头:"解释得很合理,但是并没有任何实际意义,这么弯弯绕绕就为了打击我们,应该没必要。"

那边苏瑾他们也收到了信息,同样提出了一个猜想。

"我曾经看过一个小故事,里面就提到了这幅画,说它是为了隐喻西西弗斯所做的一切其实是周而复始的,换句话说是个死循环,永远逃脱不了。我们这个副本可能是个循环副本?"

苏瑾说完后,萧暮雨脚步突然停了下来,神色都变了。沈清秋心里不知怎么的也是一颤,她扭头看着萧暮雨,一时间也没说话。

两个人奇怪的表现让左甜甜愣了一下:"怎么了?萧队,你是想到什么了吗?"

萧暮雨没有回她,好像有些魔怔,这让左甜甜有些慌张:"萧队、萧队,你怎么了?"

萧暮雨回过神,克制不住地深吸了口气,摇了摇头,低声道:"我没事,就是突然有点不舒服。"

沈清秋见状赶紧走了过去:"怎么了?哪里不舒服?"

沈清秋握住了萧暮雨的手,惊觉她掌心湿冷一片,顿时皱起了眉:"你怎么了?"

萧暮雨看了眼沈清秋:"没事,就是觉得有点累。"

这话不知道是真是假,但是沈清秋知道,萧暮雨不想多说了。

"小左,你自己回去吧,我们看着你走,画的事你和苏瑾说一下,我们后面再讨论。"

教师宿舍楼就在面前,她们可以看到大门了。

"好,我自己回去,你赶紧带萧队去休息,这两天她太辛苦了。"

萧暮雨思虑最重,脑力运动和体力运动不一样,很耗心力。

看着左甜甜上了楼,确定她安全到了,萧暮雨和沈清秋才往回走。沈清秋没有再追问,只是跟着萧暮雨一路安静地走着。

宿舍里那四个女生简单洗了下都早早休息了。之前没留意,现在萧暮雨才发现,宿舍里面就有陈璇,也就是苏瑾那门课的课代表。她同样是一月份期末考试成绩骤跌的其中之一。

萧暮雨和沈清秋观察了一下,发现四个人两两组队,睡到了一张床上,估计是吓破了胆。

沈清秋知道萧暮雨情绪不大对,于是在替她拿睡衣时道:"要不要陪你一起?"

萧暮雨没说话,只是抬头看着沈清秋。就在沈清秋以为她又要说自己时,萧暮雨平静地道:"记得离我远点。"

沈清秋愣住了,站在那里半晌没动。

萧暮雨把沈清秋手里的衣服拿过来,又硬撅撅地补了一句:"特殊时期,多个人多个照应。"

沈清秋抿嘴直笑,冲着卫生间轻声道:"知道,你是怕我害怕,所以才勉为其难答应的。"

这一次沈清秋很规矩,贴着床沿躺得很乖巧。

但是宿舍里的单人床不过一米二,并不宽敞。萧暮雨看了半天,拉了拉她:"掉下去了可别怨我。"

沈清秋眯着眼，挪了挪："不怨。"

萧暮雨背对着她，闭上眼睛睡觉了。

灯熄了，宿舍里一片昏暗。

外面只有宿管阿姨隔着门模糊的叫喊声，时不时说着让学生安静，赶紧上床睡觉之类的话。渐渐地，一切都安静下来。

原本萧暮雨想晚点睡观察情况，但是意志怎么都没能抵挡住困倦，她还是沉入了梦乡。

到了后半夜，她们再次毫无征兆地睁开了眼。

不过值得庆幸的是她们还在床上，不幸的是，窗帘再次打开了，而屋外白光闪过，是无声的闪电。

不仅是她们，借着外面的光，她们发现宿舍里的其他四个人也醒了。

原因很简单，被子抖得不正常，只是她们抖什么？

很快两个人就明白了。

学校里的宿舍是六人间，也就是三张上下铺，床头都是朝着窗户那边的。

此时情况很不对劲，因为她们清楚地看到了窗外的情况。按理来说，大晚上大家的视野不可能这么好，但现在只是躺在床上扭头就能对窗外的状况一览无余。

人的天性大概就是胆小又瘾大，她们实在忍不住好奇，看了眼窗外。

这一看就发现，昨天夜里那个来挑选人的怪物，就站在宿舍楼门口的草地上。闪电划过天空，映照出它身边一个比它矮了许多的身影。是倒立着站在它身边的骆子豪。

萧暮雨眸光震颤，心跳顿时激烈起来，嘴巴都有些发干：这是在干什么？

身边的沈清秋抬手拍拍她,让她不要紧张。就在这时,萧暮雨呼吸突然变了一下,沈清秋连忙看过去,看到了一个红影子。

是个女人……不对,严格来说是女生,她一身红衣,衣裙飘动,像一团火焰,能灼痛眼睛一般,应该就是萧暮雨第一天看到的那个。

这是怪物聚会吗?大晚上是嫌吓不死人吗?

从这里看去,三个怪物看向的角度,应该不是她们这栋宿舍楼,而是旁边的男寝。

就在萧暮雨两人想要看清怪物的脸时,那红衣女突然把头扭了过来。她不是像正常人那样转过头来,而是脑袋直接旋转九十度,视线十分清晰直白,就是看着她们。

那张脸就像是在望远镜里被人拉近放大,她们看得清清楚楚。原本的惨白一下子化成一团可怕的焦黑,并且她还在笑!

这冲击力实在太强,沈清秋都差点弹起来。

萧暮雨嘴巴一动,忍不住就要失声叫出来,却被沈清秋捂住嘴。

"啊!"耳边的尖叫声,是宿舍里没忍住的女生的惨叫声。

萧暮雨心里觉得不妙,可是沈清秋拉着她不让她再动。很快窗户外刮进一阵风,明明是四月底的夜晚,可是吹进来的风透着一股灼热,再加上过于紧张,很快萧暮雨就出了一身汗。

咚咚。是骆子豪走路的声音。她们的宿舍在三楼,按理说骆子豪是不可能进来的,但是这咚咚声清晰得像是近在咫尺,绝不是楼下传来的动静。

他进来了!

萧暮雨完全不明白这是什么意思,难道第二次狩猎开始了吗?

萧暮雨余光可以看到宿舍里的情况,骆子豪推开玻璃窗从外面跳进了房里。

咚咚……他还在屋里低声笑着。

"都醒了吧？怎么不看看我呢？难道不好奇吗？"他身上已经散发出一股腐臭的味道，笑声沙哑。

沈清秋再次收紧手，阻拦了萧暮雨的视线。

骆子豪的话绝对不是好话，他让她们看，那就绝对不能看。

沈清秋把萧暮雨紧紧护在里面，萧暮雨紧张万分，赶紧伸手捂住了沈清秋的眼睛。

温热的掌心带着股潮湿的汗意，捂在沈清秋的眼睛上，很用力。

只是现在的状况让沈清秋有些恼火，因为她能感觉到骆子豪此刻就站在她身边。

他还是在笑，嘟嘟囔囔道："昨晚没找到你们啊，真是遗憾呢，你们不想看看我吗？"

他在两人身边喋喋不休，不停地引诱两人和他对视。这种行为尤为古怪，看来游戏里有人在针对两人。

沈清秋原本没有太多想法，只是忍耐着等待骆子豪离开。可是骆子豪太过聒噪，而且纠缠不放，沈清秋实在忍不了了。

她没有转身，而是松开右手抓起匕首，贴着床沿闪电般地划了一刀，自骆子豪身体上擦过，然后铮的一声插进木质的床档上，动作凌厉无比。

"你……"骆子豪的声音戛然而止，然后他快速咚咚跳远了，径直从窗户口跳了出去。

萧暮雨一脸诧异，又觉得好笑。

这怪物怎么这么胆小呢？

骆子豪是真怕沈清秋，刚刚那一刀差点削到他。

窗户依旧是大开的，萧暮雨可以看到窗外的情况，那个红衣女和高瘦怪物依旧站在外面，骆子豪跳到了女人面前，女人没说什么，只是低头看了眼骆子豪。

骆子豪整个人都委顿下去，瑟瑟发抖，可以看出来他很害怕那个红衣女。

很快，骆子豪往男生宿舍方向跳过去，女人也跟着飘了过去，只是在离开前又淡淡地看了眼这边。

"他们到底在干什么？"沈清秋心里很不舒服，如果不是怕触发副本条件，她刚才就不是威慑骆子豪了，而是上去用武力把他给整治了。

萧暮雨没有立刻说话，只是安静地看着窗外，半晌才沉声道："她盯上我们了。"

沈清秋脸色有一点难看，眼神冰冷："她既然在七班就能观察我们，盯上我们是迟早的事，但如果真是这样，那自A级副本起，NPC就已经有自我觉醒的意识了。我甚至怀疑，她是不是知道了我们是玩家。"

萧暮雨长长吐出一口气："突然让我们醒过来，目的绝不仅仅是为了让骆子豪再次来吓一吓我们。如果我没猜错……"

"张渚今晚就要出事了。"看着他们走去的方向，沈清秋心里也有了判断。今晚可以说是一个对玩家而言的平安夜。

"不过，看来这位对七班的学生真的是恨之入骨，这居然也要亲自围观。"她一个个叫醒学生，就是要让他们亲自感受一下这种蚀骨的恐惧和绝望。

因为苏瑾和左甜甜离得不远，沈清秋用"相亲相爱一家人"联系了她们，果然她们也看到了刚刚那诡异恐怖的一幕。

这一夜过得十分漫长，但终究是结束了。

第二天，李悦航是他们宿舍第一个醒的人。

昨天晚上他们胆战心惊，却什么事情都没有发生，而且很快他就睡着了。

一晚上他只是凌晨迷迷糊糊醒过，听到外面树枝刮蹭玻璃的声音，有点扰人。

李悦航睡在上铺，他的床头恰好对着窗户。

他不喜欢把衣服扔在床上，刚好床头就是窗帘杆子，他通常会把衣服挂在上面。

早上，他昏昏沉沉地醒来，坐起身就下意识把手往后伸去拿衣服。

他的确是碰到了"衣服"，但是手感不对劲，这衣服不是柔软轻飘飘的，而是有点沉，还有点冰凉僵硬，手感很奇怪，于是他又下意识捏了捏。

但是这一捏，一个念头窜进他意识里，瞬间把剩下的瞌睡虫全部掀飞了，他一扭头，发现自己摸到的根本不是什么"衣服"，而是一个人！

这个人被一条皮带套住脖子吊挂起来，僵硬冰凉的身体在那儿晃悠，现在他的脸刚好转了过来。

"啊——"

李悦航撕心裂肺地惨叫一声，整个人猛地往后躲去，却是直接靠空了，从上铺狠狠摔了下去，发出一声巨响！

这声惊叫毫无阻隔地在远宁高中男生宿舍楼里回荡，甚至隔壁的女生宿舍也听得清清楚楚。

李悦航宿舍里的两个室友被这巨大的动静惊醒，猛地爬起来，有一个直接赤脚跳了下来。但是刚惊魂稍定，他抬头一看，同样惨叫起来。

陈楷杰到学校的时候才早上六点四十分，男生宿舍310号房间里，之前被怪物挑中的张渚此时已经成了一具悬挂在空中的尸体。

宿舍里的其他三个人已经被安置到另一间宿舍，吓得不住地哆嗦。

而作为一个不专业的警察，陈楷杰进来看到张渚的尸体时，心里也有一种难以言喻的恐惧感。

首先是室内，一排排规整的血印子从窗户外面延伸进来，然后到了张渚面前就消失不见。

而张渚的样子，也并不寻常。

正常人上吊也好，被人挂上去也好，至少身体是自然下垂的，可张渚不是。他的双腿悬空呈跪地姿势，脸色惨白一片，室内有一股难闻的味道。

可是陈楷杰从他脸上看到了一抹诡异的微笑。这抹笑，让现场变得越发恐怖。

没有风的室内，张渚的尸体还在晃动，僵硬的双腿时不时轻轻擦过玻璃，发出轻微的声音。

陈楷杰忍着心里发毛的感觉记录完，拍完照，让协警帮着把尸体解下来，让法医勘验。

尸体放下来时是侧着的，法医戴上手套打开工具箱时，尸体一下翻了起来，赫然就是跪在地上匍匐的姿势。

法医也被吓得连滚带爬，调查一度被中断。

今天预定的班级出游被迫中断，张渚出事，再一次把恐惧推到了极点。别说七班的学生，就连老师、校长都无心上课了。

远宁高中被迫停课，配合警方调查张渚的事。

可说是停课，学生却没有回家，而是留在学校里。

这也给了萧暮雨几人一起好好商量事情的机会。

那边处理好现场，陈楷杰借口调查案子留了下来，把自己看到的场景仔细地和萧暮雨她们说了。

萧暮雨听后沉默了片刻，才低声道："昨天晚上那个红衣女把我们都叫醒了，她和骆子豪去了男生宿舍，张渚出事，是必然的。"

"把你们叫醒？为什么要这样？"陈楷杰诧异万分。

"她在警告我们，也在恐吓七班的学生。"萧暮雨脸色很凝重，这次副本还是比她预料的要惊心动魄得多。

陈楷杰心里发凉："警告我们？那些怪物知道我们是来调查真相的？"

这是一个非常可怕的事情。如果副本里的人知道他们的意图，那么很可能不会配合他们，甚至可能会对他们下手。

这形势很不乐观，张渚出事了，最后一个看到他的是李悦航。也就是说，今晚很可能来新的游戏。

如果游戏中的怪物倾向目标不是李悦航，而是他们五个人，那么，NPC就是在针对他们。

萧暮雨道："现在情况不大好，那我先把目前我掌握的信息顺一遍。剧情我们基本不用过多讨论了，关键是要找到证据，不然即使我们确信自己猜得没错，触发不了系统也是枉然。第一，刘雅有问题不用多说，昨晚我看到了她画的推石的西西弗斯，它应该有深意。第二，张渚的去世，跪着的姿势，很有侮辱性，那么可以断定张渚是被报复了，他参与过霸凌毋庸置疑。"

萧暮雨皱了一下眉，继续回忆了一下昨晚的恐怖场景，补充道："还有个问题我们没讨论过——被霸凌的人，是怎么出事的？而这一点学校应该会有信息能作为证据的。"

萧暮雨的话大家听明白了，不仅要猜测得准确，还要证据！

"我和甜甜昨晚也看到了那个女人，记忆深刻。她那一下，那张脸我和甜甜都有种感觉就是她像是脸被烧焦了，我不知道是她故意为了吓我们还是真的焦了。"苏瑾严肃地道。

沈清秋立刻看了眼萧暮雨，快速道："你说过，骆子豪坠楼前说了一句话，那天风很大，很烫。"

萧暮雨点了点头，但是没说话，而是一直敛着眉，沉浸在自己的世界里。

沈清秋她们很清楚她在干什么，都屏住了呼吸等着她。

"是有什么和这个有关的东西，你一时间忽略了吗？"看她沉默了很久，沈清秋轻声提醒。

萧暮雨喃喃道："对，烫……火烧，我想起来了！"

萧暮雨猛然抬头，"昨晚我替林雪捡本子时看到了刘雅手上有伤疤，像烫伤，现在想想很可能是烧伤！"

陈楷杰一愣："那凶手就是刘雅？这不就矛盾了吗？"

苏瑾和左甜甜对视了一眼，然后开口道："不，这基本可以确定，出事的人是林雪。张渚、骆子豪，还有之前三个出事的学生一起验证了一个结论，参与霸凌的人成绩会骤降。刘雅成绩也降了，可是在三月又上升了，并没有受影响，那么说明她没有在害怕。班里现阶段的学生除了林雪，都不怎么待见刘雅，如果是别人，她有什么理由不害怕？"

萧暮雨和沈清秋点了点头，其实林雪这个目标也很明显，只是她们缺证据，逻辑推理又不是必然成立的。

萧暮雨暂且没继续深想，心里记下后，抬眸看着陈楷杰："你可以搞到消防大队的火警记录吗？"

陈楷杰一愣，表情随即兴奋起来，他拍了一下手："可以，就是不知道记录会不会被损毁了。我现在就回去，立刻去查！"

"你们有什么事情等我回来和我再说一下。"陈楷杰边走边回头道。

苏瑾和左甜甜点了点头，目送他离开。警察这个身份，对于取证倒是很便利的。

陈楷杰一走，现场一下变得安静，因为每个人都在思考眼下的问题。

剧情完成度有提示，可是到底怎么算的是未知的，难度相当大。

萧暮雨又开始回忆这些日子她所听到、看到的信息，期望从里面再次找到一点蛛丝马迹。

凶手不是刘雅，刘雅表现得太过正常了，所以凶手应该是林雪。那刚好对上那句——凶手和刘雅有关系，一切似乎都很明朗。

"我还想起一件事，我在找林雪的名单时，反复看了两遍才看到。"萧暮雨突然开了口。

苏瑾几个人愣了一下，然后打开表格看，很快就找到了林雪的名字——没有问题。

沈清秋摸了摸下巴："我相信暮雨，以她的敏锐度不可能找林雪名字要找两遍，肯定是有问题。那这样，又能继续佐证林雪没了的结论。因为正常情况下，林雪如果没了，她的名字就不会在名单里面，所以导致暮雨第一时间没看到。系统的设定估计是没料到我们会看成绩单，还会往前翻那么久，以致出现了纰漏。"

"有道理。"

萧暮雨双手交握放在下巴底下撑着，表情有些严肃："今晚很危险，大家一定要做好准备。目前我实在推测不出更多的信息了，那么趁着天还没黑，我们还要去找一些信息，关键就是围绕一点——找出林雪是凶手的证据。"

苏瑾沉默了下，开口道："今天学生停课，留下来的人里，大多是在教室自习，还有些是自由活动。趁这个机会我想去查一查刘雅和林雪的东西，也许能有别的发现。"

萧暮雨和沈清秋对视一眼，然后点了点头，但还是提醒道："不要强求，尤其是尽量别让她们发现，不然很可能激怒她们。"

"明白。"

说罢，四个人分头行动去了。

很快陈楷杰打了电话过来，他语气颇为失望："没有查到，一月份的消防大队出警记录被删掉了。"

萧暮雨沉默了，而左甜甜在那边有些郁闷地道："我怎么觉得系统在故意加大游戏难度？林雪和刘雅一直在教室里，我们都没机会查她们的东西。而且很多事情明明都推断出来了，就是不肯给一点证据。"

此时萧暮雨和沈清秋正在学校里四处察看，因为想着如果林雪是因为火灾没的，总应该有凶案现场。料想七班的人霸凌学生再怎么狠，总不至于直接对着人纵火，那应该是有火场。

即使学校的人忘记了这些事，可是火场肯定是存在的，最多是被重新翻修了。

学生常去的，要么是厕所，要么是教室，或者是宿舍、图书馆之类的。

等到四个女生重新会合，准备进宿舍看看时，沈清秋看到了一样东西，于是步子顿时慢了下来。她眼神很好，依稀看到了暗淡的显示屏上有数字。这东西她也知道，是烟雾报警器的火灾记录仪。

一般按照规定，每个宿舍里都会安装烟雾报警器，然后这个记录仪会显示哪个房间有报警记录，并会发出警报声。

萧暮雨察觉到沈清秋慢下来，刚想问什么，但是跟着看过去后突然意识到什么，便走了过去。

警报并没有响，但是萧暮雨发现上面有警报记录，时间是昨天 20:05，房间号是 409。上面显示的是"首警，烟光"。

"昨晚警报响了吗？"萧暮雨问道。

沈清秋很利落地摇头:"没有,这消防警报声尖锐而具有穿透力,教学楼离它不过一百多米,正常来说是能听见的。"

"我记得,陈楷杰那儿发现的第二通报警记录是 20:25。"萧暮雨说完,又按了上翻按钮,发现两天前同样在同一个时间点出现了警报,再翻,前面还有警报。

沈清秋神色凝重:"这个一定有问题。"

萧暮雨眉头一皱,想了想立刻进了宿舍,抬手敲宿管阿姨的窗户。

敲了几声后,宿管阿姨把头伸出来,看到她们时顿了一下,然后不耐烦地道:"都不上课了,还有什么事?"

"阿姨,我们刚刚看到烟雾报警器闪了,显示 409 房间有火灾,要不要赶紧去看看?万一出事了呢?"萧暮雨并不介意她不耐烦的样子,装作有些着急地道。

宿舍阿姨嗤笑一声:"大惊小怪,那东西坏了,隔三岔五的都会显示 409 宿舍有烟雾报警,有时还会响呢。它大晚上突然响起来,关又关不掉,吓死人了。该响的时候哑巴了,这会儿乱响,真是的。赶紧回去,回去,不上课也好好自习啊,别总待在宿舍。"

"经常显示烟雾报警吗?是太灵敏了吗?怎么学校都不修一下?阿姨你去看过吗?万一真出事呢?狼来了,你听过没?"沈清秋神色带着点漫不经心,一看就不是乖学生。

阿姨瞥了她一眼,然后扭头就把窗户关了,丢下一句:"有什么好查的? 409 都没人住,谁能触发烟雾报警器?"

萧暮雨看了眼窗户,心里了然。

"她说没有人住,却总是有烟雾报警?"苏瑾和左甜甜对视一眼,起了一身鸡皮疙瘩。

"那是不是可以断定,当初被烧死的女人就是在那里死的?"陈楷杰也觉得有些不适,但是恐惧中又有点激动,事情总算有突破口了。

"不过那烟雾报警器坏也是有可能的,我们这个能作为关键证据吗?"左甜甜想到她们得到了信息,进度也没变,系统也不吭声,不由得有些犹疑。

"不是坏了。"萧暮雨回答得斩钉截铁,"烟雾报警器的确可能坏,如果 409 的烟雾报警器真的坏了,它重复发出警报也不是没有可能。可是一个坏了的东西怎么会在同一个时间段——20:05 准时准点重复报警?更何况,陈楷杰你应该印象深刻,那个 1 月 8 日的报警电话就是 20:25 打的。那个时间点,正常情况下学生都应该在教室里上课,如果是高三七班的学生报的警,那肯定是出了事!"

"暮雨说得没错,不过我觉得它坏了也是真的。"沈清秋突然说了这么一句话,让萧暮雨都愣了下。

随即萧暮雨耸动了一下眉头,忍不住看了眼沈清秋。

"20:05 火警提醒,显示首警是烟光,也就是说不是误触,是已经有火光出现了。按道理说,20:05 不是深夜,受害者大概率是清醒的,学校有那么多老师、学生,门房保安也都是醒着的,如果警报当时响起来,不到几分钟大家都能发现 409 起火了。先不说受害者怎么会逃不出来,但至少会有人去救火吧。并且我和暮雨看了一下,远宁高中的消防栓、灭火器等配备得都很齐全,也不是近期才有的。"

她顿了顿,利落地下了结论:"所以,只有一个解释,报警器坏了。"

沈清秋逻辑很清晰,一口气把自己的想法都说了出来。

陈楷杰心服口服,连连点头:"不错,我去查消防局火警记录时发现,消防大队和远宁高中只相隔两千米,很快就能赶到,不应该烧死人的。"

"难怪她那么恨，那群人肯定是彻底断了她的生路。年纪轻轻的孩子，怎么能这么毒呢？"苏瑾心里说不出的难过。

"叮！剧情进度50%，请再接再厉！"

与此同时，系统总算有反应了，苏瑾几人脸色一喜："看来这个逻辑是必然成立的，我们已经找到了案发现场。接下来还要做什么？"

沈清秋双手环抱，懒洋洋地靠着亭子的柱子，目光看向女生宿舍四楼，嘴角扬起一抹笑："当然是，探一探那个没人住的409了。"

沈清秋说话时，所有人都不约而同地看着她，推理的时候萧暮雨是"神"，需要武力对抗的时候，沈清秋就是"神"。

沈清秋忍不住翻了个白眼："你们三个别这么看着我。"

萧暮雨闻言把眼神挪开了，不料沈清秋拉过她的手笑道："没说你，你想怎么看就怎么看。我们可以趁阿姨不注意溜进去，不过晚上阴气太重，最好不要晚上去。"

苏瑾三人无语凝噎。

陈楷杰是男人不大好进女生宿舍，所以就在宿舍楼外面守着，刚好可以用卡片联系她们。

阿姨关着窗户，边用手机看电视边打毛衣，根本没关注外面的情况，她们很顺利地就摸了进去。

四个人消失在楼梯转角处，宿管阿姨还是低着头，手里的毛衣针灵活挑动着。可是她低垂着脑袋，双眼并没有在看手机里的视频，而是紧紧地闭着。那双眼皮不知什么时候已经粘在一起，就像被大火烧化了一样。

四个人一路上到四楼，七班现在有二十三个女生，分别在六个宿舍里，有的是四人一间，有的是和别班的学生混住，都在四楼和三楼的几间宿舍里。

409宿舍恰好是一条走廊最里面的一间,附近就是洗漱间。

现在学校停课了,大部分学生都被家长接回去了,留下来的也是在自习。尤其是七班的学生,萧暮雨觉得他们对宿舍有种恐惧,如果可以,他们晚上都不想回来,所以四楼很安静。

她们走到409号宿舍门前,一切都很正常,看起来和旁边的宿舍没什么区别,门上没有烧焦的痕迹,甚至灰尘都没有。

萧暮雨伸出手在上面轻轻一抹,很干净。

"没人住还这么干净,感觉不对。"苏瑾明白了萧暮雨的想法,压低声音道。

"嗯,不过从外面看并没有太多信息,想办法进去看看。"萧暮雨拧了一下门把手,宿舍门纹丝不动。

"被锁了。"

沈清秋看了看这锁孔,低声道:"你们准备好,离远点。"

苏瑾和左甜甜不明所以,但还是连忙往后退,只有萧暮雨反而往沈清秋身边走了一步,目光严肃地盯着门。

沈清秋愣了一下,看了萧暮雨一眼,然后低头笑了下,什么都没再说。

只见沈清秋摸出匕首,将匕首尖插进锁孔里,手腕用力一扭。

她力气大得可怕,这锁体又是很脆弱的老式锁,这匕首一扭,整个锁芯就开花了。她再次把匕首往里刺,重复几次,门应声而开。

沈清秋推开门,警惕地看了眼房间,环视几次才道:"好了。"

说着,她挽了个花刀把匕首收了进去。

不出所料,除了萧暮雨不动声色地看着她,左甜甜和苏瑾都是张大了嘴巴:"这开锁方式也太厉害了。"

门打开,里面空荡荡的什么都没有,且灰尘密布,一副很久没人住的样子。

沈清秋手往后伸，挡住了萧暮雨，她慢慢踏进去。

萧暮雨看了眼苏瑾两人："先别进来。"

苏瑾有些紧张，听话的没有进去。

进去后，萧暮雨闻了闻，觉得屋里有一股味道。

"嗅到什么了？"沈清秋问道。

萧暮雨摇了摇头："说不上来，这有一段时间没人住，看上去灰尘很多，但是味道闻起来却不大像空置的房间。"

说实话，她们有些许失望，虽然推断出这里是火场，可她们是想在里面得到一些额外信息的。

"不对劲。"萧暮雨喃喃自语。

"什么不对劲？"沈清秋在房间里看了看，又往窗台上看了看，然后伸手摸了摸窗户上的锁扣——窗户的锁被人为破坏了，打不开。

"没道理发现一个这么重要的场所，里面却没有什么信息。"萧暮雨说完也发现了沈清秋的举动，眸色微微一沉。

"这间宿舍应该是一月以后空置的，四个月的时间，灰尘积得太厚了。"毕竟是密封环境，萧暮雨吸了口气，再次仔细嗅了嗅空气，"我怀疑我们看到的是假的现场。"

萧暮雨话音刚落，沈清秋脸色一变，急声道："快走！"

她一把拽住萧暮雨往门口推，外面的苏瑾和左甜甜听到声音一慌，刚一扭头却发现自己的身体被一股大力猛地一推，瞬间从门外被推进了门里，把萧暮雨也撞回了屋内。

萧暮雨混乱中刚好看向了门口，宿管阿姨就站在那里，低垂的脑袋缓缓抬起，干枯的脸上露出一个笑容，那张焦黑的脸恐怖十足！

而门就在萧暮雨的视线里，砰的一声关上了！

7.

沈清秋反应最快，在门关上的那一刻她就冲到了门口。她将手里的匕首贴着门缝扎进去，反手猛地一撬，包了铁皮的木门被撬缺了口，却还是纹丝不动。而萧暮雨一下就变了脸色，声音绷紧道："我又闻到了那种味道，是煳味。"

沈清秋抽出匕首，眸光落在门上，然后她试探性地伸出手指在上面一触，顿时缩回了手。萧暮雨赶紧抓过她的手指，看见她的指腹已经被烫得通红。

苏瑾和左甜甜脸色顿时变得惨白："这是把我们关进火场了？"

两人才说完，哧哧声响了起来，一股呛人的白烟凭空出现在房间里。

四个人被迫往后靠，沈清秋抬起脚狠狠踹在了窗户的玻璃上，但是窗户都被她踹得震颤了，玻璃却丝毫无损。

在外面的陈楷杰本来一直留心着情况，可就在苏瑾她们被推进门时，他也一下摔在了地上，接着鼻腔、眼睛处都传来呛痛，他顿时在地上翻滚起来。

他已经意识到出了问题，可是站不起来，也睁不开眼，只能慌乱点开群语音："萧队，喀喀，我……好……好呛人。"

萧暮雨原本想让陈楷杰想办法，可是这一听就知道陈楷杰和她们根本就是一个状况。

"萧队，起火了！"苏瑾惊慌失措道。

只见浓烟里闪过一阵火星，噼里啪啦的炸响声也随之出现。

这动静萧暮雨不陌生，电路短路起火时经常会有这种电火花的声音。

沈清秋捂着口鼻想过去灭火，却被萧暮雨拉住。

"没用的，灭不了的，你先不要过去。陈楷杰，我们被困在火场了，你先冷静下来，不要乱跑，说一下你什么情况。"

"我这里明明什么异常都没有，可我就是觉得好呛人，刚刚我站起来跑，却被无形的墙堵住了，走不出去。喀喀。"

"你能感觉到哪里温度更高吗？还是说都一样？"萧暮雨快速道。

"西边温度更高，像是有火。"

"那你先摸到东北角，趴在地上不要乱跑！"

萧暮雨脸色紧绷却没有慌乱，她锁定了起火点，干脆利落地指点陈楷杰躲避。

不一会儿那火花就已经成了明火，不断蔓延。

"快进卫生间！"

此刻空气里的已经不仅仅是最开始的白色浓烟了，物体燃烧发出的焦臭味，释放的黑色浓烟夹杂着有毒气体充斥这间房，温度也越来越高。

四人感觉无法呼吸了，听了萧暮雨的话弯腰冲到了卫生间门口，可是卫生间的门也打不开！

沈清秋抬脚踹了很多次，还是没能打开门。

萧暮雨只能带着几个人退到还没被波及的地方用衣服捂着口鼻，趴在地上。

"喀喀，这是当时起火的场景，它在重现火场——当时这里面的人打不开的东西我们都打不开。它是想让我们体会一下当时她的痛苦，所以陈楷杰你别乱动。"

"我知道了。"陈楷杰也大概明白发生了什么，其他四个人被困在了409宿舍，而他没进去，因为他们是一个团队，所以他这里也是个隐形的409宿舍。幸好有语音联系，不然他真的必死无疑！

那边沈清秋听了萧暮雨的话表情阴沉："她的痛苦和我们有

什么关系？她要报仇我管不着，可是她敢对付我们，哪怕她是 NPC，我也要她付出代价！"

沈清秋已经压不住心里的怒火了。

萧暮雨透过浓烟看着沈清秋模糊的样子，眼里神色晦暗不明。很快她埋下头咳嗽几声，对着空气道："既然把我们关里面了，有什么招数赶紧摆出来吧。"

萧暮雨说完后顿了几秒，系统提示音响了起来。

"玩家萧暮雨、沈清秋、左甜甜、苏瑾、陈楷杰，触发004号关键剧情，同时激活004号隐藏任务——谁是真凶。请注意，来自NPC的报复系统无权强行制止，你们唯一的机会就是成功完成隐藏任务。"

系统声音机械而缓慢，等到它把一段话念完，宿舍里已经有三分之一的地方烧了起来。因为浓烟的存在，四个人已经有些发晕了。

陈楷杰那边刚开始还在说话，后面只有咳嗽声。

"陈楷杰，你坚持住，少吸气。"

沈清秋身上汗意涌动，心里焦灼却又无能为力，这是这么久以来她头一次发现自己什么都做不了。

不过系统说完后，所谓的隐藏任务很快就跳了出来，形式十分简单。

请确认副本《惊魂七班》中开启猎杀游戏的凶手 ____ 。

下面还有解释：

本次任务采取做题的方式，这是一道填空题，多填、少填或者不填均不得分。

补充说明：请注意不要有错别字。

答题时间：无限，只要皮肉好，答题时间用不了。

左甜甜几人看到这里恨不得咬死系统，什么时间无限？这明明是在嘲讽挑衅她们。只要没被烧想怎么答就怎么答,可他们都是肉体凡胎,能撑多久呢?

"幸好我们已经有答案了,萧队,快答题吧。喀喀、喀喀。"左甜甜已经没力气了,火虽然没烧过来,可是这房间里的氧气越来越少,又有毒气聚集,她们支撑不了多久了。

萧暮雨被浓烟熏得睁不开眼,虽然她一直克制呼吸,可也吸进了不少浓烟,意识已经开始恍惚了。

原本她也打算答题,可是左甜甜的话让本来准备动手的她顿时停了下来。她犹豫了一下,闭着眼,努力去分析目前的局势。

凶手是林雪似乎是毋庸置疑的,她一度也这么认为,可是系统这个古怪的任务让她心里那一丝不对劲再次涌了出来。

如果真的这么简单,那系统设置这个任务就是送分给他们。可是根据之前的经历,她其实隐约感觉到系统对他们并不友好,所以她不敢这么轻率。最重要的是系统那个多填、少填、不填都不得分的规定也有些奇怪。

沈清秋发觉了萧暮雨的犹豫,心里一沉,很快,她就将萧暮雨往角落里推了一把,然后半跪着挡在萧暮雨面前,把人护在了里面。

她忍着咳嗽低声道:"我们还撑得住,暮雨你去想这道题。凶手应该填谁,都按你的想法来。"

左甜甜和苏瑾已经手脚发软了,但是大脑还是接收到了一点信息——萧暮雨并不确定凶手是林雪。

这个认知让她们浑身发寒,对了,刚刚那个宿管阿姨好像也是和凶手一伙的,不会还有别的凶手吧?

眼下实在不允许她们多做其他思考,当看到沈清秋的举动后,两人也挣扎着靠过来,把萧暮雨围在里面,含糊道:"我们是一个队的,萧队,你的决定就是我们的决定,没事的。"

萧暮雨睁开眼,浓烟下眼睛刺痛不已,根本看不见近在咫尺的人的模样,她只能感觉到围着自己滚烫身体的是她的三个队友,还有沈清秋握住自己的手——冷静、有力,对方传递过来的全是信任和保护。

火光已经蔓延到了眼前,滚烫的火舌在密闭的环境里吞噬着一切,这温度已经无法抵御了。想到这里,她忍不住伸手摸了摸挡在自己面前的沈清秋的肩膀,已经烫手了。

灼热的痛感从指尖涌上心头,这么一点痛楚,让萧暮雨突然控制不住自己的行为了。她昏了头一般,快速把半跪着的沈清秋拉了过来,想护住沈清秋。

沈清秋一直在忍着后背的灼痛感,突然被萧暮雨拉过去,她原本闭上的双眼都控制不住地睁大了。她听到了萧暮雨激烈而紊乱的心跳,双眼愣愣地睁着,头脑都有瞬间的空白。

片刻后她眨了下眼睛,然后抬手把死死拉着她的双手往下拽,低声耳语:"手别伸出来,会烫到的。你只用好好做任务,其他的交给我们。"

沈清秋的声音很温柔,近乎虔诚一般的呢喃,明明近在咫尺又仿佛十分遥远。

萧暮雨没有松开,哪怕明知道这点保护没多少意义,她也不愿松开。她只是想着如果再犹豫,她们就真的没机会了。她绝不允许她们死在这里,绝不允许。

倏然间,她脑海里回荡起天台上她和沈清秋问的问题,还有系统的反应。

凶手和刘雅有关系,系统沉默了很久然后下降了一个坡度,并不大。她大概知道系统是被她们问蒙了,有些不甘心,所以慢。

第二次她说凶手不是刘雅,是十分大胆的问法,因为她就是赌一把。她记得平台过了好一会儿才下降，且幅度很小，在她补了一句"被选中的不仅是七班的人"后才降了一个正常的坡度。

这两句话她不是一起说的，按理说平台两次下降的幅度应该是一致的，可下降幅度相差很大——所以"凶手不是刘雅"不是对的，也不是错的！

这个念头一出，结论直接锁定了，于是萧暮雨立刻把这段回忆丢了出去。

宿管阿姨，她把这段时间她和这个中年女人接触的记忆全部调出来。一帧帧的画面飞速闪过，随后，萧暮雨猛地睁开眼，点开控制面板，迅速在上面写下了两个名字，点击了提交。

咔嚓一声，类似于玻璃碎裂的声音响起，仿佛什么禁锢被打开了。

眨眼间，沈清秋发觉后背剧烈的痛意消失了，闷热去得比来得还快，新鲜的空气涌进肺里，引诱她们大口大口呼吸。

屋外已经人事不省的陈楷杰胸口几乎没有起伏了，脸色惨白，但是很快他的脸就恢复血色，胸腔急剧起伏，他"呃"的一声翻过身大口喘息。

"醒醒，甜甜，赶紧醒醒。"苏瑾扶着左甜甜，紧张地拍打着她的脸，看她幽幽地醒了过来才擦了把脸笑起来。大家都没事。

左甜甜睁开眼，入目的就是脸上挂着大颗汗珠、眼睛红红的苏瑾，还有满脸担忧的萧暮雨和一脸微笑的沈清秋。

而屋里的一切都恢复成了之前的样子，烟、火，都没有了。

"陈楷杰，你还活着吗？"沈清秋冲着群里发了语音。

陈楷杰劫后余生般长舒一口气，他呼吸还没平复，感慨道："活着，活得很好的。新鲜空气真是太珍贵了。感谢组织给我机会，让我还能跟着萧队，跟着沈小姐、甜甜、阿瑾你们一起打怪。"

这样危险的时刻，这个没办法和她们四个女生一起解决难题的男人有些沮丧，可还是忍着难受，略显俏皮地活跃着气氛。只是语气再欢欣，情绪却还是藏不住的。

四个人沉默了一下，还是苏瑾嫌弃地喷了一声："乱说，什么打怪？"

大家都笑了起来。

沈清秋脸上的笑意只是一闪而过，她盯着门，低声道："我们赶紧出去。"

萧暮雨点了点头，一脸的戒备。还没等其他人反应过来，沈清秋上去就是一脚，十分用力，这一次门一下就被踹开撞在墙上又弹回来。与此同时沈清秋也跟着蹿了出去，却没看到那个宿管阿姨的一丝踪迹。

萧暮雨过去拉了拉沈清秋："她走了，赶紧去冲下凉水。"

沈清秋一听忙看向萧暮雨的手，发现因为刚才护着自己的后背，萧暮雨的手被烫得一片通红。她赶紧反手拉住萧暮雨往洗漱间走，打开水龙头仔细给萧暮雨冲洗手。

"我都说了烫，让你松手，你不听。我皮实着呢，再说了你这手能挡多少？痛不痛？不会起泡吧？"她皱着眉絮絮叨叨，顺便赶紧招呼苏瑾她们。

"你们也赶紧冲一下。"

萧暮雨没说什么，只是冲了几下就抽出了手，然后示意沈清秋将衣服外套脱下来。

沈清秋后背的衣服没被烧着，可是都被烤变色了。

萧暮雨拉着沈清秋径直进了卫生间，一言不发，直接先把沈清秋推进去。不等沈清秋转身，萧暮雨就把她按在了墙上，打开了水龙头。

外面两个女生面面相觑，又有些想笑。她们正冲着胳膊，就听到沈清秋带着笑意的声音传了出来。

"虽然这样子显得你特别酷,可是能不能不要这么霸道?"

萧暮雨听了脸上一片木然,目光却不自觉地别开。要不是看着她身上都是伤,萧暮雨觉得自己铁定得一巴掌打上去。

幸好现在道具卡可以用,可以拿到纱布,萧暮雨撕了纱布淋了水递给沈清秋让她给后背降温。还好她没有被明火烧到,后背红得厉害但是没有起水泡。

"你这细皮嫩肉的,明明娇气得很,哪里皮实?"萧暮雨看她因为吃痛轻哼着,忍不住低声说了一句。

沈清秋下副本以来,身上大大小小伤了很多次。她以前估计也不是什么安分的人,身上伤疤也不少,让萧暮雨心头有些发堵。

"所以你要多关心关心你的副队,别对我那么凶嘛。"

萧暮雨叹了口气:"你如果嘴巴不那么讨人嫌,我也不会凶你。"

收拾妥当,沈清秋准备离开,但是回头看了眼洗漱间的门,又停了下来。

"这是什么?"

萧暮雨目光上一扫,发现了那些暗红色痕迹,凑近一看低声道:"像是血迹。"

有条痕状的,还有团状的,像是抓挠撞击导致的。

"不只是血迹,还有淡淡的脚印。"萧暮雨补充道。这种材质的厕所门不好清理,脚印可以擦掉一些,但是更重的痕迹还是残留在上面。这些脚印密密麻麻,门都有些变形,应该是情急之中踢了很多很多脚。

萧暮雨神色有些凝重,她甚至能想象到被关在里面的人有多绝望、多拼命地想出去。

苏瑾和左甜甜过来看到了这些,也是一脸不忍。苏瑾低声道:"我们通关这些副本目的是活着,那设计者又是怀着一种什么目的呢?"

她觉得每一个副本对玩家都极其残忍,稍不留神就会没命,而且方式十分惨烈。

"本来我觉得这个游戏设计者有着彻头彻尾的反社会人格,是个心理阴郁的变态;但是从这些剧情的设置来看,她似乎又在告诫人类,揭示的都是一些社会中确实存在的恶劣问题。这些怪物NPC可怕得很,可是严格说,以前的它们比这里的每一个人都无辜。"左甜甜也有些感慨,不仅仅是她,其实苏瑾、陈楷杰乃至沈清秋、萧暮雨都有这种感觉。

"如果不是游戏失败就会真的消失这个设定,或者游戏里的杀招不那么多,这个游戏的设定会更像在警醒世人,可惜啊,现在看它还是感觉更反社会一点。"沈清秋补了一句,话里的确是有些可惜的意思。

"叮,恭喜萧暮雨团队圆满完成隐藏任务——谁是真凶,获得隐藏道具'追凶火葬场'!"

几个人听到这名字脸都抽搐了一下,陈楷杰在那边吐槽:"我怎么感觉这系统是在嘲讽我们?"

沈清秋却是看了眼萧暮雨,语气里带着点意味深长的调侃:"看看吧,只要不是追妻火葬场,那就没什么大问题。"

萧暮雨侧睨看了她一眼,摇了摇头,又有些想笑,这人脑袋里整天想什么呢?

而另一边,苏瑾和左甜甜看了两人一眼,已经是笑出来了。

追凶火葬场,稀有度S,004副本极低概率掉落。

物品描述:当玩家遭遇追杀时,只需要拿出卡片在身后一划,就可以生成长六米宽三米的一片火海,让来者陷入火葬场,持续时间四分钟。注意:如果冲进火场,所有人都将受到四分钟大火炙烤;如果未进入火场,则无法穿越火场,只能绕路。该卡片每次副本仅限一次，四次后自动报废。

"这张道具卡也是相当强，可惜只能用四次。"左甜甜眼里有些喜色，这种区域技能无差别释放，遇到群体攻击最方便不过了。就是004号副本太特殊了，很多技能都不能用，这才导致她们处境这么艰难。

"算是一点补偿吧，我当时真的以为我要完了。"陈楷杰在外面看不到情况，只能在那里听着，靠在墙上的他忍不住叹了口气。

"有暮雨在，你往哪里完？走吧，下去。"沈清秋说得很轻松，稀松平常的语气里却带着对萧暮雨满满的认可之意。

路过宿管阿姨房间时，沈清秋有些警惕。她走在外侧，示意三个人离远点，然后用匕首推开了窗户。

里面没有人，手机还摆在那里，织毛衣的针落在地上，毛线滚出很远。

沈清秋缓缓吸了口气，转动视野，看到了宿管阿姨。此时对方躺在地上，脑袋都磕破了。

她把情况简单地和萧暮雨她们说了，几个人赶紧出去，通知了学校的保卫科，很快有人进了宿舍，把宿管阿姨送进了医院。

看着寂静的学校再次喧嚣起来，萧暮雨和沈清秋五人找了个安静的地方，讨论刚刚发生的事情。

关键剧情已经被触发，可是进度还没显示，应该还需要梳理一下。

几个人其实都是满腹疑问，一坐下来苏瑾就迫不及待地问道："凶手既然不是林雪，那是刘雅和林雪两个人，还是刘雅、林雪加上宿管阿姨？"

萧暮雨并没有多卖关子："我填的是刘雅和林雪。"

"可是那天我记得萧队和沈小姐验证了刘雅的身份，她不是凶手啊！"左甜甜有些糊涂了。

沈清秋已经猜到了萧暮雨填的答案，她也回忆了下那天的事，最后皱眉道："不会系统又在作怪，玩文字游戏吧？刘雅不是凶手这并没有错，因为按照多填、少填、不填均不得分的规则，'凶手不是刘雅'的确是对的，所以当时平台仍下降了一点。"

萧暮雨点了点头："不错，我当时就是这么想的，而现在从结果来看，的确是这样。"

陈楷杰实在忍不住爆了粗口，道："这也太恶心人了，不是故意误导我们吗？"

寻常人哪里会把题目中这个很普通的提示和之前的事联系起来？更何况是那种火烤烟熏的情况下，如果是他们，早就填林雪了。

这要不是萧暮雨，他们肯定死定了。

陈楷杰细想后后背直冒汗："我怎么觉得……它就是想要我们踩进去？"

沈清秋听了陈楷杰的话，灰色眸子里一道暗芒闪过，她低着头没有说话。

萧暮雨表情没什么变化，仿佛并不在意，她继续分析道："当然判断刘雅是凶手不仅仅是凭借这个，有一点我们似乎忘记了——无论是谁对七班实施报复，七班的人应该都不会知道那是谁，因为他们不约而同忘记了学校里发生过一起致死的霸凌事件。换句话说，只要不是凶手，按理都不会知道这件事，那么就必然会被猎杀游戏影响产生恐惧。之所以怀疑林雪，是因为她和刘雅关系好，刘雅不害怕她。而刘雅成绩不降反升，那就说明刘雅不但知道林雪死了，还知道她对七班实施了报复，所以才不怕。那么无论林雪是死还是活，都逃不了她是凶手这个身份。"

萧暮雨说完后，除了沈清秋在一边看着她微笑，左甜甜、苏瑾和陈楷杰都是一脸的叹为观止。

"我知道萧队聪明,可是每次你都能刷新我的认知,这逻辑能力简直绝了!明明我们都知道,可是我们就是没想到这点。"陈楷杰惊叹不已,然后忍不住笑道,"我真是个假警察。"

"但是那个宿管阿姨呢?萧队当时为什么没考虑她?还有红衣女身边的那个高个子怪东西,是怎么来的?"左甜甜现在已经把宿管阿姨排除了,因为真的阿姨已经被送往医院了,可在那个时候,萧暮雨怎么就敢排除那个明显是帮红衣女的宿舍阿姨呢?

萧暮雨只是笑了笑:"这个答案其实想一想你们都很清楚。"

苏瑾点了点头:"当时被她推进去确实吓了一跳,我还以为宿管阿姨变怪物了。但是看到她烧焦的脸我倒是排除了她是阿姨的可能性。409宿舍失火,宿管阿姨在一楼,我想总不至于也把她烧死了。即使她发现失火了,也不会独自一人救火,最多打电话报警,她应该是红衣女假扮的。"

"我也想过,可是我有点不懂,她为什么要假扮宿管阿姨?"左甜甜没怎么捋清楚这个。

"你们不知道也正常,在我们确认409宿舍是火场前,我和暮雨跟那个阿姨聊过天。当时她打开窗户看我们的眼神就有点怪,问到409宿舍报火警时,她告诉我们409宿舍没人住,报警器也坏了。这倒是无关紧要,只是她偏偏加了句'该响的时候哑巴了,这会儿乱响',什么叫'该响的时候哑巴了'?很显然她也知道报警器坏了的事,那她只可能是记得事情经过的人,所以她在引导我们去409宿舍。"

说到这里,沈清秋也是无可奈何:"当时让你们别进来就是留了一手,谁知道还能这么玩?"

"不过这倒是因祸得福,那个火场给我们提供了不少信息,我大概知道里面的人是怎么死的了。"苏瑾回想起里面叫天天不应、叫地地不灵的场景，心里因为得知真相而生出的喜悦都荡然无存了，她挺难过的。

"门打不开，窗户被人为拧坏，厕所门也被锁。这实在是令人发指，学生真能恶毒到这地步吗？"左甜甜垂下头低声道，心情也有一点复杂。

"他们本来有机会救人的。"萧暮雨深吸了口气，低声道。

"他们怎么会救人？"

"他们一开始未必是想杀人。"沈清秋的脑子同样转得快。

"最开始房间里冒出来的白色气体不是燃烧产生的，如果我没猜错，那是消防演习时用的烟雾，有刺激性，闻着呛人，却是无毒的。"沈清秋见得多，她这么说肯定大概率是对的。

"也就是说，他们破坏窗户和卫生间的门，还有弄坏烟雾报警器，目的就是想呛一下林雪，吓唬吓唬她？"陈楷杰愣了愣，想了想的确有可能。

"还……还真是，后来那个燃起来的火，是恰好电路短路导致宿舍被烧了。"苏瑾脸色沉重，说起这个理由，她更加无法接受，"20:02，学生不应该出现在宿舍，林雪却偏偏在宿舍里，可能是出了什么事让她回宿舍的。只是当时宿舍楼里除林雪和宿管阿姨外再没其他人，宿舍楼离教学楼也有段距离，连宿管阿姨都没听到林雪的呼救，其他人注意到的概率就更低了。"

萧暮雨心里也不舒服，想到卫生间里那些痕迹，她低声道："我甚至怀疑，当时刘雅就在洗漱间，她知道林雪出事了却出不去，等她出去，林雪估计已经没了。"

"两个人关系这么亲近，林雪又是刘雅唯一的朋友，目睹好朋友被烧死，这恨意恐怕是怎么都没法平复吧。"陈楷杰心里五味杂陈，他也是从学生时代过来的，也有被霸凌的经历，很能理解那种在学校里被欺侮的滋味。

"至于那个高个子怪东西,我还没有头绪,但是能感觉到,它在这个副本里也发挥了巨大的作用,目前我们只能再看看了。"

萧暮雨话刚说完,系统的提示音就响了起来:"004号副本《惊魂七班》,主线剧情进度75%。请各位再接再厉,完善细节和证据链。"

"已经75%了,那刚刚我们看到的都是真的,推测得应该也没错。那后面的问题就是到底该怎么样确认这起事故的详细过程。"苏瑾有些振奋,她觉得他们很快就可以结束了。

沈清秋却没有那么喜悦,天很快就要黑了,今天晚上注定是一个凶险的夜晚,到时候发生什么,她一点准备也没有。不过,想到那幅画,沈清秋提了个醒:"关于西西弗斯的那幅画,我觉得还可以有另一种解读,他被惩罚的原因是他欺骗了死神,刘雅画西西弗斯是不是也是印证这一点呢?无论刘雅怎么痛苦,林雪死了都是不争的事实。而现在对刘雅而言,林雪不是还留在人间吗?那不是和没死一样吗?"

萧暮雨蓦然抬头,眼里一抹光亮闪过:"循环,惩罚。"她喃喃自语,然后快速道,"单单循环还不够,是不停地在循环中痛苦。隔一段时间就不断重复出现的火警报警记录,也许不是怪物作祟,而是死去的人不停地重复死亡的过程,痛苦万分!"

左甜甜听得愣住了,她的脑子里灵光一闪,急急忙忙地插话道:"对!对!我记得每次副本无论是做任务还是完善剧情,最后通关的时候副本里的NPC不都是放下仇恨消失了。那这次,我们肯定也要找个理由说服她们放下仇恨。我们的副本有两个任务:活下来以及查清楚剧情。想活下来光是查清剧情是不够的,我们必须结束猎杀游戏,我说得对不对,萧队?"

左甜甜大多时候是柔柔弱弱的,但是某些时刻她的胆量、思维总能爆发一次。

"对,只是那些人这么恶毒,她们肯定不会原谅,就我私心说,那些人也不配得到原谅!所以想要让她们放下仇恨,只能是从她们自身着手。萧队刚刚的分析很有道理,如果真是这样,那完成副本的思路就有了。甜甜,你的称号'高光时刻',真是名不虚传啊。"苏瑾忍不住调侃道。

左甜甜有些不好意思,说起那个"高光时刻"的称号她都快忘了,也不知道它有什么用。

想到这里她顿了顿:"萧队,我这个称号需要激活吗?"

萧暮雨思忖了下,摇了摇头:"这个副本我和清秋激活称号,是因为太贴近副本角色了。而且我们已经用了两个称号,你的可能有出其不意的效果,可以留到后面,也许还有用处。"萧暮雨说着,却发现一边的沈清秋眸光微亮,正一眨不眨地盯着自己。随后沈清秋像忍耐不住了一样,抬手压在唇边,若无其事地转过身笑。

萧暮雨的目光总能在这几个人中捕捉到她,当然没错过她那惊喜愉悦的小表情。稍微一想,明白过来后,萧暮雨抿了下唇,有些无奈——只不过是没有连名带姓地叫她了,用得着这样吗?

远宁高中今天出了两起事故,张渚的死警方那边已经有了初步结果,现场除了张渚本人留下来的痕迹,就只有那些血迹。可是法医检测结果一出来,竟然是坠楼的骆子豪的血,当场把这法医吓得魂不附体。

白天张渚那诡异的姿势和难以用科学解释的动作,已经让他魂飞魄散,现在结果出来,更是让他寒毛直竖。

这明明送到了殡仪馆的尸体,怎么可能出现在张渚宿舍里?

调监控也没发现殡仪馆有任何异常,更没看到骆子豪的尸体被人运出来。不过警局也清楚七班那点事,其实这些事在这个学校里几乎是被大家默认了，因此也没有人多追究，张渚还是被定性为自杀。

陈楷杰接到消息时心里明白得很。局里也开始放话说只要家属没有问题，这件事就定性为自杀。而张渚的家长浑浑噩噩地来学校收拾张渚的东西，什么都没说就回去了，似乎早就认命了。

陈楷杰以远宁高中事故频发为借口，申请在附近蹲守，但是局里知情的同事都在劝他少管这事。

陈楷杰打发了他们后，才缓缓舒了口气。

"你不回去，今晚住哪里？"苏瑾得知消息后有些担心地问道。学校宿舍里尚且不安全，如果待在外面更不知道会出什么事。

"男生宿舍有空位，我和校长打了招呼，他也同意了，今晚我留在学校。"陈楷杰话音里有些愧疚，"我这个身份导致我总是无法和你们一起行动，出事只能干等着，实在是抱歉。"

沈清秋瞥了他一眼："这种时候没必要因为这事耿耿于怀，你这身份又不是自己选的，各司其职，说什么抱歉。再说了，今晚也许都不用抱歉了，好好吃饭，攒足力气，好好干一场。"她把今晚可能出现的猎杀游戏说得就像黑帮大哥大赶场一样轻松，让陈楷杰哭笑不得。

"比起沈小姐，我都不好意思说自己是男人了。我明白你的意思，我一定好好表现。"他身板挺直，说得十分认真。

晚上没有晚自习，吃完饭后大多数学生都早早回宿舍了。张渚的宿舍没有人敢住，李悦航几个人本来想和其他人睡，可无奈他们是看到张渚死状的人，所以没有一个人敢和他们睡。

最终他们三个男生住到了一间空宿舍里——男生宿舍楼里同样被闲置的409宿舍。

听到陈楷杰介绍的情况，萧暮雨脸色微凝："409宿舍，怎么也是409宿舍？"

"这怎么感觉不是巧合呢?"左甜甜有些紧张,说到409她就想起女生宿舍的409,觉得心里发毛。

"没办法,他们不住409宿舍就得留在那间宿舍,所以肯定会去409宿舍的。"陈楷杰心里也有些不安。

"409宿舍如果真有问题,恐怕也不是我们能规避的。"萧暮雨很平静,她大概知道陈楷杰的感受,那些人看着都是活生生的生命。

陈楷杰沉默了,那边沈清秋的声音传了过来:"在这里,我们连自己的死活都管不了,那些NPC就只能看造化了。而且我们尽快通关,才是真的救他们。"

"我明白,我不至于拎不清。再说了,如果真的是我们猜测的那样,刘雅她们要杀他们,也是他们咎由自取。"他只是感慨一下,更担心的是他们五个人今晚会遭遇什么。在这种情况下,哪里有多余的"圣母心思"给他们?

另一边苏瑾和左甜甜瞅准了机会低声道:"她们走了。"

萧暮雨和沈清秋对视一眼,悄悄绕过主路往教学楼走去。

当走到二楼第一间教室门口时,已经是晚上7:50了,班里还有一些人没有离开。

左甜甜有些发愁:"这怎么办?当着他们的面搜不好吧?"

说完她看了眼沈清秋,又瞄了眼萧暮雨,但是两个人都没理会她,而是把目光落在了苏瑾身上。

左甜甜跟着看向苏瑾,随后恍然大悟般笑了起来。

苏瑾一脸无可奈何:"我这苏老师,又要做点不厚道的事了。"

说完她直起身理了理衣服,正了下神色,不紧不慢地走进了七班的教室。

站在讲台上的苏瑾挥了挥手,对着几个学生道:"这时候大家也没心思学习了,来帮老师收拾下办公室吧,换个心情。"

装起老师的苏瑾很像那么一回事，七班剩下的那几个学生听罢愣了愣，最后还是跟着苏瑾离开了。

等人都走了，沈清秋门都不走了，推开窗一个轻盈地跳跃，直接坐在了刘雅的位置上。

打开抽屉，沈清秋迅速翻着里面的东西：课本、书包、练习册……很快她找到了那个涂鸦的本子。

一翻开，沈清秋等人看到的就是那画着西西弗斯的页面。

沈清秋陆续翻了几页，发现这就是一本画册。其中最后面一部分，基本每一页上画的都是西西弗斯。

沈清秋一张张从后往前翻过去，画面简直是触目惊心，这本画册上几乎是复刻了一样的西西弗斯几十张，直到翻到前面，画面才变了。

一幅极其阴郁的画映入眼帘。原本的画都是由黑色中性笔勾勒的线条构成，并没有上色；而这张画，整个画面不是画出来的，而是有人拿笔在用力涂鸦，黑色的线条凌乱扭曲，密密麻麻地在纸上缠绕，但依旧可以看到她画的内容。

她画的是一个房间里起了火，其中的火焰被上了色，暗红色的火舌张牙舞爪，像恶魔的触手一样伸过去缠着一个蜷缩在里面的女生。女生身体歪斜变形，面目全非，那双眼睛里满满的都是恐惧和痛苦。

而在火焰周围，有六个人，有短头发的、长头发的，但无一例外的是，他们都是面目狰狞，咧着嘴大笑。那夸张地张开的嘴里正往外流着口水，黏稠恶心。在这六个人的身后，站着一个只露出半截身体的人。这人显然很高，上半身好像是因为纸张有限没画出来一样，但是他张开双手，五指如枯枝一样暴长，直直抓向大笑的六个人。

左甜甜看了，忍不住扭过头："这画让人好不舒服。"那种发自灵魂的不适和恐惧，让人窒息。

沈清秋把画递给萧暮雨，让她仔细地看。

"这画的应该就是当时林雪身亡的场景。"中间的女生模样同样十分抽象紊乱，但是那双眸子十分传神，都能看到泪光，和画面的风格完全不同。也只有这双眼睛，在这扭曲的画面中流露出那么一丝美和人性。

"这个高个子，应该就是那个瘦高怪物。那林雪和这怪东西有什么关系呢？看样子这怪东西应该是迫切地想要救林雪，还想要报仇。"陈楷杰侧头看着画，若有所思道。

萧暮雨目光巡视了一圈："看完了吗？"

等到沈清秋点头，她接手翻了画本。

暗红色的大字蔓延在纸上。

"没有一个无辜的人！都该死！"

这痕迹分明是血，带着一股阴冷怨毒的气息扑面而来！

几个人对视一眼，神情很凝重。这么深的怨恨，该怎么才能化解呢？

萧暮雨不想再看那些字。她往前一翻，画风又一次变了，干净的笔触勾勒出一双眼睛。那眸子里闪着光，即使没有嘴巴和脸的轮廓，她们也能感觉到这双眼睛在笑，似乎是在注视着某人。

"是林雪。"萧暮雨一眼就认出来了。

左甜甜她们沉默不语，从这画里能看出画画的人很用心，一点点用笔尖描摹出眼白和瞳仁，耐心又细致。

"她画得很好。"陈楷杰心情有些复杂地低声说了一句。

再往前零零散散的都是林雪的画像，从中可以看到画画的人观察得十分细致。

左甜甜心里很不是滋味，又想到班里学生都不怎么待见刘雅，只有林雪陪着她，到最后她心里的光却被别人活生生掐灭，心里更酸。

萧暮雨又仔细看了看后面的画，最后把画本放了回去。

沈清秋在一边沉默了一会儿，又在林雪抽屉里翻了一下，但是里面什么都没有。

"那看来只有刘雅这里有线索了。"萧暮雨看了一遍林雪的抽屉，的确没看到什么，就示意几个人先离开。大家就站在教学楼后面的那条小路上等着苏瑾。

那边苏瑾得到消息后，让学生简单整理好才放他们回去。

"怎么样，发现什么了吗？"苏瑾急急忙忙赶过来，问道。

左甜甜还没平复情绪，长叹了口气，才把看到的东西详细地向苏瑾描述了一遍。

苏瑾听完也是满心唏嘘："他们真的活该，这种事情谁能受得了？换成我，恐怕我也要他们受到惩罚。"

但是此时也不是悲春伤秋的时刻，想到那几幅画，苏瑾皱眉道："那这个应该可当作证据，证明刘雅就是凶手。那个怪东西，是刘雅制造出来，帮助林雪去报仇的吗？"

萧暮雨思忖了片刻："有可能，既然是她画出来的，那这个高个子怪东西的由来，刘雅一定知道。"

只可惜找到了这些线索还是没办法阻止夜晚的到来，萧暮雨现在还不知道怎么避免危险的降临。既然已经知道了谁是凶手，那他们其实可以找刘雅、林雪摊牌，可是贸然摊牌谁也无法预料会发生什么事。如果激怒了她们，事情怕是更难。

她的为难沈清秋看得清楚，于是沈清秋适时提问道："怎么了，又遇到难题了？"

萧暮雨点了点头，她先是看了一下沈清秋，又环视了一圈其他三人，严肃地道："其实现在证据搜集得差不多了，就差弄清楚警方到底做了什么，导致陈楷杰也被牵连了；还有那天到底是发生了什么，让林雪来不及获救；刘雅又出了什么事，让她手上有烧伤却没能救到人。可是这些事情因为当事人死的死、忘的忘，除了林雪和刘雅，再没人可以告诉我们完整的过程，所以剧情到这里已经是僵局了。而按照设定，今晚参与猎杀的应该是张渚，即使我们今晚躲过依旧于事无补，还是完成不了剧情，所以我想是不是不能坐以待毙，要主动出击了？"

她本来是疑惑的，但说出来时，脑海里的一些想法也逐步完善了，到底该怎么做，其实已经有结论了。

沈清秋斜靠着路边的香樟树，冲萧暮雨微微一笑："你推测得很合理。如果我们不动，结果会是什么样的我们都清楚，但无论是好还是坏，终究别想通关。所以你的意思是去找林雪和刘雅摊牌，是吗？"

萧暮雨点了点头，但还是有些犹豫——毕竟才第三天，是不是太冲动了？也许再等一轮会有新线索。

"你是怕和她们对峙反而会引起更大的危机是吧？那我就问你一个问题，如果是单人副本，你会怎么选择？"沈清秋循循善诱道。

萧暮雨没说话，可恰好是没说话给了众人答案。陈楷杰站直身体，认真地看着萧暮雨："萧队，虽然我们几个和你还有沈小姐之间有差距，但也是一路过了三关的，绝不是那种畏畏缩缩、贪生怕死的人。我们和你们组队不是单单来抱大腿的，我想要的是一起努力，好好活下去。我到底能发挥什么作用，我还不敢打包票，但有一点我很清楚，我希望我们几个能成为萧队你的助力。你一个人有底气去干的事，有了我们，我只希望你更有底气，风险与收益成正比，这道理我们懂！我信你们。"

左甜甜和苏瑾被他说得热血沸腾，连连点头："陈大哥说得对,只要萧队你一个人敢做决定,我们一群人就一定陪着,你只管说!"

萧暮雨看着自己的队友,心头涌出一种很复杂的滋味,说不出是喜悦还是难过。这种感觉对萧暮雨而言有点陌生,但其实也不是第一次了,上一次自己推测,他们同样深信不疑时,她就有这种感觉。

只是在遇到他们之前,她从没有过这种感觉。她一直以为自己命不好,上没有爸妈照应,下没有兄弟姐妹,也没有朋友。成长的过程中,她很少收到好意。虽然理智告诉她,世界很美好,可她总是觉得那只是别人的,跟她毫无关系。

进入这个游戏,萧暮雨与其说是想活着,不如说是她不甘心。她从没想过她会在这里得到自己曾经无比殷切期盼的东西——不计生死的保护,不问后果的信赖。

她默默盯着他们,随后脸上露出一抹淡笑,并不热烈,却是发自内心,清雅温和,瞬间化去了一池薄冰,犹如春水流淌。

"谢谢。"

苏瑾她们几乎没见过萧暮雨笑,无论是副本里还是副本外,她都是队里最安静的那个人。

沈清秋是冰与火的横冲直撞,狠起来,犹如寒冬腊月;热烈起来,犹如烈焰玫瑰。

而萧暮雨给人的感觉是初春料峭寒冰未化,明明有微风细雨,但是冷胜于暖,不熟悉她的人,根本靠近不了她。

只是在这春寒料峭中,冰雪下面隐藏的一直是春天,现在这春天总算探了头。

沈清秋总觉得真正的萧暮雨不应该带着那种"荒芜",她应该比谁都柔软,比谁都要明朗。

萧暮雨忽略不了来自身边那个人的眼神,那人总是这样毫不掩饰。

只是沈清秋此刻的眼神太过柔和，和她平日里不正经的样子截然不同，以至萧暮雨虽然忍不住看了几眼，也没出口打击她。

见萧暮雨看自己，沈清秋眸子里笑意更甜了几分。

萧暮雨觉得不自在，又连忙挪开了视线。

苏瑾和左甜甜顶了顶胳膊，加快了步子，留萧暮雨和沈清秋走在最后面。

萧暮雨没说话，也没刻意加快步子，就和沈清秋并肩走。只是走了一会儿，她低着头状似无意地道："看路。"

沈清秋抿嘴笑了起来，听话地把头扭过去看路，慢慢往萧暮雨那靠了一步，语气轻柔："其实多笑笑挺好的，就像刚刚那样，很好。"

两个人不紧不慢地跟在苏瑾她们后面。沉默许久后，沈清秋又打破了平静："紧张吗？"

萧暮雨顿了下，点了点头，又摇了摇头。

"不用担心的，一定能过去的。才第四个副本，如果我们都过不去，其他人就更别指望了。"

沈清秋一直这么自信，仿佛什么都打不倒她，她什么也不怕。但是萧暮雨有点怕，怕这个人太拼命，又不顾自己。

很快她们就到了女生宿舍，几个人对视一眼，准备上去。

但是萧暮雨这次拦住了苏瑾她们："我先上去。"

沈清秋脸色一变，干脆利落地拒绝："不行。"

萧暮雨沉沉地看了她一眼："你说让我尽管去做，怎么现在又不算数了？"

沈清秋一滞，但还是冷着脸坚决地道："这件事无论怎么都不行，她们要是突然发难对你下手怎么办？如果是之前的副本可以用道具卡也就罢了，这里总是有限制，如果出事你怎么自保？"

说罢,她扫了眼苏瑾两人:"如果要去,也是我去。"

萧暮雨无奈,白了她一眼:"你去?三句话不到你提刀就砍怎么办?"

沈清秋不赞同地皱眉:"我是莽夫吗?"

"我和你去,或者我去,你看着办。"沈清秋就跟头倔驴一样,让萧暮雨无可奈何。

苏瑾在一旁小声道:"那我陪萧队……"

"我不放心,我要自己看着。"沈清秋干脆利落地打断了苏瑾的话。苏瑾立刻闭嘴了。

萧暮雨觉得又好气又好笑,最终只能妥协,上楼时她闷声道:"要真出事,我们两个一锅端。"

沈清秋冷哼一声:"你要和我分开做任务,那才是一锅端,端了你,就送一个我。"

萧暮雨忍不住想笑:"怎么这么孩子气?"

8.

两个人早就摸清楚了刘雅和林雪的宿舍在哪儿,到了宿舍门口,萧暮雨缓缓吸了口气,抬手敲了敲门,沈清秋就站在门口侧头看着。

半晌,门开了,开门的人是林雪。看到萧暮雨时,她很明显地愣住了,不过持续的时间并不久,很快就露出了一个笑。

在她身后的刘雅很快就走了过来,那双眸子里满是警惕,很显然,刘雅并不欢迎她们。

"萧暮雨、沈清秋?你们有什么事吗?"林雪语气轻缓,看起来没有任何异样。

萧暮雨的目光在林雪身上停留了一会儿,很快就落在了刘雅身上,她略微点了点头:"打扰了,我想和你们谈谈可以吗?"

刘雅轻轻拽住林雪的手,把人拉在了身后:"我不明白,和话都没说过几句的人有什么好谈的?"

萧暮雨态度不卑不亢,毫不避讳地迎着刘雅那阴郁的眼神:"有些人虽然没和你说过几句话,但可能比与你每日交谈的人还了解你,不是吗?"

刘雅表情有了一丝变化,隐约露出几分狰狞:"你们到底想干什么?"

"谈谈,好吗?无论是因为你憎恨的还是你喜爱的,我觉得都有谈谈的必要。有些事情持续下去,不只是对别人的惩罚,也是对自己的。要报复,何必搭上自己?更何况还搭上了你的好朋友——林雪呢。"萧暮雨这句话让刘雅脸色蓦然变了。

可是她顾不得露出凶相,而是扭头紧张无措地看着林雪。

林雪看起来有一点茫然,但是很快就握住了刘雅的手,冲她温柔地道:"小雅,我们谈谈吧。"

刘雅和林雪现在住的是三楼,这间宿舍里只有她们两个人。

刘雅听了林雪的话,抿紧了唇,妥协般让开道。她抓着宿舍门,嘴角露出一丝冷笑:"进来吧。"

语气里满是不屑和恐吓。

萧暮雨准备进去,沈清秋一下伸出手拉住她,然后挡在刘雅和萧暮雨之间,陪着萧暮雨进了屋。

错身时她同样扬了扬唇,眼里笑意犹如刀子一样直对刘雅,这是两个人在无声地较量和互相震慑。

宿舍里铺了两张床,一张被褥整齐平坦,成色也很新,好像很少有人睡,另一张床虽然也很干净,但是明显有生活的痕迹。

林雪给两人拿了凳子,萧暮雨坐下说了声"谢谢"。

刘雅嗤笑一声,凉凉地道:"真是难得啊,七班的人大概只有你会说句'谢谢',其他人,呵。"说着她还看了眼沈清秋。

沈清秋道:"我和她是一路的,她说'谢谢',那自然我也是说'谢谢'的。"

萧暮雨瞥了眼沈清秋,随后看向刘雅和林雪。她也没拐弯抹角,一开口就道:"我知道游戏的事了,也大概知道你们的遭遇。"

林雪脸色未变,刘雅却紧绷身体,半晌她俯身过来,凑近萧暮雨阴森地道:"你真的知道我们的遭遇吗?"

随即她脸上的皮肉一下子绽开,快速干枯萎缩。

沈清秋闪电般伸手抓住萧暮雨的肩膀,猛地把人拉过来护着,同时右肘毫不留情地撞向刘雅,随即她满脸紧张地看了眼萧暮雨。

刘雅被撞了一个结实,踉跄着撞到了床上。林雪的表情都变了,她扑过去扶着刘雅,扭过头时,那文文静静的脸上表情也有些破裂。

沈清秋心跳骤急,但是很快她冷静了下来,眯着眼冷冷地道:"好好说话,不要突然搞这些,不然我会误会你要做什么,以致控制不住力度。"

刘雅那张狰狞的脸不情不愿地恢复了,凶狠的表情都褪去了,看向沈清秋的眼神还是有些畏惧。

萧暮雨被沈清秋单手护住,刘雅那张脸她根本都没看全,而且听耳边那沉闷的撞击声,她都替刘雅脸疼。

怕沈清秋又要耍狠,萧暮雨拍了拍沈清秋的胳膊,抬起头轻声道:"我没事的,没来得及看清,没被吓到。"

闻言,沈清秋才松开她。那边林雪和刘雅分外复杂地盯着两人。

尤其是刘雅,眼里那抹光都快要破碎了,她握着林雪的手,看了林雪一眼,眼里已经快沁出泪了。

"不好意思，她太紧张了，我们并没有恶意，只是想弄清楚到底发生了什么事。至于你们的遭遇，我很能理解，换作是谁，谁都无法忍耐。你要报复我也不觉得有错，可是——"

"可是什么？啊？"刘雅听到这里，身上那种暴戾之气再次涌了上来，她厉声打断了萧暮雨的话。

她眼睛倏然就红了，不是因为难过委屈，而是因为刻入骨髓的恨和怨。

"你弄清楚发生了什么？你能理解我们？说得冠冕堂皇！你们根本就不应该出现，你们来有什么目的我不关心，我也不在乎，但是如果你们非要插手我的事，就别怪我不客气！"刘雅抬头看了眼外面，牙齿不停打着战，嘎吱嘎吱地响，像是在忍耐什么，变得极其痛苦。

林雪见状脸色都变了，她伸手抱住了刘雅，哽咽道："小雅，你别这样，别这样了。我们放下吧，你太辛苦了。她们说得没错，我们这不只是报复他们，也是报复自己。"

刘雅说话都不清楚了，她只是死死盯着萧暮雨和沈清秋，深红色的眼泪从双眼里滑落下来，带着无言的绝望和愤怒。

"刘雅，你冷静下来，有些事情并不是你想象的那样！"事态有些出乎萧暮雨的意料，刘雅的状态有些不对劲。

咔嚓声不绝于耳，沈清秋带着萧暮雨往后退了几步，那声音是从刘雅身上传来的。

紧跟着，刘雅不仅是眼睛里流出血泪来，她的脸、胳膊、身体也都开始裂开，不断往外渗液体。

萧暮雨心知不妙，一把拉住沈清秋就往门外跑。

刘雅声音嘶哑得就像破败的风琴，带着哭腔冲沈清秋道："我不过是吓一吓她，你就这么敏感了，那我的遭遇呢？换成你，看到自己最在乎的朋友活活被烧，你叫天天不应、叫地地不灵,你是什么感觉啊?你们不是说能理解吗?那就切身感受一下吧!啊——"

随着刘雅嘶吼一声,整个房间的景象瞬间全变了。

"她提前开启了猎场。"萧暮雨没想到刘雅会这么敏感,而且她发现她们此刻已经不在宿舍里了。

刘雅的身体变得十分诡异,双腿一下子被拉伸变长,白色的骨头都露了出来,让人不寒而栗。

不仅仅是双腿,她身体上的每一寸骨头都在疯狂生长,撑破皮肉的同时发出那种咔嚓的骨裂声。这种痛苦让人不忍目视,而且很显然,刘雅不是没感觉,她痛得不停地哆嗦嘶吼。

她的身体被强行拉长,手和腿长得可怕,整个人蹲在地上已经比一个成年男人还高了。因为支撑不住身体,她匍匐在地上,拉长的双手撑在地面,就像一只蜘蛛,又像踩了高跷一样,说不出的瘆人。

萧暮雨并没有太错愕,只是低声喃喃道:"果然,那个瘦高东西是刘雅。"

果不其然,刘雅身上开始干枯发黑,面目全非,和那天晚上那个瘦高怪东西一模一样。

它身上此刻已经没有作为人的特征了,眼眶里的两个眼球,带着明显的恶意直直盯着萧暮雨和沈清秋。

沈清秋有些冒火:"她已经疯魔了,之前我还以为林雪才是主导,现在看来她才是罪魁祸首,只不过是让林雪去动手,亲自报仇罢了。"

此时的萧暮雨神情有些紧张,她隐约觉得这场游戏又是针对她们的,刘雅发疯前的话,让她十分在意。

"不要走散了。"

听了她的话,又见她突然这样,沈清秋有些愣:"嗯,跟紧我,我怕她对你动手。"

沈清秋也想到了那一层,忍不住咬了咬牙,冷冷地道:"刘雅要敢伤你,我游戏不玩了也得把她朋友给剐了,让她怪物都当不成。"

明明是在这种局势下,可萧暮雨还是忍不住想笑,甚至有点想逗沈清秋,于是开口道:"为什么是剐她朋友?"

沈清秋挑了下眉:"她敢伤害我朋友,我就敢伤害她朋友。"

这话说得理直气壮的,让萧暮雨恍惚间以为自己和她已经相交甚深了。

"别自作多情。"萧暮雨白了她一眼。

沈清秋边带着萧暮雨后退边开口道:"这分明是事实。"

而恰在这时,刘雅已经彻底变异为怪物,萧暮雨可是清楚地记得沈清秋在它手里受过伤,连忙提醒她:"别贫嘴,小心一点。"

话音刚落,刘雅已经一个跳跃狠狠砸在了两人站立的地方,速度快,力道又狠,把地面径直砸出一个大坑。

沈清秋带着萧暮雨滚着躲过去,身边溅起的尘土一下子让她们什么都看不见了,直到灰尘落下,她才发现她们又出现在了宿舍楼里,夜间的猎杀又开始了。

萧暮雨站起身,环顾了一下周围,这个宿舍楼布局很奇怪,完全不是原本的样子。最开始的宿舍楼是一条长廊加左右两侧房间门对开的格局,但是现在她们看过去,这里已经不止一条走廊了。此时每一个房间前后左右都是通道,通道不断相连,看起来像一个网格状的大迷宫。

放眼望去,居然发现每个房间挂的房号都是409!

赤红色的三个数字十分醒目。

萧暮雨心不由得提了起来,她拿出"相亲相爱一家人"卡片,顾不得使用语的尴尬直接激活了它。它还能用,实在是万幸。

"苏瑾、小左、陈楷杰,你们在哪里?"

那边发出一阵阵刺耳的噪声,就像收音机频率没调对,隐隐约约地,萧暮雨还听到了一声惨叫。

萧暮雨表情顿时变了,她重复了一句:"苏瑾,你们怎么样?听到回我一声?"

嗞嗞,咔咔……

又是一阵凌乱嘈杂的声音,最后一个人痛苦的声音隐隐约约传了过来:"暮雨、暮雨,不要……不要,浑蛋……"

沈清秋和萧暮雨几乎是屏住呼吸在听,最后齐齐变了脸色,眼里满是紧张和犹疑。

咔,声音又变成了一阵噪声,消失了。

萧暮雨看着沈清秋,深吸了口气:"刚刚那是……"

"我的声音。"沈清秋吐出的这四个字几乎是含着冰碴儿,她既愤怒,又有一点心慌。什么意思?怎么会听到自己的声音?而且这短短几个字,透露出来的信息都指向一点,萧暮雨出事了!

突然那边又传来了苏瑾的声音,呼吸急促,话语里满是紧张:"萧队、萧队,你怎么样?没事吧,你还好吗?"

这种急切本来很正常,但是又有点不正常,沈清秋立刻开了口:"怎么这么急?出什么事了?是暮雨出事了吗?"

那边苏瑾越发慌:"萧队不是和你在一起吗?我们刚刚听到萧队在喊救命,好像是受了重伤,你们到底怎么了?"

沈清秋心口发冷,右手不自觉地再次把萧暮雨抓紧了。

萧暮雨安抚一般看了她一眼,赶紧道:"没事,我还好的。你们是听到了一段有些乱的杂音吗?"

"是,是,那不是你的声音吗?"苏瑾又惊讶又庆幸,连连回道。

"不是,暮雨怎么可能会这么喊救命?"沈清秋语气又急又冷,她斩钉截铁地否定,生怕成了真,随后又冷冷地补了句,"刚刚那也不是我,我绝不会这么没用!"

"嗯,不是。"萧暮雨看了沈清秋一眼,安抚地拍了拍她的手,然后才继续道:"你们现在在哪里?还在外面吗?"

"不是,我们又……又遇到了那个怪东西,它把我们丢到了一个都是连廊的地方。我们现在身边都是房间,而且每一个都是409,我们还没搞清楚它想干什么。萧队,你们不是找刘雅和林雪谈话去了吗,是出什么事了吗?"说话的是左甜甜,这让萧暮雨暂且安了心。

"我们也是在这个地方,只是看不到你们。刘雅不想谈,反而提前开启了猎杀,你们一定小心。陈楷杰也在吗?"

"在的,萧队。"

萧暮雨和沈清秋对视一眼,暂且平复了下心情。不过还没等她们继续说话,一阵尖锐的叫声犹如婴儿的啼哭,倏然在她们身后炸开。

萧暮雨被吓得不自觉一个激灵,只觉得头皮发麻。

而沈清秋无比紧张,转身护着萧暮雨,警惕地转身看向声音发出的地方。

一看才发现,那是挂在宿舍外面的消防警报在响。那红色的正方形盒子,此刻正闪烁着红色警报灯,发出凄厉的响声。

上面的时间,萧暮雨看得清清楚楚:

2016-01-08 20:05

这个时间点,是林雪葬身火海的那一天。

各个房间的警报声接连不断地响起来,很快连成一片,让人一时间乱了方寸。那一声声夺命般的紧急催促,让本就紧张的人更是慌了神。

萧暮雨皱着眉，在漫天嘈杂的警报声中觉得无比地心烦意乱。

她的不适没有被掩盖，沈清秋见状，凑过去伸出双手替她捂住了耳朵。

尖锐刺耳的声音一下子缓和下来，带着点嗡嗡声，还是很清楚，但是那种让萧暮雨焦躁烦闷的不适感一下子消失了。

她抬起头看着沈清秋，专注中有些失神，愣愣的，又带着点迷惘。

沈清秋虽然有些不明所以，但是看到这样的萧暮雨让她心里很不是滋味，于是她认真地看着萧暮雨，在其耳边大声道："没事的，我在呢。"

萧暮雨没说话，只是看着她。

这警报声整整持续了一分多钟，当声音停了后，沈清秋松开手，有些担忧地看着萧暮雨："怎么了？哪里不舒服吗？"

萧暮雨好像还没回过神，有些迷茫地开口道："我刚刚说错话了。"

"什么？"沈清秋没反应过来。

"我说我理解刘雅的感觉，明明这种话只会激怒她，可是我还是说了，没能控制住自己。"她说完，眸子里神色剧烈晃荡了下，她连忙挪开视线，环顾着周围的房间。

沈清秋有些茫然，可是再想说什么时，就发现萧暮雨已经恢复了往常的模样。对方的目光警惕而锐利，正缓慢地环视周围。

"既然苏瑾他们也在里面，那么这里很可能就不只有我们了，也许其他本该是猎物的学生也进来了。"萧暮雨说这句话时已经恢复了沉稳。

"嗯，但是它还没告诉我们这个猎场的捕猎方式是什么。"沈清秋知道这不是讨论其他事情的时候，即使心里有疑虑，也得暂且压下来。

但是她心情一点都没能放松,那两段莫名其妙的语音不知道是警示还是威胁,这让她头一次有些害怕。

就在两个人走了五十米后,萧暮雨基本看清了这里的样子。

这个场地不知道有多大,就像是一个巨大的平台,里面一个个标着409的房间立得犹如四方的柱子一样,一排排、一列列,星罗棋布。每个房间竟然都是四扇门,也就是说房子四面都有一扇门,很诡异。

萧暮雨眼神很好,让她觉得很奇怪的是,有的门上会出现一个黑色的标志,像是一个"×"。

在第一次看到这个标志后,萧暮雨就留意了一下,一路上她看到的房间有些连续几个都有"×",有些又没有。

她在心里想了想,这些房间出现标志的情况并没有规律,但是只要左边那扇门出现了标志,右边与之对应的那扇门上也一定有,也就是说它们是两两成对出现的,通常持续出现两对及以上;但她没想明白这个到底意味着什么,不过有一点可以确定,这个绝对有意义。

另一边的沈清秋没有过多地去思考这个场景,她分了大半注意力在这一排排间隙里。因为无论她们走到哪里,前后左右,都有可能有东西出来,所以她一点都不敢松懈。

走了一会儿,发现并没有什么特别的,萧暮雨停了下来。

虽然她们走的地方不大,可是这里的排列规律很明显,萧暮雨大概在脑海里画了一张简图,于是和身边的沈清秋还有群里的苏瑾他们解释道:

"眼下我能看到的有限,但是这些409号房间应该有很多,像一颗颗棋子一样落在地上。

"409号房间将近二十平方米,高两米八,会阻挡我们一部分视线,我们经过时必须小心。每一个房间四个面的墙上各开了一扇门,同时每四个房间形成一个十字路口。另外,请注意一下,有的房间的门上面会有标志,我看到的是'×',有的却没有……但是我还不知道那标志代表的是字母还是一个叉,或者是其他的,你们自己可以再想想。"萧暮雨把自己的发现详细说了一遍。

"明白。"那边有走动的声音响起,过了一会儿,陈楷杰的声音传了过来,"萧队,我们这里看到的也是'×',的确是一会儿有一会儿没有,但是标志出现的规律和你说的一致,只要这扇门上有,那对面的门上也会出现。消息我们收到了,我们现在想办法确定位置,最好能和你们会合。"

"好,只是这里没有参照物,我也不清楚方向。"说到这里,萧暮雨忍不住蹙眉,沈清秋听了,心领神会,立刻摸出匕首,试探性地在墙上刻了起来——能刻出痕迹。

很快,沈清秋收回了手。墙上出现了一个类似于云朵的轮廓,沈清秋还一脸正经地在云下面画了四个点。想了想,她又画了一个闪电形状指向前面。

萧暮雨:"……"

"像不像?她们能看懂吧?"

萧暮雨看着那朵下雨的小云,不自觉扬了下嘴角,却依旧冷淡地道:"幼稚。"

嘴里这么说着,萧暮雨却还是很自然地和苏瑾他们道:"清秋用匕首在门边墙上一人高的地方留了标志,嗯,一朵下雨又打雷的云,如果看到了就告诉我们。"

那边三个人三脸茫然——这是什么标志?这么复杂?

商量好后,萧暮雨继续往前走,沈清秋嘴里嘀咕:"明明很喜欢这个标志,还说我幼稚。"

萧暮雨没说话,只是目不斜视,看起来正经得很。

这次两个人没走多远,突然一声咔嚓,世界瞬间陷入一片无边无际的黑暗。这种情况，足以将人吓疯。

"啊！"沈清秋赶紧拉住萧暮雨，满脸警惕。她们周围响起好几声尖叫，有男有女，有的近有的远，看来的确有其他人进来了。

但是黑暗没有持续很久，陡然间所有的红色警报灯全亮了起来，入目的都是红色。

每一个房间门口都亮起了红色的灯，除了这诡异的红色，什么色彩都消失了。而那"409"三个数字，也在红灯的照映下发出红色的幽光，就像暗处的一只只眼睛，窥视着里面的一切。

那昏暗的红色灯光下，房间上能看清的区域就很有限了，门上面那个"×"形标志却出乎意料地清晰。

嘀——嘀——

几声长响后，和骆子豪坠楼的那天晚上一样的声音响了起来，透着机械式的愉悦。

"欢迎各位来到本场游戏。捉迷藏的游戏想必已经让大家印象深刻了，那今晚的游戏肯定不会让大家失望的。本轮游戏持续一个小时，游戏通关方式十分简单，你们一定能明白，那就是活着离开！记住了，不惜一切代价活下去，死在这里就永远留在梦里了！"

这声音越往后越透着一股子兴奋，活脱儿是个变态杀手。

"下面宣布游戏规则。本轮游戏是一个大型迷宫，玩家必须在一个小时内找到迷宫出口，迷宫路线请自己搜寻，线索就在你们当中。请任何时候不要忘记自己的身份！学生，最重要的是什么呢？呵呵，作为强劲的理科班，请好好探索一下。"

它出来阴阳怪气地说了这么一段话，就再次隐匿了，留下萧暮雨、沈清秋她们一脸莫名其妙。

就在这时，一阵响动从不远处传来，不知道是什么。顾不得琢磨游戏规则，沈清秋带着萧暮雨开始慢慢往前走。

有沈清秋在身边，萧暮雨很放心地把目光投向每盏红灯照亮的地方，想看看是不是还有标志。

一个、两个、三个……路过了五个路口，左右的房间门上都没有出现标志。在第六个十字路口，四个房间的门上都出现了一个不大不小的标志"×"，不知为什么萧暮雨突然觉得有些紧张，忍不住提醒了一句："那个标志，出现了。"

沈清秋余光迅速锁定标志，略微点头，示意自己明白，当下两个人步子就慢了下来。

可就在她和沈清秋跨过第六个十字路口并选择继续直行时，其中一扇门猛地掀开了，力道很大，像是有东西从房间里面把门大力踹开了。

那门擦着萧暮雨右臂刮过去，撞在墙上。一只裹着火焰且被烧得焦黑的手紧跟着探出来，五指成爪，带着一股焦臭味，狠狠掐向萧暮雨的喉咙。

沈清秋已经把萧暮雨往自己这边拽了，可是那手的灵活程度和它那鸡爪般僵硬的样子完全不匹配，即使沈清秋两人有防备，也没办法预料到会是这种攻击方式，当下还是被打了个措手不及。

幸好萧暮雨本身不是个头脑发达、四肢简单的人，这关键时刻，她还是很果断地仰头抬手，堪堪拦住了那扼颈的怪手。

但是萧暮雨的右手臂顿时就被那手狠狠掐住了，犹如铁箍一样的爪子掐上来，灼痛感随之袭来，这种痛楚让她无法控制地闷哼了一声。

"暮雨！"沈清秋急红了眼，失声叫道。

但这痛苦持续得并不久，因为沈清秋已经反应过来了。痛苦中的萧暮雨没顾得上看沈清秋的表情，沈清秋已经一刀把那烧焦的手剁了下来。

抓在萧暮雨右臂上的手一下子松了，砸在地上。

很显然断了手的东西也有些慌，它迅速掉头准备进那个409号房。但痛苦感稍微缓和了点的萧暮雨同样不是好惹的，她咬着牙，对着那地上的断手狠狠一踩。

沈清秋一愣，原本同样伸出去的脚顺势步子跨大了点，脸上表情冷酷无比。她伸手抓着那断了手的东西，冷笑一声，猛然往外拽。

"装神弄鬼，给我滚出来！"她这下是凶得厉害，竟然硬生生把那东西从门里扯了出来。

躲在门里的家伙这辈子也想不到，会有人不选择逃命，而是把它从藏身之所拖出去，当下吓得大声吼叫。那声音里的恐惧和错愕清晰地传达出去，让原本准备从沈清秋那侧再次出手的另一支怪手立刻缩了回去。

萧暮雨也没想到沈清秋这么逆天，当下也有些发愣。

被沈清秋拖出来的那个东西身高只有一米左右，长着两只和身体差不多长的胳膊，没有皮肤的脸干瘦发枯，脸上那眼眶里，干瘪的小绿豆眼都藏不住惊恐，它另一只手扒着门框，恨不得滚回去。

沈清秋愤怒至极，萧暮雨被袭击时，她心脏跳动都停了。看到萧暮雨痛苦的表情，她更是头脑发热，愤怒至极。

只见沈清秋抬起左脚自高处踢下，这东西的上半身瞬间重重倒地，仅剩的三颗牙一下子飞了出去。其中一颗牙通过沈清秋身后那扇门的门缝飞了进去，撞在了一张露出来的脸上，那扇门瞬间彻底关得死死的，再也没一丝动静。

沈清秋虽然武力值爆表，可也不鲁莽。她不想太浪费时间，在踢歪了这东西的头后，又干净利落地把它踢回了房间，面前的门狠狠地关上，比开门的时候还迅猛。

萧暮雨站在原地看着眼里煞气还没退的人，扑哧笑了起来，她也不知道为什么，就是想笑。这么凶神恶煞的女人，她竟然也觉得挺可爱的。

沈清秋处理完这突如其来的状况后，连忙去看萧暮雨。她抓住萧暮雨的手，卷起了萧暮雨的衣袖。光线有些暗，她根本看不见什么，只能用手指试探性地碰了碰萧暮雨的手，但没有碰到明显的伤口。

"疼不疼？"她语气微紧道。

萧暮雨摇了摇头，轻轻把手缩回来："就当时被抓得疼，现在没事了。"

沈清秋点了点头，警惕地看了一下四周，现在她不敢轻举妄动。

萧暮雨拍了拍她，示意她不要这么紧张，然后打开群消息，喊了几声："苏瑾，能听到吗？"

那边没有动静，萧暮雨心里一沉，又喊了几声，还是没得到回复。

"看来游戏已经正式开始了，就连这个都不能用了。"沈清秋脸色凝重地看着身边的四扇门，紧皱着眉。

"这可不是个好消息。"萧暮雨迅速思索着，喃喃道，"游戏应该是从宣布完规则后开始的，那之前我们走过四个没有标记的路口都没有出问题，偏偏到这里出事了，肯定有什么特别的设定。"

她看着身后的十字路口，刚刚她们是直走后被攻击了的。

"清秋，你说是不是因为我们走错了路，所以才导致这些门里的东西攻击我们？"萧暮雨把自己的想法说了出来。

沈清秋思忖了一下刚想回答，她们左侧就传来一个男生的惨叫声。

那声音里满是恐惧，然后就是凌乱的脚步声，听起来有两种步子，一种急促，一种沉重但速度很快，应该是有东西在追他。

看来其他人也触发了机关，估计是凶多吉少。

很快，那脚步声折了回来，看样子人是在往她们这边跑。然而更令人惊悚的是，她们又听到了两扇门打开的声音，朝这边跑来的脚步声顿时又增加了。

"糟了。"萧暮雨低低说了声。

沈清秋二话不说，一个利落转身，拉着萧暮雨一起靠在了左边房间的墙上，然后将萧暮雨挡住。

沈清秋身上穿的是件深棕色外套，这个位置灯光最暗淡，不是很显眼。

萧暮雨整个人被沈清秋遮得严严实实，原本气氛就格外紧张，这一下萧暮雨更是身体紧绷，连呼吸都十分克制。

耳边她自己的心跳还有沈清秋的心跳混在一起，无限放大。对方身上的温度带着淡淡的香味，彻底把她笼罩，让她有点晕眩。

那个男生朝她们这边冲过来了，但是还没跑过十字路口就被身后的东西扑倒，重重地摔在地上。萧暮雨和沈清秋两个人侧着头靠墙站着，从她们的角度，只能看到那个男生的上半身和脑袋。

在这个距离下，又是灯光没覆盖的地段，萧暮雨看不清那是谁，但是不需要看清就能感觉出来男生的绝望。他痛哭着，惨叫着，双手拼命抓在地上想继续往前爬，但是一声惨叫后就没了动静。

萧暮雨的耳边是仿若野兽啃食的声音。这些声音无比清晰地从房间的那一头传来。血腥味，还有不知名怪物的腥臭味，汇聚成死亡的气息，霸道地挤走了她鼻端的香味。

萧暮雨心口发闷。

于是她极轻微地侧了下头，此时她可以感觉到沈清秋颈动脉的跳动,这让她觉得真实了一些。

可倏然脚步声又响了起来,一下、两下,她感觉到挡着自己的身体已经绷紧了。余光中,她可以看到一个脑袋从拐角处露了出来,很高,那种高度绝对是在俯视她们。只要它再往前走一步,侧一下头,她们两个人就会彻底暴露。

"嗬!嗬!"它扭头叫了两声,在它身后还有它的同类。

萧暮雨感觉到了沈清秋的紧张。的确,三个这么高大的怪物才尝了血腥味,她们一旦撞上这些怪物,跑都没法跑!

幸运的是,那三只怪物没有迈过十字路口,而是继续着它们的饕餮盛宴。最终那个男生被缓慢地拖走了,那在地上拖动的声音,仿佛诉说着一种难以言喻的恐怖和残忍。

砰、砰、砰。先后三声关门声,这场血腥的追逐总算暂且平息。

沈清秋低头看着萧暮雨,长长呼出一口气:"它们走了。"说完,她的喉咙已经干涩发哑。

"嗯。"萧暮雨也没好到哪里去,她低低应了声。

沈清秋微微一愣,后知后觉发现自己还挡着她,于是忙后退一步,说话都有些不利索:"对不起,刚刚太紧急了。"

萧暮雨撩了下鬓角乱了的头发:"不用解释,我知道。"

两个人慢慢走到刚刚男生摔倒的地方,地上暗沉痕迹一片,惨不忍睹。

"她真的打算孤注一掷了,今天过后,七班还剩下的人恐怕寥寥无几。"萧暮雨别开头,后退了几步,然后从口袋里摸出一条手帕递给沈清秋。

"擦下汗吧。"

"你居然还带这个东西。"沈清秋拿过手帕笑着擦了汗,然后很仔细地叠好,收进自己口袋里。

萧暮雨一脸莫名其妙:"你收起来干什么?"

"洗干净再还给你。"

她笑得一脸灿烂，萧暮雨拿她没辙，只是突然问道："明明每次遇到那些东西，你比谁都胆大，动起手也毫不怯场，刚刚怎么紧张成这样子？因为来了三个吗？"

沈清秋顿时敛了笑，沉默了下来，半晌她才开口道："如果它们发现了我，我也不会怕，别说三个，再多我砍起来也毫不手软。"说完她有些复杂地看了眼萧暮雨，又低声道，"但是刚刚，我很怕你出事。"

萧暮雨心口蓦然一颤，半晌才强行把话题转到当下的事上："现在联系不上苏瑾他们，我们就更要抓紧时间了。不然拖下去，我怕他们出事。"

沈清秋点了点头，没有继续说什么。这时候她不能干扰萧暮雨，无论什么事，只有活着才有下文。

"刚刚我们是直着走的，那怪物的手就伸了出来。那个男生四处乱跑，接二连三激活了门，那么应该可以确定，只要走错了路，就可能被攻击。"

沈清秋点了点头，想到苏瑾三人，叹了口气："希望他们能冷静下来，别乱跑。"

"这游戏难度显然加大了，正常人遇到危险基本不可能不跑，一旦跑错又是险上加险。"幸亏沈清秋胆子大，出手又狠，两个人目前为止根本就不需要跑。

两人正说着话，门上的灯开始闪了起来，而且频率越来越快。萧暮雨心里莫名不安，她往前走了几步。就在她开始走动后，那灯闪的速度变慢了。

萧暮雨心下了然："一直在这儿不动也是不行的。"

沈清秋没说话，只是再次看着眼前的十字路口。这时候两边的门上都有"×"，她吸了口气，闭下眼朝后伸了下手示意萧暮雨停下来，自己慢慢往左边拐去。

萧暮雨这次没有坚持跟上去，而是站在原地看着她。

一步、两步，沈清秋跨过了路口，平安无事。

沈清秋赶紧招呼萧暮雨跟上，两人转过去后，这个通道两侧的房间又没有标记了。

"这说明遇到'×'是左转才安全吗？"沈清秋略有些疑惑。

萧暮雨摇了摇头表示不知道，看着左右没有标志，她试探着直走。

而沈清秋护在她身边，走过了一个路口，的确没有问题。

"我大概知道了一些，没有标志是直走，'×'可能是左转。只是……"她还是有些不安，心里有种说不出来的怪异感。

"只是未免太容易了，一个十字路口四条路，但现在能选择的就只剩下三条路，试一下就知道了，是吗？"沈清秋接过她的话。

萧暮雨点了点头。

"但是，我们没有选择。一个小时内要找到迷宫出口，可是这迷宫到底有多大谁都不知道，想要找到出口，凭运气是不可能的，必须找线索。"萧暮雨边说边把自己得到的消息发到了群里。不管怎么样，她总要试一试，万一苏瑾他们能看到，就有意义。

沈清秋闻言笑了起来，她目视前方，缓缓道："既然这样，我们就嚣张点，管它对不对，试一试就好了。要真有不长眼的，那我就拿它当彩头，也好显示我的诚意。"

此时沈清秋虽然说出来的话不太正经，可是身上的气势格外凌厉，她不是在开玩笑。刚刚她说自己害怕时的一丝脆弱完全没了踪影，和初次见面时一样，恣肆自信。

萧暮雨更欣赏这样的她，目无一切，无所畏惧。

9.

按照发现的规律,接下来的一段路她们走得很顺利,似乎正确路线就是这样的。可就在再次左转后,她们看到了两个人,是两个女生。这两个女生与她们之间只隔了两个路口,可是萧暮雨看不清是谁。

因为这个地方什么都有可能发生,萧暮雨没有贸然出声,她看到两个女生一左一右查看了房门,然后交流了一下也准备往左转。

可就在她们转过去的那瞬间,一只手犹如干枯的树枝一般从左边过道里伸了出来,速度很快,以至那两人毫无防备。

房间挡住了两个女生的身影,但是萧暮雨和沈清秋清晰地听到了撕咬的声音,还有闷哼声。

"啊!"一声尖叫划破寂静,然后戛然而止。

沈清秋和萧暮雨没有动。

那个怪物抛下手里的东西走了出来,那直顶到天花板还需要弯腰的怪东西,此刻就看着沈清秋和萧暮雨,嘴角咧开。

"可惜啊,刚才那两个不是你们。"僵硬到听不出男女的声音里满是恶意。这是刘雅,看到她手的那一刻她们就认出来了。

沈清秋眼里仿佛藏着刀子,她看着刘雅,紧抿着唇,忍住了狠话。理智告诉她,此刻激怒刘雅并不是理智之举。

"千万别出错,不然,呵呵。"刘雅丢下一句话,转身隐入夜色中。

萧暮雨看着摆在面前的十字路口,左右看了一下,发现门上没有"×"了,取而代之的是一个黑色的圆点,实心的圆点。

这个新标志的出现,让事情再一次变得复杂起来。

更让萧暮雨担心的是,刚才那两个女生是查看了房门后才决定左转的,很显然,她们也发现了规律。一路过来她们走的路口应该也不少,按理说是摸对规律才走到这里的。

那么为什么在这里，她们选择左转却触发了规则？

沈清秋同样察觉到不对劲了，她警惕而沉郁地低声道："到现在为止还没出事的人，已经是这些学生里很优秀的了，我不觉得是他们判断失误。即使他们那里门上的标志也变成了圆点，逼于无奈他们也会选择右边才对，不会这么快速就继续往左，一定是出了问题。"

萧暮雨完全认同，她脑子迅速调出那个声音说的游戏规则，又不断回想着那些房间的布置，以及"×"和圆点，还有空白位置。

"规则里提过迷宫的线索就在我们当中，还让我们任何时候都不要忘了自己的身份，让最强的理科班好好探索。虽然你都快三十，毕业很多年了，但一听到理科生，你会想到什么呢？"能停留的时间有限，萧暮雨语速有些快，连眼神都没空落在沈清秋身上。

于是她没看到沈清秋那一言难尽的表情。沈清秋不满地嘟囔："如果你不提快三十会更好点，我虽然不及你聪明，也没你年轻，但是同样是理科出身。提到这个，自然是想到理、化、生。"

沈清秋说完顿了顿，表情里有些许得意，她继续道："我知道你的意思，看到'×'还有圆点，对应到理、化、生三门学科里，我想最明显的就是磁场[①]。这个副本里的都是高三的学生，高三考物理磁场更是常事。如果我没记错的话，在磁场中洛伦兹力对应左手定则[②]。如果遇到'×'，意味着有磁场，我们让左掌心向上，大拇指指向受力方向，那么就该左转，这个推论完全正确；而如果门上没有标志，意味着没有磁场，那我们就保持原有的方

[①] 圆点和"×"在磁场中都表示方向，圆点表示垂直纸面向外，"×"表示垂直纸面向里。在物理学上，圆点和"×"为垂直方向电流周围产生磁场的画法——垂直纸面向里圆中画"×"，向外圆中画点。

[②] 该定则在物理学中用于判断磁场对运动电荷、电流的作用力的方向。若伸开左手，四指和拇指垂直放入磁场中，让磁感线垂直穿过手心，四指的方向与导体中的正电荷运动方向一致，则拇指所指方向就是洛伦兹力（即运动电荷在磁场中的受力）的方向。当电流方向（或电荷运动方向）与磁感线方向平行时，则不受洛伦兹力。

向直行，对吗？"

萧暮雨觉得她尾巴都翘起来了，于是唇角微扬道："对，完全正确。所以按道理，门上有圆点，此刻我们要右转。"

"那她们错了的原因呢？"如果前面的推断是对的，那怎么解释刚才那两个人错了呢？况且即使不知道这些标志代表的是磁场，也能摸出规律，她们实在不明白那两个人是怎么错的。

萧暮雨一时间也没想明白，可灯已经开始闪烁了。沈清秋吸了口气："我去试试。"

说完，她毅然选择了往左，她还是赌那两个学生不是判断失误，而是有什么东西变了。

萧暮雨心里一紧，连忙跟过去。就在沈清秋过去的那一瞬间，异变突起。

她左右两侧的门同时弹开，过道本来就不宽，两扇门力道十足，一同掀开时，留下的空隙不足三十厘米。

"别过来！"沈清秋语气十分凌厉，她立刻侧过身，精准无比地做了一个一字马，从这缝隙中滑了过去。同时侧压上身，让身体完全贴合地面，避开了从两扇门中伸出来的两只利爪。

很显然它们是准备一击必杀，出手毫不留情，以致刹不住车，狠狠从对方身上划了过去。

萧暮雨在十字路口刹住了车，看到沈清秋躲过那凌厉杀招才吐出一口气。随即她快速上前，目光左右扫视，这一组门上的标志是"×"。目光收回后锁定在了一扇门上，萧暮雨一个飞跃抓住了右侧的门，借着惯性荡过去关上门后，反腿蹬在了左侧门上，左侧门快速关上。

左侧门里发现一击落空了的怪物痛吼着，又伸出另一只手想去撕了沈清秋。

而左侧门巨大的关门力道毫不留情地拍在了左侧怪物伸出来

的那只右手上，咔嚓一声，骨头折断了。

沈清秋目光追着萧暮雨，两个人配合得很好。右侧房门撞过来时干扰了两个怪物的视线，沈清秋抓住时机站起身，利落地避开那只手，挥出匕首从那个怪物骨折的胳膊上挑了过去。

干枯的皮肉坚硬得很，可也扛不住沈清秋的暴力攻击，只短短几秒钟时间那只手就断了。

"吼！"断了一只手的怪物顿时痛嚎着往后退。

萧暮雨稳稳落地后，喊了声："清秋！"

两个人目光交汇，一切尽在不言中——一个合身往右，匕首直削呆住了的怪物；一个飞身上前往左，一脚踹在了沉浸在断手之痛中的那个怪物的腹部。

左边的怪物倒地时，右边的怪物已经被沈清秋用匕首从下颌划开到了腹部。这两个怪物连门都没出，就被两个人干翻，门再次被关上。

两人同时转身看着彼此，都笑了。她们这样的默契已经不是第一次了，可是这一次彼此心境已经不同。她们不再惊讶，而是感到一种从心底升起来的愉悦，大概就是——看，就该这样，总是能这样。

只是这份愉悦持续得并不久，那两个怪物是解决了，但是之前消失不见的刘雅却回来了，她嗤嗤地笑着，什么都没说便一个飞跃跳了过来。她腿长，这一个飞跃就到了她们身后，快得离谱。

萧暮雨伸手抓住沈清秋的左手，大喝一声："左！"

两人刚转到左边，刘雅就已经追到了那个十字路口。很显然规律还是没变，的确是看到门上有"×"的标记就往左，两侧都没有异动。

再过去，两边的房门上又是空白的，可以直行。沈清秋紧紧抓着萧暮雨，拼命往前跑。在这里沈清秋不敢和刘雅正面冲突，万一打起来选错了方向,导致刘雅还多一个帮手,那后果不堪设想。

刘雅在后面紧追不舍,而接下来,一连五个路口都是直行,这对萧暮雨两人来说并不是好事。刘雅速度远比她们快,直行对她们来说毫无优势。到现在刘雅还没抓住她们,让萧暮雨觉得她是在逗老鼠。

但下一刻,房门上的标志变成了实心圆点。

萧暮雨和沈清秋毫不犹豫——右转,还是对的!转完再看门上还是圆点的标记,两人便继续右转,又是安全的,但是又一次遇到圆点后,萧暮雨和沈清秋不得不停下来。

萧暮雨心里一紧:"这是怎么回事?"

因为接连两次右转,如果再右转她们就会回到第一次右转的地方。换句话说,这就成了一个死循环,她们得一直绕着这个地方走。

沈清秋有些焦躁,幸好刚刚刘雅没追过来,不然刘雅不受限制地直接拐过来,她们根本没地方躲。

这个念头一出,一股不祥的预感直冲沈清秋脑门,那刘雅为什么不追?

沈清秋赶紧看向萧暮雨。那厢萧暮雨其实也已经发现不对了,但是还没来得及说话,她整个人就被一股巨大的吸引力直接拖进了左边的房间里。毫无征兆,甚至门都没开,萧暮雨就这么凭空消失了。

萧暮雨最后看到的是沈清秋勃然变色的脸,还有猛然伸过来想要拉住自己的手,但是那些画面刚进入她的大脑,她就看不到沈清秋了。

留下来的只有沈清秋缥缈而急切的喊声:"暮雨!"

还有那拳头重重砸在门上的声音。

萧暮雨皱了下眉,这傻子不知道疼吗?

被拉进房间后,萧暮雨感觉自己处在一片虚无中,耳边传来一个缥缈的声音。

"所谓的理解,最好的方式就是感同身受,好好享受一下我们经历过的地狱吧,一定要忍住啊,不然你那个搭档就会和我当时一样,生不如死了。"

那是刘雅的声音,此刻的萧暮雨看不见周围的一切,但她没有恐惧,只是担心沈清秋,便说道:"你讨厌我说的话,冲我来就好,关她什么事呢?冤有头债有主,无论什么样的仇恨,都应该遵循这条准则。"

"呵呵,冤有头债有主,她欠我的债多了去了,你是忘了那天晚上她为了护着你,对我有多狠了?我为什么要放过她?"说完,刘雅又笑了起来,"你别忙着担心她,先担心一下自己吧。"

刘雅这一句话带着点残忍,也就在这一刻,周围的环境发生了变化。

转眼间,萧暮雨发现自己出现在了远宁高中宿舍里,在她面前站着的正是七班的语文课代表陈璇。

"林雪,我有件事想问你,你和刘雅关系不一般是吗?"

萧暮雨一愣,林雪?

她想开口,却发现根本控制不了自己的身体,而紧接着陈璇又连忙解释道:"我没别的意思,就是最近你和刘雅的事,班里大家传得沸沸扬扬,还有人总在背后嚼舌根子,我实在是听不下去了才想问问你。而且我还听说还要请你们的家长过来。"

萧暮雨看不到自己的表情,也不知道林雪是什么反应,只听到她冷静地道:"我们到底关系如何,对大家有什么影响呢?我们既没有伤害过大家,又没耽误大家什么,何必对这些好奇呢?

我们不过就是喜好相同，走得近一些，这也是错吗？请家长？我们一起学习、一起进步，为什么要请家长？"

"你别生气啊，我也这么觉得。"陈璇说着，一边安慰林雪，一边递给林雪一瓶水。

萧暮雨已经明白了，自己现在恐怕就是林雪。大概是情绪有些激动，林雪接过陈璇的水喝了几口，两个人随意地聊了几句。

回到班上，林雪和刘雅坐在一起，开始上晚自习。

班上的人时不时扭头看她们，刘雅把头垂得很低，刻意离林雪远远的。

林雪偶尔看她一眼，叹着气。

但是渐渐地，林雪，也可以说是萧暮雨，就感觉到眼睛有些睁不开了，她头晕得很，浑身不舒服。

她撑了很久还是趴了下去，这很快就被原本龟缩在一边的刘雅发现了。

萧暮雨已经猜测到了后面的事，林雪不舒服，上完第一节自习课就被刘雅送回去休息了。

因为怕耽误刘雅上课，也不想她纠结，林雪催着她去上课。

但是刘雅在踟蹰了片刻后，还是拿着脸盆去了卫生间，应该是想打些热水。

视角是林雪的，到后面她睡着了，意识昏沉，刘雅那边到底发生了什么，没有人知道。

可是萧暮雨心里很清楚林雪即将遭遇什么。她之前一直想不通林雪为什么会在大家都在教室的时候出现在宿舍里。她曾猜测过是林雪生病了，却没想到林雪不是生病，而是被人下药。

可是即使她再清楚也没办法说出来，只能看着刘雅离开，这一走，就是天人永隔。

而她的意识也随着林雪的沉睡一起消失了。

再次醒过来时，萧暮雨是被呛醒的，睁开眼时她眼睛刺痛，鼻腔发涩，止不住地咳嗽。

烟雾钻进肺里，她呛得胸腔发疼。

萧暮雨想爬起来，可是身体酸软无力，头疼欲裂。

这种感觉远比之前的真实，流泪、咳嗽，感到痛楚，每一件事都清楚地发生在自己身上，一时间让萧暮雨分不清楚这到底是幻境还是现实。

她努力了几次才撑起上半身，但是之前就在409宿舍听到的嗞嗞声，出现了。

萧暮雨扭头看着那火光，眸子里神情晦暗不明。火要烧起来了，果然，噼啪一声炸响，火星四溅。

那是一张高低床，床头挂着一个插座。插座上面插着一根充电线，此时火星子就是从那里炸出来的。

那火光落在床上，由明到暗再由暗到明，然后彻底烧了起来。

她想她明白了进入这场幻境前刘雅话里的意思——感同身受，没有比这种来得更直白了。

萧暮雨捂着口鼻，奋力从床上滚了下来。摔在地上的她浑身发软，一点力气都没有，眼睁睁看着火苗越来越大。很快黑烟也开始滚滚升起，室内空气越来越浑浊，温度也开始上升。

萧暮雨努力地在地上爬动，挪到了角落里，靠着墙，安静地盯着那团火焰。

它蔓延得很快，那张高低床上的被子全部烧了起来。萧暮雨在火光中看得很清楚，那铺在下铺的被子是灰绿色的格子布料，跟她在宿舍床上铺的一模一样。

火烧化了床单，纤维制品被火烧过后落了下来，又点燃了墙上的涂料，然后烧到了萧暮雨这边。

火光在萧暮雨的脸庞上跳跃，滚烫灼热；吸进来的气体刺鼻呛人，让本就头晕目眩的她越发糊涂了。

萧暮雨撑不住了，她蜷缩着身体，倒了下去。火焰和浓烟滚滚而来，一点点逼近，很快就要把她吞噬。

"只要你活着，我就活着。所以一定要走下去，好好地出去，暮雨，听到了吗？"

闭上眼睛的萧暮雨突然听到了一个声音，它从记忆深处冲出来，打破那即将投降的意识，让萧暮雨蓦然清醒过来。

她睁大眼睛，深深吸了口气，顿时头脑清醒了些。回过神后，她发现火已经把她包围了，因为火舌的炙烤，浑身都是剧烈的灼痛。

随即她再一次剧烈咳嗽起来。

意识混沌的萧暮雨突然发觉有一丝不对劲，仿佛被糨糊粘住了的大脑费力运转着，下一秒她闭上眼睛，清空大脑，漫无边际地想着一些乱七八糟的事情。

过了许久，她竟然主动伸出了手，将掌心放在了所谓的烈火中，烧灼的剧痛……并没有出现。然后，刺鼻的味道、胸腔快裂开的痛楚，甚至是浑身的无力感，通通消失了。

萧暮雨站了起来，往火里走了一步、两步，等她睁开眼，她才发现自己根本不在火场，她明明还在这个古怪的409房间。

她低头看着自己的手，干干净净的，于是她低声笑了起来："曾经有人做过一个心理实验——蒙上一个死囚的眼睛，告诉他会放干他的血处死他，然后在他身上轻轻划破一点伤口，让他听着身边的水滴滴答答的动静，到最后他没流几滴血，却真的死于失血过多的症状。"

"你怎么发现的？"刘雅的声音突然在409房间内响起。她有些不明白，这两个人怎么都这么古怪，却又这么厉害呢？

"本来也没发觉,只是觉得这里的东西太熟悉了。409房间留给我的记忆只有火,我并没有看清里面的布置,而火场因为要模拟情景,选择的床单却是我的。还有,从恍惚中醒过来时,我深吸了口气却没有被呛到,反而彻底醒过来后把自己呛得半死。"

"你的确很聪明,真不愧是学霸啊。可惜,你只有二十多分钟了,出不去的话你们都得死在这里。"说完,刘雅俯身过来,一把抓起萧暮雨狠狠甩了出去。

萧暮雨被重重地丢了出去,撞在了一堵坚硬的墙上,又砸在地上。喉头一股血腥气不断翻涌,左臂和后背的剧痛让她一时间提不起力气。落在地上后她蜷缩着闷哼一声,但很快又闭紧了嘴,等着疼痛过去。

她心里忍不住叹气,这刘雅看来是没法沟通了。

萧暮雨抬起头,眸子里的光暗淡下去。虽然猜到沈清秋大概率不在这里,可是没看到沈清秋,她还是忍不住失落,心也悬了起来——沈清秋现在怎么样了呢?

另一边,沈清秋在外面使劲砸门,用匕首接连捅了数刀,门被她搞得面目全非,可是还是纹丝不动。

"刘雅,你给我出来!你放她出来!"

这间房的报警器一直在响,烟雾都顺着门缝冒了出来,这一切都在告诉沈清秋,里面着火了。

沈清秋脸色铁青,一次次重重砸着门,表情看起来十分狰狞,整个空间里都是她疯狂砸门的动静。

"清秋。"

就在沈清秋快要暴走时,屋里传来了细微的声音,听起来十分虚弱。沈清秋连忙停手,急忙趴在门上急声道:"暮雨,我在这里,你怎么样?你别怕,我一定能打开门,你坚持住!"

"咯咯,救……救我,清秋,我撑不住了。"沈清秋口里的话顿时被这几句话全部按回了喉咙里,当下她就红了眼睛,使出全身力气狠狠撞在门上。

"开门!刘雅,开门!你要敢动她,我发誓,我一定让你灰飞烟灭!"她有些失去理智,即使在心里告诉自己萧暮雨不会这样求救,但那就是萧暮雨的声音,她看到萧暮雨被拉进去,怎么都没办法让自己冷静。

手砸在门上已经出血了,沈清秋却仿佛不知道痛,拿起刀又开始撬门。

"真是感人啊。"就在这时,刘雅出现在沈清秋的面前,不过不是那干枯的样子,却是刘雅本人的模样。

她语气里满是嘲讽,但看着那扇门时,脸上却满是悲凉和痛苦。

"拼尽全力却打不开门,眼睁睁看着对方在里面被大火吞噬,痛苦哀叫,求救,这滋味怎么样?你知道听到她在里面叫我的名字,我却只能徒劳地砸门,有多痛苦吗?火烧得多痛,你知道吗?"她说着举起双手,手上都是那狰狞可怕的伤疤。

"我受这点灼伤就痛得受不了了,而她可是活活被烧死的啊!"她哭号着,双手掩面。同时她又狞笑着,抬手挥了下。

一瞬间,沈清秋眼前的门仿佛变成了玻璃,透过它,她可以清楚地看到萧暮雨的样子。

此时屋里的火已经烧了起来,萧暮雨倒在地上,努力想要挪动身体,却像是没力气了。屋里的那火光已经在她脸上跳动,再过片刻就要烧到她身上了。

这一幕带来的刺激远比萧暮雨那虚弱的求救声带来的更大。沈清秋双眼充血,蓦然扭头,就这么看着刘雅。她灰色的眸子里此刻通红一片,杀意和戾气让她看起来比刘雅更像怪物。

"所以呢?你不明白己所不欲,勿施于人吗?你说我们不能感同身受，可是你不知道我们这些人随时随地都有可能消失。一路走过来，我和她不知道多少次死里逃生。"

沈清秋握着匕首一步步靠近，她说话非常用力，脖颈青筋浮现，脸色也是通红，每一个字仿佛都是从齿缝里挤出来的。

"我竭尽全力，努力想让她活着，一次次、一遍遍。你拼了命没能救下林雪，我却好几次拼命救下了她。所以呀……"

沈清秋在极度压抑中露出一个有些病态的笑容："我绝对不能容忍我在你这里失败，绝对不能！"

刘雅愣住了，她觉得沈清秋有些不对劲，沈清秋说的那些话更让她有些蒙，可是她来不及继续想，因为沈清秋眨眼间就出现在了她的眼前。

作为一个已经算不上人的怪物，刘雅很久不知道害怕是什么了，可是这一下她清晰感觉到了心悸。人的速度，怎么可以这么快？

她眼睛瞬间睁大，想要脱身离开，却被沈清秋扼住了脖颈，甚至连化成本体的样子都做不到。

沈清秋狠狠把她撞在墙上，手里那把沾染了无数怪物戾气的匕首毫不留情地刺进了她的肩膀里，直透墙壁。

"开门！我再说最后一遍！"

"唔。"刘雅闷哼一声，眼里有些恐惧。

沈清秋已经完全没了耐心，她猛然抽出匕首，又一次准备落下，不料一道红色的影子闪电般射过来，凌厉如刀地直斩沈清秋的脖子。

沈清秋不得不松手后退，手里的匕首迎上红影。

巨大的力道撞在一起，沈清秋右手酸麻发疼，人也后退了好几步。站定后，沈清秋发现来的人是林雪，她一身红衣，长发披散，正是那红衣女的打扮。

此刻的她紧张地护着刘雅，急急忙忙扫视刘雅一眼，然后连忙对沈清秋道："你别急，你的朋友没事，那只是幻境，她已经出去了。"

"小雅，我们放手好不好？我们的痛苦已经够了，那些害了我们的人，让他们偿还就好，没必要牵扯无关的人……"林雪此刻表情有些痛楚和僵硬，和之前鲜活的模样截然不同。

沈清秋原本是一时间理智全无，可听到林雪的话，那全冲到大脑的情绪慢慢平复。她愣愣地看了眼自己的手，又回忆了一下自己刚刚的状态，忍不住皱起了眉——自己到底在说些什么呢？

虽然她自进副本以来的确在保护萧暮雨，但是说实话，一开始那些保护，并不是她真的想做的，也实在谈不上千方百计、费尽心思。可是那种情绪来得如此强烈、真实。

沈清秋扭头看了眼房间，原本那扇门仿佛变得如玻璃般透明，让她可以看到里面的情况，但现在门已经恢复原状，她看不见里面了。她心里缓缓松了口气，但还是再一次确认道："你们说的是真是假？"

林雪有些急切地看了眼刘雅，半晌，刘雅才皱着眉咬着牙道："是真的，她聪明得不像人，我没骗到她。"

"那暮雨求救，还有我们听到的我自己说话的声音，都是假的吗？"沈清秋听完忍不住笑了下，但是想到之前的事，又忍不住询问道。

"这个我们不知道，只是这个地方到处都是磁场，有些东西可能会被无意间留存下来。说实话，那到底是将来发生的还是过去发生的，我们不清楚。"

"这个场地不是你们布置的？"沈清秋意识到了一个问题，不过很快恍然大悟道，"也是，你们怎么可能会想办法让他们死得这么丰富，况且作为学生也搞不出这么变态的东西。"

刘雅:"……"

"你们想报仇我不管。但是再说一次,不能碰她。另外,你没发现你已经被恨蒙蔽了双眼吗?对付仇人再怎么狠都可以理解,可你所有的恨都是为了替你身边的人讨个公道,以至于就算是忍受断骨重塑的痛苦也愿意,但你怎么就忘记了,逃避死亡强留在人间的不只是你,还有作为当事人的林雪?她受的惩罚更狠,要不断经历烈火焚身的痛苦,一次次被残忍折磨。一次、两次,你可以看看学校那些记录,她到底经历了多少次。"

刘雅表情倏然变了,她扭头看着林雪,错愕不已,嘴唇都在发抖:"你……她……她说的是真的吗?"

林雪避开她没有说话,但无疑是默认。刘雅顿时有些崩溃。

"你们要怎么解决等会儿再说,告诉我,暮雨哪里去了?"沈清秋有些着急,萧暮雨一个人万一出什么事怎么办?

"我……我不知道,只是但凡遇到死循环就会出现这种把人拖进房间的事,她会从哪里出去,不在我解答范围内。"刘雅泪流满面,她抓着林雪的手,止不住地发抖。

沈清秋冷哼一声:"你最好祈祷我找到她时她好好的,你要是动了她,我就剐了你朋友。"

"她……她在那个方向,其他的我不能说了。"刘雅指了指左边。

听罢,沈清秋皱了一下眉。她没有继续右转,而是强行往左转。她顺着刘雅指的方向加速助跑,冲过去后踩在左边墙壁上,一个借力高高跳了起来。

门开了,这次里面的东西一下子就扑了出来,而沈清秋冷喝一声,匕首自那怪物头顶落下,借着身体落下的力度,猛然下切。当她半跪着落在地上时,那个没了脑袋的怪物也应声倒地。

另一扇门没有动,身后的林雪和刘雅甚至都止不住地瑟缩了一下。

沈清秋头都没回,只低声道:"不要骗我,不然你们只会比它更惨。"

说完,她竟然无视磁场规则一路走了过去,但凡有东西敢出来,就没一个能囫囵回去。她这样就跟个魔王一样。

刘雅呆呆地看着沈清秋离开,半晌她哽咽着哭了出来:"阿雪,如果我和她一样厉害,能够保护你,你是不是就不会出事了。你是这所学校里我唯一的朋友,一旦我放弃报仇,就可能再也见不到你了。可我不想让你再这么痛苦,是我太过自私,害了你。"

林雪抱着刘雅默默掉眼泪,半晌她哭着笑了起来,轻声道:"我也是啊,所以明知道你那么痛也一直下不了决心劝你。我其实不怕痛的,但是我不想让你痛。我们一起相伴了这么久,也够啦。小雅乖,我们走吧,我不想你变成那个样子。"

刘雅看着她,号啕大哭。

10.

萧暮雨不知道其他人怎么样了,自从被那个房间丢出来后,她就觉得不对劲了。

此时她被扔在两间房子中间,并没有方向指示,也就是说她可以选择往左边走,也可以往右边走,但当她走到路口时,她发现原本的十字路口变成了丁字路口,两边都是这样的。

她找到了这座迷宫的边界。

顾不上震惊,她赶紧再次激活了群,群里还是一条信息都没有。她心里有些慌,赶紧打开控制面板,手指顿了下才点开队友那一栏。

目光不受萧暮雨的控制,直奔她名字旁边,看到了沈清秋的名字还是明亮的颜色后,萧暮雨才清楚地感觉到心里那股慌慌的感觉倏然消失，再看到下面的三个人还是好好的，心暂且放回肚子里。

虽然在屋里被刘雅设计了一场幻境，但是萧暮雨并没有把这一切都单纯归咎为刘雅的恶意。

她没有触发惩罚条件，只是陷入了一个死循环。刘雅没道理会平白无故害她，而现在她出现在一个新的地方，身边没有标志，那么她就可以继续前行，所以她不但打破了死循环，还找到了边界。

她大胆猜测，只要出现循环她们就会遇到这种事，进入一个控制中心，然后重新出来，从新的起点出发。

萧暮雨闭上了眼睛，开始在脑海里模拟自己和沈清秋走过的路，横平竖直的线构成这个大平台，一根根线条在她脑海里的平台上直行、左转、右转……

陡然间，萧暮雨睁开了眼，突然发现了一个问题——她和沈清秋从她们出现的地方开始，不管中间过程，只算横向距离和竖向距离，且一个房间算一格，那她们往前走了14格，往左走了19格。

也就是说，如果以她们最开始的起点为原点，那这个出现循环的房间就在离起点左19格，前14格的位置。

这样推算，她们路过的平面至少就是一个"19格×14格"的范围。

但是现在她被那个循环房间传送到了另一个地方，让她失去了原本作为参照的位置，她不清楚自己现在离之前活动的地方有多远，但可以把现在这个房间作为一个新的起点，记录她走的位置。

此时萧暮雨左右看去，看到的都是一览无余且没有尽头的长廊。光线虽然不好，可视野没有遮挡，但她依旧看不到人。

她低头沉思着，如果七班学生都进来了，那至少有四十多个人。之前她和沈清秋碰到了三个学生，加上她们自己就是五个人。两人一路走过去，在这种长廊里只看到三个人的概率其实很低，毕竟长廊都是一通到底，其他人只要和她俩在同一行或同一列，靠近一点就能看到，所以也许每个人的出发点都不同。

她脑子里这样想着，深吸了口气，准备继续出发。

停留的时间已经不短了，她必须做出选择，其他的事情可以继续探索，但是有一点她很担心，如果沈清秋找不到她，恐怕会胡来。她现在要边摸索这片区域边找沈清秋。

想了想，她选择了往左边路口走，因为这扇门上没有标志，所以她需要继续直行。而下一个丁字路口的某扇门上标志是圆点，按理说她应该往右，但是已经不需要选择了，右边是迷宫边界，是死路，也就是说她只能向前或者左转。虽然违背了已知规律，但萧暮雨果断选择了左拐。

有沈清秋在时，因为对方太过厉害，而且总是护着她，所以她很少出手，但是事实上，她虽然没有沈清秋那么厉害，可是出手也从不怯场。

哪怕是冒险，她也得试一试，也敢试一试。

左转，竟然无事！

萧暮雨当即停了下来，回头看着身后的路。

若是根据磁场受力分析与前面的经验，很显然她这次选择的方向应该是错的，但偏偏她左转又没有遇到危险，更何况游戏规则也不可能被随意修改……那到底是怎么回事呢？

四指伸向电流方向，掌心朝下，大拇指的指向应该是往右……可实际结果是往左安全。萧暮雨把指尖掉了下方向，大拇指这次就是向左了。在磁场中，粒子运动方向并不等同于电流方向，是正电荷才一致，是负电荷那就是相反的。

那她现在就是——负电荷!

弄清楚原因后,萧暮雨再次走了一个路口,直行、右转、右转,依旧是对的!

人在磁场中相当于带电粒子,而且还会改变正负性,那到底是什么原因导致这种改变呢?那两个走错了的女生,是因为改变了正负性吗?

萧暮雨想到了那个房间,心里暂且存了疑虑。规则告诉她答案就在那两个女生身上,而到目前为止,除了那三个死掉的学生,她就没见过其他人。

她记得刘雅说过时间只剩下二十多分钟了,眼下还是毫无头绪,唯一蹊跷的就是那个死循环的房间。

她跟着标志在那里开始一步步走着,因为确定了规则,她走得很顺利,而就在她接连第二次左转时,身后突然传来一声响。

她赶紧扭头,恰好看到一个体形高大的怪物重重摔在地上。萧暮雨只扫了一眼,眼神就定住了。

她不是在看那个怪物,而是在看那个站在略显昏暗的光线下的高挑身影——沈清秋。

萧暮雨不知道怎么去形容自己的心情,看到沈清秋的那一瞬间,自己所有的感官都消失了,脑子里甚至都有短暂的空白。她只能呆呆看着对方,一种强烈到让她想哭的感觉在胸腔里剧烈翻涌。

沈清秋看起来很狼狈,身上衣服破了好几处,脸上、手上都是血痕,浑身上下带着浓重的戾气,就像是刚经历过厮杀的狼一般。

只是萧暮雨看得清楚,在看到自己时她明显怔愣了下,很快戾气就消散了。她往前慢慢走了两步,面容清晰地出现在灯光下,眸子里的光芒晃动后碎裂开来,到后来剧烈翻腾。

萧暮雨一时间不知道说什么，两人分开的时间并不久，但此时看到她就像是久别重逢一样。

沈清秋没有说话，而是大步跨了过来，甚至都没有看身边的标志是什么。

因为现在什么法则都决定不了她的方向，萧暮雨就是她的法则，就是她前进的方向！

萧暮雨甚至来不及阻止她过来，她就重重给出了一个拥抱。

萧暮雨从沈清秋这一抱中读到了太多东西，她的紧张，她的后怕，她的急切和庆幸。

"对不起，我没拉住你。"

萧暮雨一直觉得自己是个不会哭的人，小时候就是，她爸打她骂她，她不哭，被人欺负也不哭，甚至有一次她爸和她妈打架时丢了一把剪刀刚好戳在她的胳膊上，流了一摊血，她也没哭。

所以她妈说她是怪物，冷血，而她妈和继父死的时候，她也没哭。

可是就在沈清秋跑到她跟前说了这么一句话时，她眼睛蓦然就酸了。眼眶里滚烫的液体不受控制地落了下来，这感觉陌生得很，也苦涩得很。

喉咙也像被灼伤了一样，她张口时哽咽得不成样子："你这个疯子、傻子！"

她头一次没有嘴硬，也不嫌弃沈清秋脏，坦诚地表达了自己的心情。

沈清秋没想到萧暮雨会哭，听到她有些凶又带着哽咽的骂声，眸子顿时也红了，却又忍不住笑了起来。

"我好不容易才找到你，不许骂我了。"沈清秋沉下嗓音，感觉惊慌失措的心终于安定下来。

萧暮雨平复下心情打量着沈清秋，对方身上都是脏污血迹，也不知道她一路上打了多少架了。

"你真是头蛮牛!"想到沈清秋是一路打过来的,萧暮雨就心惊肉跳。

"刘雅告诉我你在这个方向,那个房间不知道会把人丢到哪儿去,我没有继续右转。可我又怕你自己走,偏离得太厉害,只能赶紧往那边赶。还好你是往我这边走,没有偏太多。"

萧暮雨一时间不知道该说什么,责怪的话又说不出口,只能蹙眉道:"你真当自己是铁人了?万一失手,你别说找我了,能不能……"

沈清秋低垂着眉眼,表情委屈:"我怕你出事。"

萧暮雨闷声道:"我的手帕呢?"

"啊?"沈清秋呆了呆,反应过来后掏出了手帕。

她还没伸手手帕就被萧暮雨拿了过去,紧跟着那手帕就落在了她脸上。萧暮雨蹙着眉,仔细替她擦着脸颊和耳旁的血迹——她脸上竟然划了道口子。

沈清秋被萧暮雨这么捏着脸,也不觉得不好,反而偷偷抿嘴笑。

"就这一张脸长得人模人样的,还差点就破相了。"擦好后,萧暮雨把手帕塞给她,说出一句话,听得沈清秋失笑不已。

"我哪里都长得人模人样的。"

萧暮雨瞥了她一眼,没有继续和她插科打诨,低声道:"时间有限,我们必须抓紧了。你说刘雅告诉你我在这里,她怎么会告诉你?"

沈清秋沉默了下,简单把事情经过交代了下。

萧暮雨既诧异又难过,仅听沈清秋那平静的语气她都能想象到,沈清秋当时有多焦急。

半晌,萧暮雨认真地道:"以后如果还出现这种事,你不要再乱来了,我也不是金丝雀,我自己能保护好自己。同样,你只要保护好你自己就好了。"

沈清秋沉默了片刻,半晌才低声道:"我不会再让你一个人面对这些了。"

沈清秋的话温柔但坚定,萧暮雨心下动容,但时间有限又转移了话题:"清秋,你从那间房子过来走了几个路口,你记得吗?"萧暮雨问完,又把自己之前得到的信息告诉了沈清秋。

沈清秋本身对这些就很敏感,于是稍做回忆干脆利落地道:"记得,如果我以那个房子为起点,那就是左13、后6。"

"左13、后6?我这边以我被传送出来的点为起点,是右17、前8。"萧暮雨呢喃着,伸手对着沈清秋道,"匕首。"

沈清秋摸出匕首递给萧暮雨,看着萧暮雨快速地在墙壁上刻了几个点,标上数据。

"我数过,如果以我们最开始的位置为起点,那间房子是左19、前14,而你走的是后6,我的是前8,刚好对上,说明我被传送到的那个点和我们最初的起点是在同一水平上,一个左,一个右。那么我们就可以推出来,这两个起点之间水平距离是19+13+17=49。49,409,是巧合吗?"萧暮雨转头问沈清秋。

沈清秋笑了起来:"我觉得不是,你猜到了一个关键点。这个平台很可能是49×49的大平台,上面每个房间也就是每个点,都有自己的位置。这些里面有的是普通房间,有的是会直接将人传送出去的。我们已经发现了一个,但不是出口,而是边界,那我们就继续找。"

萧暮雨点了点头,旋即皱了下眉:"如果房间数是49×49,那么说明至少有2401个房间,形成的通道更是不计其数。平均一个房间是三米,加上通道一共四米,虽然横纵长度不过两百米,可是交叉下来足有十几千米,这距离难以估量。如果我们漫无目的地去走，二十分钟走完，绝对不可能。"

沈清秋点了点头："所以我们必须有目的地选择，虽然刚刚一路过来我在蛮干，却在无意间发现了一个问题，那就是如果遇到没有标志的房间，不但可以直走，也可以掉头，只要下一次根据规则走，就不会触发机关。也就是说，只要我们去挑选，是可以定向走到想要的地方去的。"

萧暮雨听了一愣，然后有些失笑："真是糊涂了，这么一个关键问题我居然漏了。我还以为是因为我被丢出来没有指明方向，所以才可以随便选。"

仔细一想，她们可以在走廊里任意来回，本来就是在改变行进方向。

"事不宜迟，我们走吧。"

只是萧暮雨停了下来，然后把自己通过房间后改变了正负性的事告诉了沈清秋。

沈清秋愣住了，随后有些沉闷："那也就是说，如果我们一起走，一定会触发机关？"

萧暮雨点了点头，略有些无奈，她放低声音，几乎是哄着沈清秋说："我们分开走没事的，待会儿我先确定一个点，我们只要同时往那边赶，无论怎么样我们都会走在一起的，好不好？"

沈清秋没说话，依旧是闷闷不乐的。

萧暮雨此时性子好得很，她继续道："你再怎么厉害也是个凡人，后面还有什么事我们难以预料，不能因为这个浪费你的体力。而且你还有伤，之前是我不在，只能由着你，但现在我在，就不会看着你不顾自己的安危乱来。"

不得不说萧暮雨这番话说得好，沈清秋听了只能妥协。原本沉着脸的人露出一个乖巧又无奈的表情："让你这么一说，无论是从大局出发还是从你的角度出发，我都只能答应了。"

"好了，时间不多了，赶紧走。"萧暮雨实在是怕了这人。

"那我们往哪里走？"沈清秋连忙追上去。

"我们之前遇到的房间是左19、前14。你记不记得我们遇到的那两个女生？她们当时所在的位置离起点并不远，但是她们出了事，我怀疑是有人被调换了正负性。"这就解释了为什么她们都走到那里就突然出错了。

沈清秋眸子一亮，她当下反应过来，开始回忆当时的情景："当时我是在那里选择了左转，结果触动了机关。而她们当时出来的方向是……"

"她们离我们两个路口，也就是以起点为参照物，她们是比我们往左多走了两步，而我们当时的位置是左8、前5，那她们是左10、前5。"萧暮雨很快就想起来，也准确说出了当时两方的位置。

"你还是这么聪明，我这一点优势和你比也是稀松平常了。"沈清秋眉眼含笑，说出口的话不但带着十足的真诚，还透着点骄傲。

萧暮雨一时间不知道怎么应对她这种夸赞，有些不自然地道："别跟老母亲看孩子一样看着我，你一路要注意周围的动静还能记住方位，已经很厉害了。"

"刚夸你聪明就这么不解风情，我这叫与有荣焉，你却说我像老母亲看孩子，这像话吗？"沈清秋摊了摊手，斜觑了她一眼。

萧暮雨忍不住笑了起来，但看沈清秋在看自己就又把嘴角压下来，模样显得一本正经，但又可爱。

"算了算了，看你也在夸我，我就不和你计较了。"说完，沈清秋看了眼前面的十字路口，神色又有些怅惘，"才说了不分开，现在又要让你一个人了。"

萧暮雨摇了摇头："这不一样，我知道你好好的，你也知道我好好的，不用担心的。"

说完，她抬头往十字路口看了几眼，有些迷茫地道："我现在还不是很清楚怎么出去，但是有一点，如果人是粒子，这个地方是磁场，那么粒子想要出去就必须知道它的运动轨迹。我还记得我那天做过的一道物理大题，粒子射入磁场后，只要条件合适，粒子就能再次从磁场中射出去。"

"但是眼下这磁场太复杂了，磁场方向在不同区域里都不一样，甚至还有缺失的，这粒子轨迹更是复杂。怎么想都难以计算出它具体的轨迹。"沈清秋有些发愁，突然觉得这个副本实在是地狱级别的难度，心里忍不住有些烦躁。

"别急，船到桥头自然直，我不觉得第四个副本就能把我困住。409房间，49个房间排列，左19、前14可以定位一个房间，而如果那两个女生在左10、前5出现时已经历过一个房间，那么大概率那个房间就在附近，甚至于我觉得就是左9、前4。"

沈清秋听得一愣："你的意思是，当含9的位置和含4的位置交叠时，就会有一个循环？"

"只是猜测，所以我们要去的地方是——左29、前24，或者前29、左24。"萧暮雨目标很明确，而且现在她们也没的选了。

萧暮雨和沈清秋如果朝一个方向走那就得一个往左一个往右，所以两人选择反向走。

第一个路口，萧暮雨左转，但是沈清秋要直走，两人逐渐分开。她们试着用群联系，发现她们之间是可以收得到的。

在两人各自分开后，萧暮雨开始根据沈清秋说的，通过在走廊里调整方向去改变行进路线，基本上可以随心所欲控制自己的路线。

而沈清秋虽然和她正负性不同，但大方向并没有错。

一路过去，当萧暮雨走到了左28、前16的位置时，群里突然跳出了十几条消息。

"萧队、萧队？"传过来的是陈楷杰急切的声音。

萧暮雨迅速回道："陈楷杰，你怎么样？苏瑾和小左呢？"

陈楷杰几乎要哭了出来，他深吸了口气，哽咽道："我和她们走散了。我们摸清楚规律后遇到了一个死循环，被拖进了房子里。等到出来，她们俩都不见了，我不知道她们在哪里。我现在和七班的一个老师在一起。"

陈楷杰快崩溃了，他们一路也是九死一生，他和苏瑾、左甜甜三个人所在区域学生不少，一路上就遇到了六七个。更要命的是那些学生一开始就像无头苍蝇一样乱跑，根本就听不进去他们的话，一连激活了好几扇门，带出来一连串的怪物，三人几乎一直在逃命。

身上的卡片大多没法用，只有陈楷杰那个没有杀伤力的平底锅，还有左甜甜的砌墙卡片可以用。

左甜甜砌出的一堵堵墙就是一个个救命的利器，因此他们才能把那些怪物封住，争取逃生的机会。

"好，陈楷杰，你记不记得你从那间房间出来后，怎么走才走到你现在所在位置的？不管过程，只想你离那个地方前后左右走了多少个路口。"

陈楷杰在那兀自回忆着："我记不大清了，我开始只能往一个方向走，它有边界。如果视它为参照，那应该是往右走了十三个还是十四个路口，直着走了得有二十多次了，还有，我看到了沈小姐留下的云的标志，一路上看到了好几次。"

此时只能联系到陈楷杰和沈清秋，萧暮雨猜测游戏开始后，各个区域之间都有屏障，她们联系不到左甜甜和苏瑾，那么说明她们应该不在附近。

她和沈清秋分开后，被传送到最左边的区域，所以她也就没法和沈清秋联系，可是此时却可以了。

那么如果分四个区域，49×49，就是以25为界限，她现在能收到陈楷杰的消息，那么就是陈楷杰已经越过了25，到了她们这个区域，

能看到云朵标记，那说明他被送到的就是她们最开始在的地方。

这么一来，陈楷杰应该就是左25以后，前13—14的位置。

把规则和方法跟陈楷杰解释了后，她让陈楷杰继续尽量利用这个漏洞，保持往前24的位置走。

"我离你并不远，你注意看前面，我现在绕过去，你看能不能看到有人。清秋，你现在在哪里？"

"左30前25，我看不到陈楷杰。"

"那陈楷杰应该是在前24的位置了。"

萧暮雨继续过了几个路口，到了左30前24的位置。果不其然，她看到右边有两个人，应该是陈楷杰他们。

陈楷杰也看到了她，当下大声叫了起来："萧队萧队！沈小姐呢？怎么没看到她啊？"

"我在前面一排，你现在往这边靠，暮雨你别动。"沈清秋是在叮嘱萧暮雨。萧暮雨那个位置，只要再走，可能就是进循环了。

说完沈清秋开始调整方向，绕过房子走到了萧暮雨的位置上，陈楷杰转了几次，带着那个老师一起过来了。

看清楚两人时，萧暮雨和沈清秋都愣了下，眼前除了陈楷杰，还有个头发只剩下一半的中年男人。两人对视一眼才愣愣地道："物理老师？"

男人眼镜片都碎了一块，他用手指托了一下眼镜，眸子里带着些泪光："萧暮雨，还有沈清秋，你们都活着啊，太好了！"

他手里还拿着一本高考总复习的物理书，抓得紧紧的，看起

来有些滑稽。

"老师，你这是？"萧暮雨指了指他手里的书。物理老师有些尴尬，更是害怕，颤巍巍道："我正在解一道物理大题，才算到一半就被拉到这么一个地方了。"

沈清秋伸出手："什么题，能给我看看吗？"

物理老师把满是脏污的书翻开，递给她们，在那里絮絮叨叨道："这是报应吗？是我给你们出的题太难了吗？我就是选了几道题准备给你们做而已，没做伤天害理的事。我刚在算磁场大题，就把我当电子射进磁场了，还要我找出路，这简直要命啊。"

此时沈清秋和萧暮雨聚精会神地看着一道物理压轴大题，题干被一团暗红污迹全部挡住，只有那个问题十分显眼——满足什么条件时，进入混合磁场的粒子能够射出磁场？

与此同时系统声音响了起来，而身边的物理老师显然被定格了。

"警告，玩家未激活答题材料，三分钟后，磁场将进行切割。"

这话一出，几个人心口都是一颤，什么意思？

萧暮雨目光往那道题上一瞥，第24题！再一看页码，29页！又是这个数字！

"这系统有病！"陈楷杰忍不住爆了粗口。

一直很安静的沈清秋却是注意到了萧暮雨的动作，同时也看到了页码和题号。沉吟片刻，她开口道："暮雨你并没有猜错，的确是要找到坐标点为左29、前24的房间。至少数字刚好和这页码、题号对上。现在题目无法阅读，很可能是因为这个房间没有人进过。那么就需要有人进去。"

"看来我猜得没错，这个特殊的数字不仅是29与24，还有19与14、9与4、39与34。"萧暮雨说着翻开了物理复习资料，翻着页码看着上面的题目边看边说，沈清秋见状也凑过去时不时嘀咕。

陈楷杰有点茫然:"都有4和9,是因为所有的房间都是409吗?"

"对。之前只是猜测,但现在这道题目的出现再一次证实了我的猜测,只要待会儿确认这个坐标的房间就是一个循环点,就能进一步验证这个结论。"萧暮雨回应道,手指在一道题下画了一下。

可是现在的四个人中,只有沈清秋是正电荷属性,所以根据现在的标志,只有她可以径直走到左29、前24。时间紧急,实在没办法,沈清秋不得不以大局为重。

她看了眼萧暮雨,萧暮雨比了个手势指了指自己的控制面板,轻声道:"群消息,抓紧时间。"

沈清秋点了下头,示意自己明白。

她吸了口气走了过去,左转、左转、左转,走了一个死循环。

萧暮雨几人眼睁睁地看着沈清秋被突然拉进门里,即使已经有所准备,但看到这一幕,萧暮雨的心还是忍不住猛地提了起来。

而此时书上被遮掩的题目逐渐清晰起来。

"叮,恭喜沈清秋激活本轮游戏——磁场迷宫的考试环节。

"本场考试科目:物理。

"答题时间十分钟!

"因为是团队副本,本场考试成绩取平均分,满分四十五分,平均分不少于二十七分视为及格。本场考试解释权归系统所有!"

陈楷杰、苏瑾、左甜甜:……

萧暮雨心里陡然紧张起来,不知道沈清秋来不来得及进行考试。

这场考试明显只针对他们,那些学生此时应该只是单纯的NPC,因为系统话音刚落,只有他们五个人瞬间出现在一个棋盘一样的正方形格子上。

苏瑾、左甜甜、陈楷杰、萧暮雨分别坐在四个角落里,而沈清秋作为这场考试的激活者坐在了居中的位置。

看到了所有队友,陈楷杰按捺不住想开口说话,却发现根本发不出任何声音。

原本放松了的萧暮雨顿时又紧张起来,但还来不及做什么,系统的声音再次响起。

"考试已经开始,请遵循考纪考规,禁止交头接耳,禁止大声喧哗。凡意图作弊者,本场考试成绩记为零分,所以请不要互相交换信息。下面发放答题卡,你们有三分钟时间提前阅读试卷。"

萧暮雨坐在左下角,刚好可以看到坐在中间面对着自己的沈清秋,还有正对着自己的苏瑾。沈清秋表情也有些凝重,因为她已经看到了答题卡。

答题卡是很标准的形式,上面有五道题,但是只有一道题是有题干的,写的是"请写出本次考试的四道题所在位置"。其他四道题只有最后一道大题有一张画了磁场电场的图,其他的只有一块空白区域。

而所谓的试卷就是那个被七班物理老师带进来的物理复习资料,厚厚一本书,里面怎么也不可能只有四道题,也就是说他们要自己找出来这四道题出自哪一页,是第几道题。

浏览答题卡时,苏瑾、左甜甜,甚至是陈楷杰,脸上的表情都变了。陈楷杰余光瞥了眼左边的萧暮雨,还有前面的左甜甜,一瞬间心乱如麻。

先不说他们会不会做高中物理题,要是苏瑾、左甜甜连题目都不知道,再怎么会做题都是零分。这样一来,哪怕萧暮雨、沈清秋做得再好,他们都难以合格。

陈楷杰虽然听了萧暮雨和沈清秋的对话,能猜出来是哪四道题，可是作为一个三十多岁的成年人，在社会中摸爬滚打十年了，脱离课堂太久，就算知道了题目他也做不出来多少。而有希望做对的苏瑾、左甜甜，却不知道题目。

他忍不住抹了一下额头上的汗，逼着自己冷静下来。

那边系统又开始说话了："沉着冷静，认真备考。物理大题怎么得分，你们五个理科生，不需要考官额外提醒，现在开始答题！"

说完，系统甚至很应景地敲响了考试铃声，铛铛的声音让人心里直发怵。与此同时，五个人之间的距离瞬间拉远，彼此看过去只能看到人坐在那里，至于在干什么基本都看不分明了。

对于其他人来说，苏瑾和左甜甜一直处于失联状态，很多信息根本就没办法和她们共享。

和陈楷杰分开后，苏瑾和左甜甜很幸运地被传送到了同一个地方，基本的信息她们都了解，也发现了那个存在死循环的房间。

在进来考试之前，苏瑾和左甜甜正在找下一个循环点，同时苏瑾一直关注着群消息。所以在进来的那一刻，她看到了沈清秋快速发过来的三组数据：29与24，19与14，9与4。她只祈祷左甜甜当时探头过来看到了。

这些数据规律很明显，苏瑾很快就猜到了和409房间有关，几乎是瞬间就得出了另一对数据——39与34。

心里的念头让她激动得手发抖，她快速打开第4页、第9页，一页页地翻过去，直到在39页看到了一张熟悉的图，和最后一题一模一样的图，再一看题号34，她顿时福至心灵。

而那边左甜甜的头脑一片空白，额头冷汗直冒，脑子里乱糟糟的，无数信息都在翻涌。

她一直深呼吸，最后拿起笔，迅速在卷子上写下五个解。

左甜甜想的是，既然这场考试决定生死，系统就不可能这么草率地让玩家答题。即使失去了萧暮雨和沈清秋的指导，身为玩家的她也不应该什么都不知道，自己一定是得到过提示的。但在整场游戏中，基本没有什么东西是能和这本复习资料扯上关系的。第一题是考本次考试的四道题所在位置，肯定是要答在这本书的第几页，是第几题的，那给出的提示就应该是数字。她在哪里见过数字呢？

左甜甜闭上眼睛，捏紧拳头苦苦回忆。突然，她猛然睁开了眼，迅速翻开了书，接着埋头快速写了起来。

因为禁言再加上彼此距离太远，整个考场十分安静，几人只能听见自己落笔时的声音。

时间一分一秒地过去，最先放下笔的是萧暮雨。她盯着自己的卷子看了一遍，然后开始把目光放在考场上。

刚进来时由于太过紧张，她没来得及看周围的环境，此时才能好好观察这个地方。

这个考场是个正方形，四四方方的场地布置，仔细看可以看到它铺的地砖是一个个方块状的。

沈清秋在居中位置，萧暮雨心里有了计较，目光一寸寸地看过去，横向 23、24、25……沈清秋就在距离她 25 格远的那条格子上，那这个考场应该就是之前"49×49"那个房间的平面图。但怎么看不到磁场呢？是没有设定吗？

就在萧暮雨思索时，坐在中间的沈清秋动了下，隔这么远她的动作并不明显。

萧暮雨蹙了下眉，不明白沈清秋在干什么，可她绝对不是在做题。尝试理解了好一会儿，萧暮雨才抬起头。

几人头顶同样是一片对称的区域，有四个圆点不停地从中央位置往外射出。那三块区域离得远，萧暮雨看不清，可是在自己头顶的这个圆点，正在这方区域内做圆周运动。

圆点先顺时针转半个圈,再逆时针转,最后撞在了正方形的边沿上消失不见。圆点消失后,那边新的圆点又开始出发,继续运动,但显然这两个圆点的速度不同,圆的大小也不同,以致这次圆点撞击的位置变了,但还是撞在边沿上,依旧消失了。

圆点第四次如此运动的时候,精准无比地落在了左下角,但它没有消失,而是射出了那个区域。

萧暮雨眸子微眯,豁然开朗。

而系统的声音再次响起:"时间到了,停止答题!"

五张答题卡同时被收起来,考场变回了原先的样子,五个人的距离顿时被拉近了。

几道红色光线在试卷上纵横交织地扫描着,五张光幕悬挂在他们面前,对应着五个人的名字。这是公开阅卷,也是公开处刑。

即使是萧暮雨也忍不住紧张起来,牢牢地盯着那五张正在被批阅的试卷。

第一道大题打分最快,四个人是五分满分,只有陈凯杰是四分,因为他没有写"解"。

陈楷杰按着心脏几乎昏厥,他使劲搓了把脸,懊恼不已。

剩下的四道题,我……我写"解"了吧?陈楷杰越想越害怕,脸色苍白地看了眼自己的队友,满脸颓然。

萧暮雨安抚地看了他一眼。

第二题的是磁场基础题。虽然陈楷杰的物理知识早就"还"给老师了,但好歹他也曾是理科生,基本知识还残存着一些,而且无比幸运的是,路上他遇到的是七班的物理老师。

因为一路上太过恐惧,物理老师一直和陈楷杰唠叨自己只是在挑磁场的题目,里面就考了什么洛伦兹力的判断方法、求解公式,还有粒子的运动轨迹,陈楷杰听了个全。所以这一道题陈楷杰在八分满分里拿了六分,没拿满分是因为他没有写"答",还把单位漏了。

其他人依旧是满分八分。

后面三道题情况就有些糟糕了。第三题,五个人里只有两个人是满分十分,一个拿了满分的自然是萧暮雨,而另一个拿满分的是苏瑾;左甜甜和沈清秋一个是六分,一个是五分,陈楷杰是四分——他只做对了题目的第一问。

第四道题和第五道题是磁场电场综合题,这在高考中是压轴题类型,两题共五问,一题十分,一题十二分。十分钟内想要做完一道完整的压轴题基本是不可能的,所以这两道题除了第一问,苏瑾他们根本连题都来不及看全。几个人心里都有数,紧张到快要窒息。

整个卷面最先改完的是萧暮雨,大概学霸的卷子改起来总是简单的。

而成绩那一栏明晃晃的"43"看得其他几个人齐声吸气。十分钟内完成五道物理题,其中还有两道物理压轴题,这是什么妖怪!

就连系统都有些难以置信,闪了几下后,它竟然要求重新核卷,最终萧暮雨的成绩还是四十三分。

系统这次没有出声,紧跟着,陈楷杰、苏瑾、左甜甜的分数都陆续出来了。虽然他们大题有几问没做,但是三个人出奇地默契,把物理公式、"解"都写得整整齐齐。

苏瑾和左甜甜更是把脑子里和磁场、电场、圆周运动相关的公式都填了上去,竟然额外得了三分。看到分数时,他们心里只有一个念头——老师诚不欺我也!

最终陈楷杰总分十九,苏瑾总分二十八,左甜甜总分二十三,偏偏沈清秋的分数一直没出,苏瑾等人心惊肉跳,倒是萧暮雨和沈清秋很平静。

然而系统再次丢出一个重磅消息:"注意,本次萧暮雨团队得分,去掉一个最高分,去掉一个最低分,最后得分……"

系统冷冰冰地说完,半天没有给出沈清秋的最终得分。按理说系统阅卷很快才对,偏偏它为了营造紧张氛围,就是不肯痛快给分。

陈楷杰他们已经蒙了,他们再一次意识到,系统这样做就是在故意针对他们。

萧暮雨就是他们的王牌,去掉一个最低分带来的效益,完全弥补不了失去萧暮雨这个高分的损失。

如果沈清秋不能超过三十分,他们必死无疑!可是沈清秋第三题都只拿到了五分,后面两道题她怎么可能拿到十二分?

就连萧暮雨都担心了起来,她忍不住开口道:"我申请天网仲裁,系统违背游戏规则,擅自更改设定。"

"你说什么?"系统说出这句话时,机械般的声音有一瞬间充满了难以置信的人类情绪。

11.

系统的震惊沈清秋几个人都听得清楚,而陈楷杰更是一脸蒙。因为他们从来不知道游戏里还可以申请仲裁。

沈清秋也开始紧张起来,但也只是一瞬间。她立刻正色截住了萧暮雨的话,冷哼道:"这么一个游戏系统,可以决定成千上万人的生死,每一个副本都有裁判员,难道出现这种明显违反规则的事的时候,不能申诉吗?不过你这么吃惊,看来是真的可以申诉啊。要不是我们聪明,就都被你糊弄过去了,这游戏说明里从不提及仲裁,是你怕自己违规被人告吧?"

萧暮雨听了沈清秋的话,看了她一眼,神色十分镇定。

"提前说明规则,这是这场游戏一贯的准则。虽然之前几次有些离谱,可都是公开透明、公正公平的。这次你说得很清楚,取平均数。虽然去掉一个最高分,去掉一个最低分的方法也并没错,但你不提前说明,反而在我的分数出来后公布,未免就有些刻意阻碍我们通关的嫌疑。这么大一个世界,没有规矩不成方圆,系统想必也不能随心所欲的吧?我不相信没有仲裁。"

萧暮雨说得十分自然,质问得有理有据,仿佛申请仲裁只是她大胆的推测。

系统沉默了片刻,才机械地道:"有仲裁,但是请自己承担后果。004号副本《惊魂七班》,萧暮雨团队申请仲裁!"

这下不只是陈楷杰他们,连萧暮雨和沈清秋都愣了下,系统真的肯仲裁?

然而,希望才燃起,就很快破灭。

"仲裁申请驳回,本次系统无任何违规违纪行为。本场考试解释权归系统所有,此种算法并不违背逻辑,也不损害公平公正。"

这一次的声音是几个人入副本以来头一次听见的,和机械式的声音不同,这声音反而有些像人声,就像是把真人的声音和人工智能的声音合成了一样。

旁边苏瑾几个人觉得这声音有点熟悉,好像在哪里听过一样。

但是之前系统播报里的确没出现过这声音,怎么会觉得耳熟呢?这又让苏瑾有些疑惑。

沈清秋同样有些惊诧,表情变得有些复杂,其他人以为她是发现仲裁没有用才露出这种表情。但是眼下不是想这种事情的时候,仲裁失败,唯一的希望就寄托在沈清秋身上。

于是除了沈清秋,其他人都死死盯着写着沈清秋名字的屏幕,第四道题——三分!

沈清秋只写了一个"解"和一个洛伦兹力公式,以及一个加速度公式。

这个结果让陈楷杰他们当下就坐不住了，苏瑾努力维持镇定，可是手指在微微发抖。

左甜甜更是万分懊恼，喃喃道："我还做过家教的，高中毕业也才两年，昨天那个物理老师还讲过几道类似的大题，我不应该做得这么差的。"

陈楷杰满脸绝望："我什么忙没帮上，是我连累了萧队你们。"

三个人已经绝望了，沈清秋显然并不擅长做题，这道题三分，最后一题沈清秋怎么可能拿九分呢？

但是在这种情况下，没有一个人想着去怪沈清秋。沈清秋的战斗力是公认的强，在这个团队里她的贡献和萧暮雨相比，是不相上下的。

这次副本太过专业，三个人又和两个"王牌"走散，没能帮多少忙，眼看着要失败，苏瑾、陈楷杰和左甜甜都觉得是自己的原因，在那里又是羞愧又是难受的。

沈清秋不动声色地瞥了眼三人，嘴角微微一勾，笑道："笨是笨了点，不过还不算坏，知道反省自检。"

说完，她脸上的笑意里又带起一丝冷傲和不屑："不过，凭着在背后玩弄文字游戏就想把我们整下去，是不是太天真了？谁告诉你，校霸就一定学习不好？"

沈清秋语气太过霸道凌厉，气场又强得厉害，让苏瑾心里蓦然生出一丝希望。

而恰在这时，最后一题评分结束，沈清秋得分是十二分！满分！

"啊！"左甜甜最先发出一声尖叫，然后捂着嘴哭了出来。

陈楷杰不可思议地看了又看，然后噌地站了起来。一个三十多岁的人，激动得语无伦次，只会张着嘴"啊啊"乱叫。

苏瑾眼泪一下就涌了出来，她看着气定神闲的沈清秋还有淡淡笑着的萧暮雨,哭着笑了出来。

最后一题十二分,也就是说沈清秋最终得分是三十三分。这样一来,即使是去掉萧暮雨的四十三分,他们的平均分也超过了二十七分。

"去掉一个最低分,去掉一个最高分,萧暮雨组最后得分,二十八分!合格!恭喜玩家萧暮雨、沈清秋、苏瑾、左甜甜、陈楷杰,通过本轮考试!获得答题卡一张!"

系统这次宣布得十分果断,似乎萧暮雨她们最后死里逃生并没影响到它,它只是在履行第三方的责任一样。

沈清秋脸上笑意收敛了,她抬头看了一眼头顶,下一秒五个人同时出现在一个房间里。

眼前的房间只剩下一片焦土,这应该是本轮游戏中的409宿舍,也就是林雪被烧死的现场。房间里的东西已经清理了,只有满屋的黑烟和烧焦的痕迹。

奇怪的是,这房间前后左右四扇门都是开着的。

"注意,距离迷宫关闭只剩下三分钟。"说罢,那警报声开始响起来,透过门可以看到屋外的灯在闪烁。

而萧暮雨发现眼前多了一张答题卡,这所谓的答题卡被两条垂直的红线分割出了四个正方形区域,红线交点处是一个红色圆点。

"你们考试时注意头顶了吗?"萧暮雨快速问道。

苏瑾迅速点头:"我看到了,考场的格子对应迷宫的房间,我们现在是在正中心位置,而出口就是我们每个人考试时的座位。"

陈楷杰愣了一下,然后反应过来:"那我明白了,头顶的磁场应该是对应我们所在的区域,我记得我看到的磁场一半是圆点一半是'×'。"

左甜甜点了点头。她们都不傻,虽然这个考场太像迷宫,但是看到圆点和"×"时,她们基本都想到了去找磁场。虽然考试紧张,但是左甜甜也没忘了最终目的是要走出迷宫,只是实在太过匆忙,她没时间仔细看。

"但是,只有四个粒子,沈小姐怎么办?"左甜甜想到一个问题,赶紧问道。

沈清秋阻止了他们继续说话:"我是中心,这里既是起点也是终点。暮雨,你赶紧让她们走,不用管我,我心里有数。"

萧暮雨看着她,抿了抿唇,果断转过目光,指着外面的灯道:"想要恰好到出口,重要的不仅是方向,还有速度。速度如果跟不上,人很有可能就会偏离轨道,要是最后不小心走到了边缘处,那结局可能就是消失。你们确定要听我的话吗?"

陈楷杰几个人毫不犹豫地点头。

"看到那个警报灯了吗?"

"看见了。"

"作为人,没有参照物,你是不可能像机器一样控制自己的速度的。到底要多快,你们需要有个计时器,那红灯就是。我考试时看到我所在处上方的圆点是第四次才成功出去的,而它行走过一个格子时,灯闪烁了四次。"

苏瑾有些慌张,她急忙道:"我没注意到那个。"

"我……我也是。"左甜甜心也凉了下。

萧暮雨神色自若地道:"没事,我看了,都是一样的。按照我的吩咐,灯闪四次过一个路口,明白吗?"

"明白!"他们没时间去探究原因,时间有限,只有两分钟了!

三个人站在门口,目视前方。陈楷杰低声道:"大家回见。"眼里的紧张和慌乱情绪一扫而空,他双眼凝神,目视前方,目光无比笃定而坚毅——他必须成功。

"回见。"

回应他的是四个声音,同样斩钉截铁。

下一秒,三个人齐齐冲了出去,消防警报灯闪烁得很有规律,可是每闪烁四下的时间点很难把握,因为闪四下统共也不到一秒钟。

闪四下,三个人都越过了第一个路口,第一步成功。萧暮雨紧提的心微微放了下去,可是神色并不轻松。

沈清秋看着她,抿嘴笑道:"你怎么不走?"

萧暮雨没有说话也没动作,只是看着她。

"时间不多了,你得走了。"沈清秋说道。

萧暮雨喉头滑动了几下,她哑声道:"我没有把握,他们没时间好好看那边的提示,我也离得太远,到底是什么规律我也不知道。"

可是她没有选择,只能推出一个最合理的结论,而且还不能让他们三个看出一丝不对。

横向二十四个路口,纵向二十四个路口,灯闪烁的频率那么快,闪四次过一个路口,容不得一丝差错。如果他们不坚定,心思有一点恍惚或者迟疑,这次迷宫考试必然失败。

而作为激活这次考试的沈清秋,占据中心位置,根本没有出路。除非四个人都出去,不然沈清秋就可能会永远留在这里。

萧暮雨没办法,她不能接受丝毫的差错,哪怕是欺骗陈楷杰他们,她也必须说得万无一失,让他们深信不疑。

沈清秋笑了起来:"我知道。"

萧暮雨那沉着冷静的面具上有了一丝裂痕,越来越明显,却又被她强行压住。

她看着沈清秋,低声道:"你要是没出来,我也不会通关的。"

沈清秋笑容凝住了，然后她挪开眼神，轻松笑着："傻话，你忘了，如果不是我非要赖着你，你都不愿意和我组队的，怎么现在非要我跟着呢？你不是怀疑我不怀好意吗？"

萧暮雨没有说话，只是重复了一遍沈清秋的话："没时间了。"

说完，她转身就准备走。这意思也很明显，她并不想听沈清秋说那些。

沈清秋没能绷住，伸手拽住了她，神色十分复杂："只要你活着，你就可以见到我，明白吗？不管我能不能出去，你都必须出去，你知道吗？"

萧暮雨深深看了沈清秋一眼，突然抬手给了沈清秋一个拥抱："我们一定会成功的。"

睫毛颤动了几下，沈清秋闭上了眼。耳边萧暮雨的声音显得十分压抑，带着一丝颤抖。

"你之前还欠我的，我这次顺便多拿一点，下次你可以要求我还。"萧暮雨边说边后退，然后转身从剩下的那扇门冲出了房间。

砰！她离开后，四扇门同时关上，所有的光都跟着湮灭。

下一刻，屋里将熄的火焰再次复燃，炙烤着里面的一切。

沈清秋站在漫天火光中间，喃喃道："我会回去的。"

萧暮雨一路上硬是强迫自己忘掉那些情绪，目不转睛盯着那灯光，万幸的是，此时磁场规律很清晰，所谓的向心力是真实存在的，只要维持这个速度，她基本可以准确通过下一个路口。

游戏快结束了，不仅是灯在闪烁，整个磁场都开始晃动，警报声连绵不绝，犹如空袭来临，带给人的压力是难以想象的。

萧暮雨已经克制不住了，这里好像要塌了，她忍不住想沈清秋会不会出事。

终于，那个角落出现在萧暮雨的面前，她一个大步踏过去，顿时感觉整个空间扭曲起来,身体像在旋涡里一样,被搅得天翻地覆。

最后她觉得身上一痛,一下摔了出来。顾不得晕头转向,她挣扎着爬起来,目之所及的是桌子、床……她现在是在学校刘雅和林雪的房间里。

终于她看到了人,目光迅速往上抬,却又凝住了。

那不是沈清秋。

刘雅和林雪此刻正并排站在房间里看着她。林雪伸出手本来准备去扶她,见她站稳了又收回了手。

林雪身边的刘雅表情也已经温和了很多,看到萧暮雨出来,她眼里漾出一丝笑意:"你终于出来了。"

萧暮雨却顾不得看她们,而是巡视周围,进去时沈清秋就在她身边,可是现在沈清秋不在!

"萧队。"身后传来了苏瑾和左甜甜的声音,她转过头,两个女生满头大汗,气喘吁吁的,看样子是从楼下冲上来的。

看到林雪和刘雅时,两人有些警惕,但是现在她们顾不得理会这两个罪魁祸首。苏瑾急急忙忙道:"太好了,萧队你也出来了,沈小姐呢?"

萧暮雨没回答她的问题,只是看着两人轻声问道:"陈楷杰呢,他出来了吗?"

"都出来了。"苏瑾连忙回道,下一刻立即意识到了不对,但是看到萧暮雨的表情,也不敢多问了。

左甜甜张了张嘴,又赶紧闭上,三个人就这么沉默地站在屋里,一时间气氛沉重到让人有些窒息。

半晌,萧暮雨转过了身,她也没看林雪和刘雅,就只是盯着身边空着的位置,好像再等一会儿沈清秋就能出来。

刘雅侧头看了下林雪,林雪摇了摇头,随后开口打破了一屋子的沉寂。

"很抱歉，因为我和小雅被仇恨迷失了心智，导致产生了这场游戏，让你们受苦了。该惩罚的人我们也已经惩罚了，至于那些当时冷眼旁观的人，我和小雅已经放下了。等到这些结束，我们很快就会离开。"

说罢，她看了眼萧暮雨，眼里有些遗憾，又有些悲悯。她们早就发现，那个没能出来的女生和萧暮雨关系很好。

作为这场悲剧的主角，没有人比她们更能体会这种滋味，更清楚这时候所有的安慰都是苍白的。

萧暮雨没有动作，半晌她才像想起什么一样，急急忙忙点开了自己的控制面板。

看了一眼后，她冷峻苍白的脸上终于有了一丝其他的情绪，而就在这时，一个人影陡然出现在她身边。

来人看起来很虚弱，根本站不稳，径直往地上倒去。

而离这人最近的萧暮雨反应很快，伸手捞过她的身体。苏瑾和左甜甜惊喜交加，瞬间冲了过去。

对方身体滚烫，软软地倒在萧暮雨怀里。萧暮雨反应过来后，手指都是抖的。

攥了下拳头后，萧暮雨才抬起手赶紧把沈清秋脸上的头发撩开，沈清秋似乎已经昏迷了。

她像是从火场出来的，漂亮的脸上染了脏污，额头上都是细密的冷汗，她紧咬着牙关，好像是在忍耐着某种痛苦。萧暮雨不由得有些慌，她受伤了吗？

"谢天谢地，出来了。沈小姐怎么了？是被呛到了吗？"旁边的左甜甜激动不已，又赶紧盯着沈清秋看，见她昏迷不醒又有些紧张。

萧暮雨没说话，而是伸手替沈清秋脱了外套，解开她领口的纽扣，让她透透气，然后仔细检查她的身体，发现她没有被烧伤，除了之前的外伤也没有新伤口。那是哪里痛呢？

"先让她到床上休息一下吧。"

林雪虽然只是个学生，但已经很体贴人了。看到沈清秋出来她有一丝开心，却又有些叹惋，她扭头看了一眼眼眶已经发红的刘雅，拍了拍刘雅的肩膀。

萧暮雨说了声"谢谢"，把沈清秋放到床上。

"那些欺负你们的人，都受到惩罚了吗？"萧暮雨想到那几个成绩陡然下降的学生。

提到他们，刘雅咬牙切齿地道："一个都没漏，这次是便宜他们了，比起阿雪遭遇的痛苦，他们受到的那一点根本就不值一提。"

萧暮雨沉默了下，道："害死林雪的，是之前死掉的那两个学生，还有张渚、陈璇、李悦航、骆子豪这几个人吗？"

"对。"提到他们刘雅的恨意还是难消，"阿雪明明是被他们害死的，可是最后大家说是意外，他们沆瀣一气，一口咬定是宿舍违规使用电器导致的，他们只是恶作剧，不是故意杀人。学校里没有一个人肯出面作证，他们居然说我咄咄逼人、不依不饶。"想起这段往事，刘雅眼泪就忍不住了，那种绝望的情绪，真的让人窒息。

"之前他们欺负我时阿雪就报了警，可是警察只知道调解，说是同学之间的小矛盾，导致他们变本加厉。也……也是因为阿雪报警，让他们怀恨在心，才把主意打到了阿雪头上。"

刘雅十分痛苦，其实七班的学生之前并没有针对林雪，如果不是因为帮助自己，林雪也不会被人非议，也不会被老师和家长责骂。后来也是因为林雪坚定不移地护着她，替她出头，才会招来杀身之祸。

"我们从来没有伤害别人,也没有打扰他们,可他们就是不肯放过我们。他们受到的一切,一点都不冤枉。"

几个人都沉默无言。校园里的一些事情,大家听起来不觉得陌生,但是会对当事人造成什么样的伤害,很多人其实想象不到。

而作为成年人,作为家长、老师、警察,对待校园事件时更要认真、公平,不然就是掐灭了那些孩子求救的最后一丝希望。

这起悲剧,但凡有一方出来主持公道,也就不会落得这番田地。

"你们离开后,他们会记得那些事吗?"萧暮雨沉默很久,还是开口问道。

"只要我愿意,他们会想起来的。"

"死者已矣,生者应该自省,让他们记住吧,有些教训,是该承受的。"萧暮雨并不同情那些人,无论怎么惩罚,林雪和刘雅的痛苦都不可能消失了。

"刘雅你……"左甜甜想到什么,有些犹豫,最后又没说出来。

刘雅扭头看着林雪,露出一丝笑意,眸子里满是温柔:"没什么的,我已经偷来好多时间了,值了。"刘雅是活着时变成怪物的,她执念太重,和怪物交换了条件,留下了林雪。林雪怨气消失,可以安息,但刘雅已经不可能安息了。

"虽然不太明白你们到底是在做什么,但还是祝你们一路平安。"林雪很真诚地说了一句话。

此刻的她们在萧暮雨几个人眼里,已经不是单纯的游戏NPC了,她们有血有肉,一样有悲欢离合。

"还有,虽然我刚开始并不喜欢你们两个,但是,我还是希望你们不会像我们一样。"刘雅看了眼床上的沈清秋,转而对萧暮雨道。她看萧暮雨的眼神有些古怪,似乎是期盼,又像是怜悯。说完,两个人一起朝窗户走去。一圈光晕在两人后背亮起,渐渐地，她们消失在光晕里。

送走她们后，三个人心情都有些沉重。很多时候，再怎么努力，结局都注定了是一个悲剧。

"喀喀。"躺在床上的沈清秋突然咳嗽了两声，萧暮雨几个人赶紧转过去看她。

沈清秋睁开眼，看到的就是三张带着担忧的脸，她眼神落在萧暮雨身上，看了一会儿后才挪开。借着萧暮雨的手坐起来后，她笑道："看来我运气很好，还活着。"

"你这么厉害，一定不会有事。这就叫，吉人自有天相。"左甜甜笑着接过话。

"叮，004号副本《惊魂七班》，主线剧情进度完成！恭喜萧暮雨团队成功通关限量版004号副本，本次副本综合评分为S级！稍后将公布个人评分！"

沈清秋刚醒来就听到了系统的播报，顿时额头青筋直跳。

"002号是典藏版，004号是限量版，这都是什么东西啊？有这么玩的吗？我说怎么难度这么大！"宿舍楼下的陈楷杰直接吐槽了，都什么运气啊！

萧暮雨只是蹙了下眉，没有说什么。苏瑾和左甜甜都忍不住狂翻白眼，今人为刀俎，我为鱼肉，说的就是她们。

限量版副本综合评分S级，这是团队的总评分。这次副本在一开始就告诉他们了，队员的评分是另行计算的。

"我们先下去吧。"个人评分还没出来，陈楷杰还在楼下，萧暮雨示意她们下去会合。

苏瑾和左甜甜转身走在前面，萧暮雨跟在沈清秋身边，在沈清秋走出门时低声问："还好吗？"

沈清秋侧了下头，然后目视前方，脸上露出一抹淡淡的笑："我觉得挺好的。"

萧暮雨别过头,面无表情地看着前面,冷淡地道:"那就快点走。"

沈清秋瞅了眼她,低笑出声,然后迤迤然出了门,步履平稳轻快。萧暮雨眸子里露出一丝无奈,自己在副本里果然是冲动了。

夜晚的远宁高中十分安静,宿舍楼下的路灯下,只有他们五个人。

"下面公布个人评分:萧暮雨评分S,积分120;沈清秋评分S,积分110;苏瑾评分B,积分90;左甜甜评分B,积分85;陈楷杰评分B,积分80。"

这个副本难度出乎意料地大,基本是只有萧暮雨和沈清秋在打头阵,所以苏瑾他们对自己的评分早有预料。

但是几人看到结果时心里还是有些失落,陈楷杰不好意思地道:"我在这个副本里一点用都没有。"

"我们是一个团队,如果你没用,我们团队评分不可能是S的。这次剧情探索需要百分之百的完成度,还要活着通关。在这么复杂的副本里,我们能活下来,已经强过很多人了。"萧暮雨反驳了陈楷杰的话,又继续道,"还有第一晚,如果不是苏瑾和小左胆大心细,我和清秋恐怕在那晚就完了。况且你们三个人分开行动,都完好无损地回来,肯定是每个人都出了力。考试那一场可是看平均分,你们要是太差,我们也是必输无疑的。术业有专攻,不要想太多。"

沈清秋在一边安静地看着萧暮雨,看上去最冷静的萧暮雨,其实是五个人中最柔软、最体贴的。

"恭喜五位,成功完成副本,我们该回去了。"004号裁判员已经悄无声息地出现在他们身后,开口提醒道。

萧暮雨看了眼这所学校,从今天开始,这里的阴霾就要散了。

"走吧。"她转头,沈清秋站到了她身旁,她看了眼没说什么,下一刻她们视线一晃,回到了进副本的那个房间。

又到抽奖环节了,萧暮雨有些头疼。在这次副本里,卡片毫无用武之地,不知道副本结束后会掉落什么奖品。

12.

五个人在副本里其实才待了三天,但是这三天漫长得仿若三十天。只是站在这个房间里时,萧暮雨已经没多少感觉了,她早就觉得熟悉了。房间里有一张沙发,004 号裁判员示意他们坐下。

"规则就不用我多说了,获得 S 级评分的有两次抽奖机会,获得其他评分的只有一次。因为是团队副本,所以团队额外有一次抽奖机会,你们可以决定由谁抽。"004 号说话简洁多了,没有多余的寒暄,就坐在椅子上看着他们。

苏瑾、左甜甜和陈楷杰都看着萧暮雨和沈清秋。萧暮雨摇了摇头:"我手气不好,每次不是'谢谢惠顾'就是稀奇古怪的卡。"

沈清秋坐在一边神色懒洋洋的,萧暮雨看了一眼,不知道是不是她的错觉,她总觉得沈清秋脸色还是透着苍白。

沈清秋抬了下头道:"我也是摸到过'谢谢惠顾'的人,还是不祸害你们了。就苏瑾来吧,没事的。"

萧暮雨点了点头,苏瑾看所有人都盯着自己,有些紧张,但还是鼓起勇气上去抽签了。看着那张背面画了一张网的卡片,苏瑾吸了口气,伸手点了下去。

卡片飞速旋转,停下来时苏瑾看了一眼,心里蓦然一松:"是 S 卡!"

"快看看,是什么?"陈楷杰有些按捺不住地问道。

"消磁?"苏瑾定睛一看,然后把卡片递给了其他人。

萧暮雨目光落在上面,只见卡片上名字那一栏写着"消磁"。

消磁,稀有度S(限量版)。

获得方式:004号限量版副本有极低概率掉落。

物品描述:消磁,出自004号限量版副本。那万恶的磁场肯定让你深恶痛绝,该卡片顾名思义可以消除或减弱磁场。激活该卡片后,以卡片为中心五百米范围内,所有卡片受影响,均无法激活(注意已激活的不受影响)。持续时间5分钟!

冷却时间:24小时。

这还是他们头一次抽到能够针对玩家的卡片,看完后都不由得愣了一下。

萧暮雨眸子微敛,她看着手里的卡片,伸手将其递了出去:"既然是S卡,那就是一件好事。先收起来吧。你把你自己的那次也抽了。"

苏瑾还想说什么,萧暮雨又开口道:"团队卡片需要协调,如果再像这次一样出现离队情况的话,没有自保卡片就很危险,后面你们轮流抽。"意思就是这卡先留在苏瑾那儿。

苏瑾心里明白萧暮雨的意思,点了点头。

因为是B级评分,苏瑾抽到的卡片级别也不高,是一张B级的生活卡片——"棉布"。功能就是可以扯布,每次上限是十米,冷却时间是两小时。

陈楷杰搓了搓手,也去抽了,他抽到的卡片是一把B级唐刀,虽然就是普通的刀具,不像沈清秋的匕首那样可以对怪物造成额外伤害,但基本是队里目前为止抽到的唯一的冷兵器了,十分重要。

左甜甜抽到的是一个篮球,这就很离谱,而且这篮球看起来就跟那天她和苏瑾用来砸骆子豪的篮球一模一样——

物品描述:远宁高中的篮球,百分之百随手中!丢出篮球,十米内可以击中任何目标，只保证准头不保证力量。一次最多召唤三个篮球。

冷却时间：1小时。

左甜甜有点窘："这不会就是砸翻骆子豪的那个篮球吧？"

苏瑾忍不住笑："说不定就是，还是很有用的，百发百中，怪物都躲不过去。"

"我觉得给沈小姐可能更好，我力气不够大，打中了也没用啊。"

萧暮雨瞥了眼沈清秋，原本闭着眼睛听着的沈清秋睁开了眼，似笑非笑地对左甜甜道："我娇气得很，柔弱得不能自理，力气一点都不大。"

左甜甜偷偷地吐了吐舌头，和苏瑾抿着嘴笑。

萧暮雨心里觉得好笑：这人。

这次她没谦让，径直走到了004号面前，吸了口气，犹豫了一下才点开其中一张卡片。卡片旋转时，萧暮雨的心也跟着转。沈清秋也不闭着眼睛了，探头盯着看。

卡片停了下来，萧暮雨脸色却黑了下来，她抿着嘴看着面前的卡片，半晌没说话。

看她这表情，沈清秋就知道她估计又是抽中什么奇怪的东西了。沈清秋顿了一下，还是站起身走了过去，看完后，实在忍不住笑了起来。

看萧暮雨黑着脸生闷气的样子，沈清秋又赶紧敛了笑："手气不坏啊，是张S级卡片，也很有用处，至少逃命时畅通无阻，还有群体技能。"

萧暮雨面无表情地看着手里的卡片，又瞥了沈清秋一眼："那用的时候你顶着。"

沈清秋表情一僵，摸了摸鼻子："我不需要它也能跑过去。"

苏瑾他们听得不明所以,又好奇得不得了,连忙围了过去,看到卡片介绍后都扑哧笑了出来。

萧暮雨抽到的是警报灯。

警报灯,稀有度S。

获得方式:现代剧情副本有极低概率掉落。

物品描述:警报灯,自带警报器功能。众所周知,警报器具有震慑和开路的功能,因此激活后请将警报灯置于头顶或车顶(其他位置无效)。当警报灯响起,前方所有障碍物自动避让,并且敌方单位因受警报震慑,攻击速度和攻击力减弱30%,持续时间3分钟!

冷却时间:12个小时。

笑完,苏瑾三人又盯着萧暮雨和沈清秋看,越看越想笑。

萧暮雨闷着个脸不说话,沈清秋接过卡片后随手丢给了陈楷杰。

陈楷杰手忙脚乱地接住,然后脸上的笑意就有些苦了:"沈小姐?"

"笑得这么开心,你肯定很喜欢,刚好你也没有S卡,这张就给你了。没办法,这五个人里面,还是你顶着警报灯比较合适,苏瑾、小左,你们说对不对?"说完她又看着苏瑾和左甜甜。

苏瑾和左甜甜连连点头。开玩笑,她们可想象不到萧队和沈小姐顶着这个警报灯的样子。

况且如果不是陈楷杰使用这张卡,那就得是她们俩了。思来想去,她们一致"卖"了陈楷杰。

陈楷杰一拍脑门:"我知道了,谁让我是糙老爷们呢?"

"还有一张,抽了吧。"沈清秋眨了眨眼睛,冲萧暮雨道。

萧暮雨又看了眼她的唇,感觉她这唇色更苍白了点,但仔细看又没有其他端倪。

萧暮雨暂且将心思按捺下来，随意点开了一张卡片。

通常连抽两次奖，很难两张都抽到 S 级别的卡片，这类卡片应该不怎么常见，所以萧暮雨抽得很淡定，但是当她看到卡片时，表情顿时怔住了。

沈清秋同样皱起了眉，原因无他，这张卡片没有介绍，没有稀有度说明，只有几行文字，当中那几个大字十分醒目。

物品描述：卡片盲盒，谁也不知道里面装的是什么，天网世界级稀有卡片。等到条件成熟时，盲盒可以自动打开，掉落什么内容，无法预知。成熟条件，无法预知。

"卡片盲盒？这什么意思？"沈清秋觉得有些古怪，继续往下看。

"这根本就是个'三无'产品。"左甜甜有些搞不明白这恶趣味的系统了，"谁这么闲搞出这么多名堂？"

萧暮雨看了许久，最终还是把卡片收了起来："没关系，至少已经有一张 S 卡了，这个盲盒打不开也不亏。"

004 号裁判员表情也有些古怪，她摇着头道："我从没见过这种卡片，你们这运气果然像她们说的那样，古怪得很。"

"运气再古怪，要是你们没有那些奇怪的卡片，我们也不会抽到。好了，我有些累了。裁判员，我们赶紧抽吧。"沈清秋恹恹地说着。萧暮雨听了皱了下眉，把卡片放进卡包里收好，盯着沈清秋。

沈清秋没有多犹豫，抬手就点了一张卡片，但等它停下来，沈清秋一看，显然愣了一下。

萧暮雨看到沈清秋眸子转了转才拿过卡片，然后将卡片递到了自己面前。因为沈清秋用手捏着，所以卡片只露出了一部分。

萧暮雨探头一看，表情顿时一言难尽，露出来的三个字是"秀恩爱"。

见对方一脸无语又嫌弃的表情，沈清秋忍不住笑了起来。

她很无辜地看着萧暮雨："这真不是我想的，你看看，我每次抽的都是这些奇奇怪怪的东西。"

萧暮雨也觉得匪夷所思，实在是没法忍着："你真的不是来找长期合作对象的吗？"

沈清秋笑眯眯地看着她，抬了抬下巴："你说呢？不过这你可冤枉我了，谁来找合作对象会抽到这么丧气的卡片？"

说完，她把手指挪开，露出了完整的卡片名字——"秀恩爱死得快"。

萧暮雨有些猝不及防，眨了眨眼，然后没忍住轻哧一声笑了出来。沈清秋撇了撇嘴，抬眸瞟了眼004号，冷哼道："我怀疑这系统是在讽刺我。什么秀恩爱死得快？没一句好话。再说了，我也没秀恩爱，对象都没有秀什么？"

秀恩爱死得快，稀有度A级。

获得方式：剧情中有小伙伴的副本有较低概率掉落。

物品描述：秀恩爱死得快，如果是有伴的人使用，则可以用来群嘲讽，方圆三百米内的怪物都会被嘲讽吸引，所以请慎用，不然真的会死得快！如果是孤家寡人使用，则针对有伴的敌方单位，攻击力翻倍！你我共同努力，实现单身者的大统一！

看完介绍，萧暮雨和沈清秋脸上的表情基本一模一样——十分嫌弃。

"怎么突然变'中二'了？就因为副本背景是学校吗？"沈清秋有点无力吐槽。

萧暮雨心里也觉得好笑，不过……她指了指004号："还有最后一次，快点吧。"

沈清秋叹了口气："暮雨，你替我抽吧，不然又不知道会出现什么。"萧暮雨蹙了下眉，然后看了眼裁判员，对方瞥了两人一眼,点了点头:"你们是特殊搭档,可以是你抽。"

沈清秋愣住了,下意识道:"怎么特殊?"

萧暮雨却径直伸手点了一张卡片:"那我抽了。"

等卡片停下来,她一看,显然愣了下:"天网有 C 级卡片吗?"

他们五个人至少经历了二十多次抽奖,从来没听人说过有 C 级的卡。苏瑾他们都听呆了。

004 号看了眼,同样愣了下,随后正色道:"有,但是抽到 C 级的概率比抽到 S 级的还低。"

"我这运气。"萧暮雨无奈地看了眼沈清秋,她抽到的 C 级卡片是一把古剑。

上面写着:

破青铜古剑,稀有度 C 级,有极低概率掉落。

物品描述:一把锈迹斑斑的青铜古剑,就是一件破铜烂铁,这边建议你送到废品回收站,也许能值几个金币。当然也可以留作纪念,毕竟是几千年前的古物,文化底蕴深厚,意义非凡。如果欣赏不来,也能让别人知道——你也曾通关过。

沈清秋脸都绿了,本来一直没什么精神的人翻了个白眼冷笑道:"'这边建议你送到废品回收站'?它还嘲讽我们,它怎么就把该送到废品回收站的东西拿来抽奖呢?"

萧暮雨拿着卡片也觉得不可思议,总觉得哪里不对。于是她意念一动,激活了这个卡片道具,顿时一把锈迹斑斑的青铜剑出现在她面前。

剑身布满了铜锈,还沾满了泥土。萧暮雨握了一下剑柄,剑柄差点就断了,她连忙把它召回去。

"这真的就是一件破铜烂铁。"苏瑾和左甜甜面面相觑,喃喃了一句。萧暮雨也是无可奈何,自己天生就和系统抽奖不对付。

004 号见都抽完了,清了下嗓子道:"下一次副本开启时间是一个月后,到时候会有提示,你们可以暂且休息一下。"

萧暮雨点了点头:"好,大家先回去休息吧。"

天网世界

眼前画面一转,萧暮雨和沈清秋发现她们再一次出现在了天网世界,而此时天网世界已经到了晚上。不过这次系统没有把她们扔在大街上。当时萧暮雨和沈清秋是从家里进副本的,所以现下她们就站在客厅里。

屋里没有开灯,但并不是一片漆黑。今晚月亮很圆,月光透过阳台的落地窗倾泻进来,给屋里镀了一层银色的光,明暗交错,隐隐约约。

沈清秋盯着外面,忍不住道:"虽然这个世界不得安宁,但是不得不说,景色是真的美,在外面我从来没见过这样的月色。"

现实中的科技发展已经超出了普通人的想象,夜晚的城市灯火辉煌,再加上环境问题,很难看到月亮。即使有月亮,也会因为月光的柔和与宁静,而很难在城市的霓虹灯中挣脱出来。

"的确,我也很久没看到这样的月色了,之前来这里也没心思去看,倒是浪费了这世界对我们仅存的好意。不过今天刚回来,累了吧?先休息一下吧。"说完,萧暮雨伸手打开了房间里的灯。

白炽灯明亮的光线瞬间侵吞了那偷偷探进来的月光,也把沈清秋的模样照得清清楚楚,连带着她脸上那一丝疲倦和虚弱也让人看得清清楚楚。

"你怎么了?"回到了这里,萧暮雨直接问了出来。

沈清秋只是看着阳台:"我能怎么?就是有点累啊,可惜了这月色。"说完,她低头看了看自己的衣服,笑着道:"我先去洗澡了,感觉浑身黏糊糊的。"

萧暮雨没说什么,只是目光追着她,直到她进了浴室。

卧室里手机响了,萧暮雨走进去找到了手机。

"萧队,你们回来了吧?待会儿和沈小姐过来吃饭,我现在准备做饭。"

萧暮雨听着浴室里的水声,想了想回道:"不用了,我们在家简单吃一点就好,刚回来累了,先休息一下,明天我请大家吃饭。"

"嗯,好的好的。你们也早点休息,拜拜。"

萧暮雨买好东西回到家,没有看到沈清秋的人影,她的卧室门也是关着的。

萧暮雨不打算去管她,把买的菜放进冰箱后,清洗了一下厨房打算煮面。手工面是现买的,天网世界这种原材料虽然不便宜,但是比起吃现成的,还是要划算许多。肉丝切好后,稍微腌一下。等材料处理好,萧暮雨忍不住看了一眼房间,沈清秋还没出来。心里隐约有些不安,就她对沈清秋的了解,这时候沈清秋怎么会这么乖地待在房间里?换成以往肯定又要过来和她贫嘴了。

萧暮雨越想越不对劲,之前副本结束时那种担忧再次袭上心头,她当下洗了手快步走到沈清秋的房门口,敲了敲门:"沈清秋?"

里面没声音,萧暮雨心顿时提了起来,加大了敲门力度:"沈清秋?清秋?"还是没人应,萧暮雨不由得有些慌,她皱起眉后退几步,抬脚就准备踹门。但萧暮雨刚抬脚,门突然就开了,她一激灵,脚险险收住,人却一个踉跄差点撞在门上。开门的人本来行动有些缓慢,但是看到她没站稳后,迅速拉开门上前一步扶住了她。

萧暮雨心里一突,但被沈清秋扶住后顿时缓了口气,只是她立刻感觉到了不对——沈清秋晃了一下。如果是普通人突然上来扶她，晃一下很正常，但是就沈清秋的身手而言，绝对不至于。

萧暮雨感觉到沈清秋身上透着股潮湿的热意。沈清秋刚洗过澡，应该一身清爽才对，怎么会一身汗？想到这里，萧暮雨立刻站稳，目光锁定在了沈清秋的脸上，表情也严肃起来："沈清秋，你怎么了？"

沈清秋吸了口气，笑着往后一靠，倚在门框上："什么怎么了？"

萧暮雨不说话，只是皱着眉看着沈清秋。她表情太过严肃，仿佛没有什么能逃过她的眼睛，以至让沈清秋不得不正经面对她。

"我只是太累了，洗完澡就睡着了，因为睡得太熟了，所以才没听到你的敲门声。"她眸子里满是认真，仿佛真的就是这样。

可是萧暮雨只是冷冷回了句："你觉得我会信吗？"

沈清秋神色一僵，没有说话。萧暮雨并不是为了逼她，而且此刻她的脸色是真的不好看，于是萧暮雨拉着她进了房。

床上被子褶皱明显，很凌乱，沈清秋悄悄瞥了眼没有再狡辩。就凭萧暮雨的眼力，想要瞒过去，太难了，刚刚她的"垂死挣扎"也是没意义的。

"躺着休息一下。"萧暮雨干脆利落地道。

沈清秋似乎是放弃了伪装，抬手压着腹部虚弱地坐下去，有些疲倦地道："其实没什么事，老毛病了，胃疼得厉害。回来时胃就不舒服了，洗完澡又绞着疼，迷迷糊糊睡着了，所以你叫我，我以为是做梦，没反应过来。"

"胃疼？"萧暮雨有些怀疑。

"真是胃疼，以前不爱惜身体，弄坏了胃，所以我很怕辣。"搬出这一个佐证，让她的话可信了很多。

于是萧暮雨很快转身出去，给她倒了杯热水。把水递给她后，萧暮雨忍不住问道："我们离开那个副本里的考场后，你在房间里是不是受伤了？"

沈清秋一愣，然后笑着道："我出来你们不都看到了吗？说受伤也谈不上，就是你们一走，那间房子就烧了起来，浓烟滚滚，呛得我受不了。等我醒过来，就躺在刘雅她们房间里了。"

"就这样，没有受其他的伤吗？"

沈清秋忍不住笑了起来："你怀疑我是在副本里受伤了？你糊涂了，副本里受的伤一出来都会好的，我就是自己身体出问题了，不然也不会遭罪了。"

她喝了口水，又皱眉压着腹部，的确是胃的位置。

"那刚刚为什么不肯说实话？"萧暮雨有些不明白，总觉得沈清秋不对劲。

沈清秋听了眨了眨眼睛，捂着腹部坐起身，凑过去看着萧暮雨，眸子里笑意盈盈："因为怕你们太担心我了。"

她靠得那么近，萧暮雨可以清楚地看到她的脸，肌肤细腻到看不到毛孔，又白又嫩，就是脸色有点苍白，额头都出汗了，但是灰色的眸子里依旧闪着光，带着笑意。

半晌，萧暮雨蹙起眉，快速别开头，站了起来。

"胃疼就好好休息，把水喝了。我给你煮面，吃点东西兴许会好点。"说完萧暮雨走了出去，脚步有些匆忙。

沈清秋目送她离开，这才放松身体重重地靠在床头。

随后她皱着眉，抬手捏紧了胸口的衣服，半晌后喘了口气，伸手去拿杯子。把水送到嘴边时，她手不可遏制地抖了几下，洒了些水。放下杯子，她的手机就响了起来，看到上面的来电显示，她接了电话。

"听说你出事了，怎么样？还好吗？"话语看似是关心，但是那种口吻，显然是幸灾乐祸。

沈清秋眸子里仿佛淬了冰，嘴角勾起一抹冷笑："托你的福，挺好的。"

"沈小姐啊,做人不能太傲了,你是厉害,但是不要忘了你的身份,他可不是你可以愚弄的。萧暮雨再怎么聪明也是人,人就会有弱点,怎么可能斗得过他呢?"

沈清秋低低一笑,眼睛盯着外面。她压低声音:"我是斗不过他,自然也不会不自量力,但是这不代表你也可以在我面前耀武扬威。所以,说话不要这么欠揍,不然我不高兴了,同样可以收拾你。"

"你!"

没等对方继续说什么,沈清秋已经挂断了电话。

弯下腰,沈清秋咬着手压住喉咙里的声音,等到再抬起头时,那双灰色眸子里敛着的却是浓重的阴郁,以及带着一丝病态的笑意。这次在副本里受到惩罚是因为她真的触碰到他的底线了,所以继续玩下去吧。

当萧暮雨端着面走进沈清秋房间时,沈清秋正笑眯眯地坐在床上。她探头去看萧暮雨手里的碗,深吸了口气道:"好香啊。"

萧暮雨没说话,把面放在一边的小桌子上,看了眼已经空了的杯子,才开口道:"先起来吃面,再把药吃了。"

"药?"沈清秋有些愣,家里哪来的药?

"陈楷杰他们那儿有,我刚刚给陈楷杰发了消息,让他送过来。"萧暮雨本来准备再出去一趟,但是周围药店少,刚好知道陈楷杰准备了药物,就麻烦他送来了。

刚说着,敲门声传了过来,萧暮雨把筷子递给沈清秋,起身去开门。沈清秋能听到外面两个人的对话,最后陈楷杰提高声音喊道:"沈小姐你好好休息,我们明天再过来看你。"

沈清秋觉得好笑,没有应他。其实她的注意力大部分被萧暮雨做的面吸引过去了。大概是顾虑到她是病人，萧暮雨的面做得很清淡，但是一点也不敷衍。

面上撒了一点肉丝，点缀着几片青菜，还有一个白嫩的荷包蛋，闻着的确香。她喝了口汤，看着清汤寡水的，味道却出乎意料地好，咸味适中，汤底鲜得很，不是那种调料勾兑出来的腻味。虽然身体不舒服，但这碗面还是勾起了她的一点食欲。

萧暮雨进来时，沈清秋正夹了一筷子面送进嘴里。萧暮雨看沈清秋弯着腰，左手撩着耳侧的头发防止它落下来，有点不方便。想了想，她抬手将自己扎头发的头绳解下来，走过去十分认真把沈清秋披散着的头发绾了起来，简单地扎成一个马尾辫。

因为失去了头绳的束缚，萧暮雨那一头乌黑的长发随着她低头的动作倾泻下来，秀眉幽瞳，青丝如画。

换成以前，沈清秋肯定会口头上调侃一下，但是这次，她出乎意料地安静，低头又吃了一口面。

手工面筋道十足，汤汁的鲜味来自面又融于面，火候控制得刚刚好，早了恐怕不够熟，迟了面就坨了。荷包蛋是溏心蛋，很嫩，但是又不至于腥，很好吃。

"怎么样，合口味吗？"终究是萧暮雨主动打破了沉默。

沈清秋用力点了下头，看着碗里的面轻笑道："这是我进天网世界以来吃过的最好吃的面。"说完她又低头吃了一大口。

萧暮雨看着，眼里露出一丝淡笑："慢点。"

"你不用守着我，你还没吃呢，迟了面就坨了。"

萧暮雨摇了摇头："我不饿。胃还疼吗？吃着会不会不舒服？"

沈清秋摇头："不疼了，刚刚就好多了。"

萧暮雨也没再多问，等沈清秋吃完才问她："吃饱了吗？"

沈清秋点了点头，萧暮雨很体贴，这碗面量并不多，刚好够她吃。

"碗给我。"

沈清秋笑道:"你都给我做饭了,碗肯定得我洗了,你休息一下。"

"病人才需要多休息。"萧暮雨语气温和,手里的动作却带着不容拒绝的气势。

沈清秋拗不过,萧暮雨洗碗时她就站在厨房门口看着,眼里都是笑意。萧暮雨回头瞧见了不由得觉得奇怪:"你笑什么?"

沈清秋略一低头,唇角上扬:"没有,就是觉得暮雨你好好。"

萧暮雨给了她一个白眼:"今晚是看在你不舒服的面子上,以后做饭你也逃不掉。"

沈清秋闻言笑着摊了摊手:"说实话,除了烧开水我是一绝,其他的我都不行。"

萧暮雨斜睨了她一眼,都快被她气笑了。

"把药吃了,我先去洗澡。"萧暮雨把陈楷杰送过来的药递给她,就去洗澡了。

沈清秋低头看着手里的药,拿了两颗塞进嘴里,面无表情地咽了下去。那剧烈的痛意已经过去了,只剩下身体深处涌出来的疲惫感,让沈清秋心里有些烦闷。

在卧室里是看不到浴室那边的,沈清秋想了想拉开抽屉,找到了那张被她收起来的卡片,那张违背了系统设定的奇怪的道具卡片。

她看着这张卡片,脑子里乱糟糟的,却又理不清头绪。只是她心里很清楚,那个女人的出现绝不是巧合,而且她们也必须守住有关那个女人的秘密。这张不符合系统设定的卡片就像个Bug,或者说,是天网世界中仅存的净土。

她沉浸在自己的思绪中,都没发现萧暮雨进来了,直到萧暮雨坐在她身边开口道:"在看什么?"

沈清秋把卡片递给萧暮雨："看这个，这张卡片我总觉得不简单，但是有点搞不明白把人从失去宿主的卡片里放出来的女人是谁，目的又是什么。"

萧暮雨把卡片接了过来，却没看它，而是瞥了眼桌上的药，问道："还疼吗？"

"不疼了，吃了面就不难受了。"

在经历过一场凶险异常的副本后，家中透着一股静谧的温馨感。

沈清秋低声道："暮雨，我有件事想问你。"

萧暮雨眸子往上瞥了一下："什么事？"

沈清秋眉宇间有几分挣扎，犹豫着不敢看萧暮雨，但最后她还是吸了口气道："你在副本里说的话，算不算数啊？"

萧暮雨一怔，转动了一下眸子，有些疑惑道："什么话？"

沈清秋有些急："就是最后你出去的时候，那个……"她也不知道怎么了，平日里她可以和萧暮雨插科打诨，但是这个时候，那几个字她又怎么都说不出口了。

萧暮雨还是盯着她，眼里有些探寻意味，似乎正在等她说。

沈清秋脸都憋红了，最后丧气一般坐直了身体，只是余光一扫发现萧暮雨竟然笑了下，顿时心里了然。

沈清秋很善于窥探人心，尤其是萧暮雨的心，见状，她放软了声音道："你离开时说是我欠你的，但又说你拿多了我以后可以要求你还。现在我出来了，我问你还算不算数。"

萧暮雨视线没挪动，但是眼里笑意还没散。她没有回答沈清秋的话，只是自顾自地道："我对人的信任并不多，来到这里也只想弄清楚真相活下去。而你，我其实一点都不想信任，更不想把自己的生命托付在你身上。只是一路走来，一切早就不受我控制了，我的理智告诉我你别有用心，可是心里还是不由自主地信任你。我承认，我之前是口是心非。"

沈清秋心跳一下子乱了起来，她没有挪开视线，就盯着萧暮雨。

而此时萧暮雨坐直身体面对着沈清秋，很轻但是很肯定地给出了答案："所以，刚刚你问的那个问题，我可以回答你，算数。"

沈清秋满脑子只有"算数"两个字，她看着近在咫尺的人，眼睛发烫。她明明就只是坐着，胸口起伏却明显加剧了，半晌她咽了一下口水，呢喃道："那我……就当真了。"

这一次萧暮雨没有逃避，点了点头。沈清秋脸上笑意再也藏不住，她激动得想要站起来，却被萧暮雨阻止了。

在沈清秋愣住时，萧暮雨低着嗓音问道："但是沈清秋，我还是想问问你，你想做什么？"

沈清秋一时间表情变了几变，半晌她才坚定地道："无论我之前想要做什么，都不重要了。你只要知道我以后想要做什么就好了。我想要的就是保护好你，一起活下去。虽然我们真正认识的时间并不长，但这种念头强烈得好像存在了几辈子。你明白这种感觉，对不对？"

萧暮雨此刻的眸子就像一汪深邃的湖水，湖面微光荡漾，闪着细碎的光。

在第四个副本里，得知沈清秋可能出不来时，她不仅是后悔，甚至还有些恐惧。她点了点头，觉得不能再犹豫了。无论沈清秋抱着什么样的目的接近她，无论自己身上有多少谜底，她都得试着信任沈清秋。

沈清秋笑出了声，眉眼弯弯的，不过想到什么，她四处搜寻了一下，随即蹙起了眉。

萧暮雨不解道："怎么了？"

沈清秋疑惑道："我是不是把那张'泰山压顶'的卡片给

你了？你放哪里了？怎么没看见呢？"

萧暮雨也愣了，四处找了一下，没看见，于是又站起身找了起来。

沈清秋跟着边找边嘀咕："之前我好像看到你把卡片捏在左手上了，按理说它就在床上。"

萧暮雨在床上没找到，便弯下腰去找，在床底看到了面朝下静静躺在地上的卡片时，她的表情有一丝变化——掉下去也不至于掉到这个位置，很有可能是这卡片自己跑来躲这里了，那说明……

当萧暮雨拿着卡片直起身时，沈清秋看到了她的表情，也猜到是什么情况了。半晌，沈清秋敲了敲卡片，那个一身水汽的女人顿时出现在了房间里。

女人看到两人，眼神变得十分古怪，她在两人之间来回看，最后小心翼翼地道："你们聊完了？"

萧暮雨当下敛了神色，冷淡地看了眼女人，道："你都偷听到了什么？"

女人被萧暮雨看得瑟缩了一下，有些害怕地看了眼沈清秋。不过这个姓沈的可怕女人笑眯眯的，心情好像很不错，应该不会打她了。这么想着，她鼓起勇气道："没有。是你们开始聊得太投入，我来不及提醒，又怕你们生气，所以我才躲进床底的。不过我没偷听，你们放心……"

"叫你出来是有事问你。"沈清秋严肃起来。

女人连忙站直了身体，眼睛眨都不眨地盯着沈清秋："你问。"

"我们离开的这段时间，你在这里有没有发现什么？比如有没有其他人来过，或者不寻常的事情？"

女人摇了摇头："你们走了之后，这里没人来过，也没有什么古怪的。"

萧暮雨有些疑惑："你是担心有别人会进来？"

沈清秋点了一下头："所有玩家的行为都会被天网监测，所以住处并不意味着就是私密的。"

萧暮雨知道沈清秋了解的东西比她多，于是蹙眉问道："会有监听吗？"

沈清秋摇了摇头："通常不会，但是如果触及天网的一些禁忌或者是和玩家任务有关，恐怕就会有，比如副本里的所有言行都会被监听。"

"禁忌？"

"比如那次你在网吧尝试攻击系统时，即使是系统没被攻击，你的尝试也会被捕捉。"天网世界这么多人，聪明的，有能力的，绝对不止萧暮雨一个，猜测天网是电脑程序的玩家也不止一个，所以那种攻击天网见多了。但是让它慌到直接爆了电脑的，估计也只有萧暮雨了。

萧暮雨听完沈清秋的话，看了她很久，但是最终只说了一句："你知道很多东西。"

沈清秋微微沉默了一下，才低声道："嗯，我……"她情绪有些低落，眉头不自觉地皱了起来，她张了张嘴，欲言又止。

萧暮雨见状又加了一句："如果不能说就不说了，没事的。"

沈清秋心里发烫，差点忍不住情绪。她想到正事，又问道："你跟我们说过，是有个女人让你留在这里骚扰一下住户的，那她说过其他话吗？或者有没有告诉过你，目的是什么？"

女人摇了摇头："她没有说其他的，只是说以后我就会明白的，只要按照她说的做就可以了。她放我出来后给我留了很多卡片，足够我坚持很久了。我受了她的恩惠，而且待在这里也无聊，所以就听她的，每次换人我就出来溜达，却被你们给逮住了。"

说着，她想到了沈清秋的恐怖之处，又瑟缩了下。

萧暮雨看得想笑，突然想起来还不知道女人的名字，于是问道："你有名字吗？"

女人一愣，然后开心地道："有的，我叫童林。"

"童林？"萧暮雨叫了一声，随后问道，"那童林，你记得你在这里待了多久吗？"

童林皱了下眉："感觉很久很久了，我都记不清了，明明我记性很好的。不过我记得的至少有一年多了。"

萧暮雨和沈清秋对视了一眼，紧跟着萧暮雨试探性地问了一句："你说你不记得那个女人长什么样子，那她年纪大吗？"

童林回忆了一下，摇了摇头："不大，是个年轻女人。"

童林记忆模糊，并不能提供太多精准的信息，该问的她们之前也都问了，于是在简单询问后，萧暮雨让童林先自己出去转转。

童林离开时，躺在床上的沈清秋眯着眼警告了一句："不该听的不许听，不该看的更不许看，明白没？"

"明白！"童林一溜烟没了影。

萧暮雨瞥了沈清秋一眼。

沈清秋想着萧暮雨刚才问的问题，犹疑道："暮雨，你是不是想到了什么？"

萧暮雨摇了摇头："没有，就是有种直觉，想多了解一下。"那个女人让童林骚扰这里，总不至于是恶作剧，她甚至觉得，那个女人就是想让童林被这里面的人发现，但是她又说不出个所以然来。

沈清秋看着她，想到之前她说的话，轻声道："你明明知道我也不对劲，却不逼问我，你不怕我对你图谋不轨吗？"

萧暮雨思绪被她拉了过去，听罢笑了起来："你都说了要保护我了，我还怕什么？"

沈清秋一愣，随后也忍不住笑了起来，凑过去近乎撒娇地道："那你的意思是，你现在就完全信任我了，哪怕我真图谋不轨？"

萧暮雨挑了一下眉，似笑非笑地盯着沈清秋："你想怎么图谋不轨？"

沈清秋坐直身体，眨了眨眼低声道："你很快就知道了。"

萧暮雨原本的表情里漾出了一丝明显的笑意，眉眼柔和："是吗？拭目以待。"

萧暮雨似乎彻底软化了，她是真的接纳了沈清秋。在那个世界里她没有归属感，朋友都没一个，更别说全身心信任一个人。

这并不在她的预料之中，但是——看着盯着自己的沈清秋，她想这也许是进入这个世界后最幸运的一件事吧。她垂眸笑了一下，轻声道："很晚了，睡吧。"

沈清秋轻快地应了一声，心情好得很。

13.

次日。

这一次副本大家好不容易从里面出来，萧暮雨履行自己的承诺，带着几个人出去吃饭，也好进一步商量下面的事。在副本里面一切都太紧张，大家根本就没办法坐下来轻松地聚一聚。

今天出门沈清秋穿得十分吸睛，一身米白色绸缎连衣裙，版型很简单，但是质地柔软有光泽，把沈清秋纤细高挑的好身材都展现了出来，走在大街上是绝对的焦点。

两个人到聚会地点的时候，陈楷杰和苏瑾、左甜甜都找好包间坐在那里了。看到沈清秋时，他们都盯着她看了好一会儿。直到萧暮雨咳了一声，淡淡地看着三人，三人才回过神。

左甜甜笑了起来："沈小姐和萧队今天都好美啊，我都看傻了。"

陈楷杰是个男人，又是个已婚男士，他已经很克制地收敛了眼神，闻言也是连连点头。

"对了，沈小姐胃好点没？那药有没有用？"

陈楷杰说完，苏瑾她们也都颇为关心地盯着沈清秋。

沈清秋点了点头："已经没事了，只是小毛病，她大惊小怪。"

萧暮雨看了她一眼，没说话。

沈清秋垂眸一笑，随即道："我们大家都是一个队的成员，彼此出生入死也很熟悉了，叫沈小姐也怪怪的，就叫我名字吧。"

陈楷杰张了张嘴，然后挠了一下头，笑道："不知道为什么，我都不好意思叫你名字，想叫你沈大佬。"

苏瑾和左甜甜也是连连点头，沈清秋太强了，强得她们都觉得自己不配直呼其名。

萧暮雨原本在一边没说话，听到这儿补了一句："既然你们叫我萧队，那就叫她沈队吧。"

这一说三个人都觉得可以。沈清秋笑看着萧暮雨："队长是暮雨，叫我副队就好了，我是肯定要服从萧队的，你说是不是？"

于是苏瑾三人最终还是按照沈清秋说的，叫她副队了。

这个团队算是真正意义上地完成了一次团队副本，虽然因为难度大，五个人配合度并不高，但是他们都在努力信任彼此，即使差点失败也没有埋怨队友，已经具备一个团队最重要的核心精神了。

"都不知道下一个副本会怎么样，004号副本，实话说，都让我有点害怕了。"说话的是陈楷杰，他有些苦恼，摩挲着手指。

萧暮雨看着他，他又低下头道："我总觉得我在拖后腿。"

对陈楷杰而言，004号副本的确是个不小的打击，因为身份是警察，他第一晚没参与游戏，没帮忙；进入火场时他在外面等着被她们救；磁场考试时就他年纪大，知道得最少，分数也最低，所以他是真的沮丧。

萧暮雨没有以队长身份自居，但是心里一直有杆秤，今天约大家出来，吃饭是其次，主要是担心影响他们的心态，更重要的是，有些事她觉得自己需要说清楚。

"陈楷杰，你是不是都忘了？在002号副本里，你是你们那队里唯一走出来的人。而且，他们能从那栋楼里出来，你起了至关重要的作用。武力你虽然比不上清秋，但是能比过她的，我都没见过。脑力上你也胜过大部分人了，磁场考试考的是高中知识，你不记得实在是再正常不过，你要是不行，怎么能自己活过三个副本？"说完她又看着左甜甜和苏瑾。

"苏瑾，你在002号副本里的表现就让清秋对你另眼相看了，她的性格你知道，如果不是看你顺眼，当时她理都不会理你；而这次你的成绩也是相当亮眼了。小左考得也很不错，而且比起在002副本，小左的成长每个人都看在眼里。"

苏瑾不停地点头。在002副本里，左甜甜刚开始几乎是吓傻了，一路都在尖叫，但现在左甜甜在危险的时候都会挡在她身前了。

左甜甜先是脸红了，然后眼睛也红了："我……我还差太远了，没有陈大哥有担当，也不像苏瑾那么冷静，我还是怕。"

"怕有什么错呢？一个没有恐惧情绪的人，也会丧失许多美好，这没什么错。看到怪物，我也会吓得想要叫，这再正常不过了。"沈清秋一本正经地接过话。

左甜甜睫毛上挂着一滴泪水，她瞪大了眼睛，然后摇着头哽咽道："是吗？可我一点都不信呢。"

"哈哈！"

"我也不信。"苏瑾和陈楷杰也笑了起来。

萧暮雨笑着，却是品味着这个人难得带些温情的话，温柔地看着她。沈清秋却是翻了个大大的白眼。

沈清秋这一下把大家都逗乐了，原本心情有些低落的三个人也有了笑意。

陈楷杰看着萧暮雨，感慨道："不愧是萧队，总是这么透彻，三言两语就让我心里好过多了。但是我的确不擅长这种类型的解谜任务，说到那场考试，我真的难以想象你怎么能在十分钟内做完那两道物理压轴大题的。我读书的时候物理也不差，但就算是那时候做一道物理压轴题，哪怕会做，也得十多分钟了。"

左甜甜和苏瑾深以为然。读题、计算、思考，一气呵成也需要时间，更别提是做有难度的压轴题，而且还是在毕业那么多年后，在那么一个生死关头，做完还能只扣两分，真的是逆天了。

"就连副队也把最后一题做出来了，搞得我们三个觉得自己特别菜。"苏瑾叹了口气，有些颓然。

另一边沈清秋和萧暮雨对视一眼，都笑了起来。沈清秋挑了几下眉，悠然道："实话说，我们可没你们说得那么神。不过呢，暮雨是真的聪明，妥妥的学霸，你们肯定比不过她。我嘛，可不是只有蛮力的人，脑子虽然比不了暮雨，但是比起你们，一点都不差。"

苏瑾和左甜甜听得不明所以，沈清秋又看向陈楷杰："她们两个不知道，你难道也没注意到吗？我做得最好的那道题，是第几页的第几题？"

陈楷杰愣了一下，回忆了一下副本里发生的事，顿时眸子微眯："是第39页的第34题。"随即他恍然大悟，被忽略的细节悉数涌进他的脑子里。

"我明白了，在进左29、前24的房间激活倒数第二道物理大题之前，你和萧队都看到了第39页的第34题，因为它们已经被激活了，你们是可以看到题目的。"

"看，你也不算笨嘛。"

萧暮雨同样点了点头:"当时我就猜到这些题目有问题,虽然不知道会不会考,但我还是把那道题记了下来,还和清秋提了几个关键点。"

萧暮雨之所以可以提前做完,准确率还这么高,就是因为在看到题的那一瞬间,她就把题目记了下来。所以她的开考时间不是系统宣布的节点,而是在进房间时。她早就在脑子里把这道题想好了。沈清秋同样是聪明人,更何况萧暮雨还给她讲了下破题点,所以她也能够把最后一题做出来。

三个人都听得目瞪口呆,左甜甜苦着脸说了句:"两位队长,你们的解释并没有让我觉得你们没有那么聪明,反而让我觉得你们比我想得还聪明,这谁能想得到呢?"

苏瑾在一旁忍俊不禁:"算了,萧队和副队的厉害我们也不是第一次见了,大家整理好心情,准备进入下一个副本就好啦。"

萧暮雨点了点头,沉默了一会儿,然后抬头认真地看着陈楷杰三人,最后才开口道:"但是有一件事我觉得我需要和你们说清楚,毕竟是和你们切实相关的,听完后有什么想法你们都可以说。"

她突如其来的严肃让陈楷杰他们有些紧张,三人顿时坐直了身体。而沈清秋只是瞥了她一眼,心里也猜到她想说什么了,就没再说话。

"萧队,什么事?你说。"苏瑾敛了笑,同样认真。

萧暮雨沉吟了下,斟酌道:"你们有没有感觉到,我们一起走的副本难度都有点异常,远比你们自己开的副本要复杂、凶险?"

这话一出,三个人都愣住了,旋即露出惊愕中带了一丝疑惑的神色。苏瑾脸色有些难看了,半晌她点了点头,却又试探道:"是要难一些,但不是因为那些是典藏版和限量版副本吗?"

萧暮雨表情严肃："之前我就发现我的第一个副本死亡率远超同期新人的副本，第二个副本走马灯难度更是离谱，第三个副本还算中规中矩，但是和你们描述的相比，难度还是偏高。这么多次副本下来，我隐约感觉到，这个系统似乎是在故意针对我，虽然没有确切证据，但是我觉得很有必要告诉你们。"

萧暮雨这话让氛围顿时沉闷下来。陈楷杰脸色一变再变，他满是不解："我不明白，如果是真的，系统为什么要针对你？就因为你和副队太厉害了，所以为了维持平衡加大难度了吗？"

苏瑾和左甜甜一想，也觉得有道理，但是这种解释她们能够接受，毕竟在她们遇到的玩家里，双强组合能强到萧暮雨和沈清秋这个程度的，很难想象。

"那如果是这样，我们不觉得有什么问题，只是怕我们反而会连累你们。"左甜甜有些担忧，如果遇到需要团队一起参与的情况，他们三个跟不上可能会导致游戏失败。

萧暮雨没有把所有的事都告诉他们，第一是因为她自己都没彻底弄清楚，第二是沈清秋说过，天网有监听，她身上的那些谜团只能靠她自己慢慢去摸索。如果告诉陈楷杰他们，先不说他们能不能保守住秘密，就算能守住，她也怕会连累他们。所以他们这样理解，萧暮雨就没有再解释，这目的已经达到了。

"我提这个是让你们考虑清楚，做出正确的选择。感情是感情，任务是任务，毕竟进入副本后生与死都是真的，所以我觉得你们有权知道这点。"

苏瑾最先表态："我心里早就有预料，即使萧队你不提，我也觉得我们的副本难度提高了，但是和你们一起通关，我只用担心自己跟不上，完全不用顾虑其他，甚至有时候我还会觉得有依靠。如果离开了，我不觉得我还能找到更契合的队友。"

"我想法也一样，毕竟我们的最终目的是通关游戏，也就是说 SSS 级副本才是我们的目标。前面副本简单有什么意义呢？我不认为最后一个副本的难度会因为我选择什么样的队友而改变。既然如此，我为什么不选择我信赖的队友，提前磨砺自己呢？"

左甜甜这番话说到了几个人的心坎里。

"萧队、副队，你们不用多说了，我们心里都有数，我还是要跟着你们。这个世界里，怪物会有多可怕我们都知道了，但是人会有多可怕，我们清楚却看不透，能遇到你们，我觉得很幸运。"陈楷杰神情激动，眸子里光芒闪烁，十分动情。

萧暮雨、沈清秋都看着他，最后萧暮雨笑了笑，伸出手。

沈清秋见状同样伸出手轻轻搭在萧暮雨的手背上。

苏瑾、左甜甜、陈楷杰伸出手，五个人的五只手搭在一起，像是做了一个庄重的承诺——从今以后，他们五个人性命相托，福祸相依。

"那要不要起个队名？"陈楷杰只觉得热血沸腾，忍不住提议道。

"五朵金花。"沈清秋懒洋洋地道。

陈楷杰苦着脸，看着沈清秋。

"五花八门？"

萧暮雨一脸无奈："你别说话了。"

"五虎上将。"陈楷杰被沈清秋提醒了，忙道。

左甜甜一脸嫌弃。

"要响亮，又要有气势，最好能吓到那群怪东西，让它们离我们远点。"陈楷杰补充道。

萧暮雨和苏瑾、左甜甜都看向了沈清秋，沈清秋蹙起眉："看我干什么？"

萧暮雨忍不住笑了起来："那就叫沈清秋队吧，没有什么比你更能吓跑怪物了。"

其他人哈哈大笑起来，取队名的事最后不了了之。陈楷杰开了一瓶红酒，站起来给每个人倒酒："今天不醉不归！"

萧暮雨见状瞥了眼沈清秋，拦住她要递杯子的手，掌心虚挡在杯口上面，对着陈楷杰道："她不喝酒。"

陈楷杰一拍脑门："我忘了，副队胃不好，那我再点些饮料。"

"给她拿一瓶牛奶。"

"我能喝酒，我胃早就不疼了。"沈清秋急了，怎么他们能喝酒她却只能喝牛奶这种东西？

萧暮雨没说话，转头看着她。见状，沈清秋乖乖缩回手，正经地道："咳，我喝牛奶，我喜欢奶。"

左甜甜憋笑不已，副队果然是听萧队的。

这家餐厅饭菜味道挺好，再加上几个人心情都不错，于是他们边说边喝，到最后都喝高了。

萧暮雨其实不怎么擅长喝酒，她也已经很克制了，但是看着他们开心，她也多喝了几杯，等到结束时她已经微醺了。

陈楷杰喝得最多，已经是脸红脖子粗了，最后沈清秋叫了车送他们三个回去，自己和萧暮雨另叫了一辆。一顿午饭吃了很久，此刻已经是下午四点了。

上车后的萧暮雨一言不发，就这么呆呆地看着沈清秋。沈清秋看她眼神不对，知道她喝多了，而且脸都红了。

怕她难受，沈清秋有些担心地道："怎么样，还好吗？"

萧暮雨鼻腔里轻轻发出一点细小的气音，呼噜呼噜的，说不出的可爱。

醉酒后的萧暮雨完全没有醒着时正经，就像收起了爪子的小猫，翻着肚皮把最柔软的一面呈现出来。

恍惚中，沈清秋想到萧暮雨呢喃的话，眼里的光暗淡下去了。

"那群人想要从你那里得到的东西,肯定很重要。你只有知道了,才能应对他们。"

沈清秋垂下了脑袋,心里那种难过的滋味汹涌翻腾,让她鼻头发酸。她长这么大从来没有像现在这样,这么害怕过。以往但凡她决定做的事,她总有信心做好,无论过程如何,只要最后完成了任务,其他的她都不需要顾虑,也从没想过任务失败会有什么后果。

这不仅是因为她自负,更重要的是,她自认为没有什么后果是她不能承担的。但是现在她要做的事前路未知,困难重重,更让她恐惧的是,她觉得自己承担不起这后果,别说承担了,想一想她就不能忍受。

她只怪自己克制不住,表露出了太多情绪,让对方察觉到她的意图了,更埋怨自己当时只把萧暮雨当成目标人物,没有去了解太多有关萧暮雨的事,以致她都不知道萧暮雨到底是因为什么才被这幕后黑手盯上,这样一个聪明到让人觉得不可思议的人,到底做了什么事才让天网都没办法呢?

她心里憋着的那些问题她都不敢和萧暮雨说,万一被那些人窃听到,她不知道他们会采取什么措施。

沈清秋回到家休息完,时候已经不早了。虽然中午是出去吃的,但是大家都喝酒聊天去了,吃得并不多。萧暮雨也睡了快两个小时,应该要醒了。

沈清秋有些为难地皱了一下眉,想了想还是悄悄下了楼,去买了一些菜回来。

她之前说自己烧开水一绝可不是笑话,她是真的不会做饭,但她又想了想,下个面应该挺简单的,可以试一试。

于是萧暮雨就在厨房那砰的一声巨响中醒了过来,坐起身的她还有些恍惚，但是她来不及好好清醒了，因为她闻到了一股煳味。来不及多想，她跳下床踩着拖鞋跑出房间，直奔厨房而去。

她跑到厨房门口时，看到沈清秋正举着铲子，手足无措地看着噼里啪啦直溅油的锅，脸上是十足的惊吓，而地上躺着的赫然是锅盖。

看到萧暮雨来了，沈清秋脸上的惊恐变成了心虚。

"那个我……我就想煎个蛋。"

萧暮雨残留的醉意已经彻底消散了，火太大，火苗已经噌地蹿进了锅里，锅里顿时炸开了。她一个箭步上去捡起锅盖盖上，利落地关了煤气灶，回头也是心有余悸地看着沈清秋。

沈清秋头一次这么局促，半晌不知道要说什么，只是指了指锅，脸都红了，许久她才嗫嚅道："对不起啊。"

萧暮雨走过去把她手里的铲子接过来，然后抓着她的手看了看，果不其然，手被飞溅的油烫到了。

把铲子放到一边，萧暮雨把她带到水龙头下面替她冲着烫红的手背，温声道："为什么说对不起？要做饭怎么不叫我？是饿了吗？"

沈清秋瞅着萧暮雨，看了看一片狼藉的灶台，又有些窘迫："你睡得很香，中午又没吃多少，我怕你醒了会饿。我想着煮面能有多难呢，但是我又不知道应该加点什么，光素面肯定不好吃，想着你昨晚煎的蛋很好吃，就想给你煎一个。但是我一把蛋打下去那油就开始刺刺乱飞，可怕得很。"

萧暮雨忍俊不禁，又觉心疼又觉好笑："飞刀子你都不怕，油炸锅了你却怕了。"

沈清秋皱了下眉："我倒宁愿它飞刀子，这油我躲了蛋就要煳了。"

说到这里，她赶紧上前揭开锅盖，看着里面黑乎乎的一坨东西，尴尬地道："我还是适合烧开水，这种东西我做不来。"

萧暮雨一看，想笑但又怕伤了她的自尊。锅里的蛋煳得不成样子，还有一片蛋壳，看鸡蛋的形状，应该是从高处直接砸下去的，导致蛋液飞溅。

把里面的鸡蛋盛出来，沈清秋还想努力挽回尊严："那蛋壳是意外！那油一溅，我手一抖，它才掉进去的。"

"嗯，我猜到了。"不管会不会做饭，沈清秋身手在那里，不至于打不好鸡蛋。

把锅重新洗干净，收拾好灶台，萧暮雨扭头道："还要吃面吗？会不会觉得腻了？"她可是记得沈清秋嘴巴刁得很，之前陈楷杰做饭要是连续两天菜品重样，她都要指点几下。

沈清秋连忙摇头，眼巴巴地盯着锅："才不会，你做的面好好吃，怎么会腻？我天天吃都可以。"

萧暮雨低头笑，没有再说话。

她用厨房纸把锅里的水擦干净，先打着火，让锅加热。放油时她对着沈清秋道："放油时最好先把水擦干，或者烤干，这样油热了才不会到处乱飞。你刚刚是不是锅里有水？"

沈清秋想了想，点了点头。油热后，萧暮雨撒了一点盐进去，拿着鸡蛋单手在锅边一磕，鸡蛋完美入锅。

她一连打了两个鸡蛋，看得沈清秋张大了嘴。

锅里油再一次刺刺响了起来，沈清秋有些畏惧："你离远点。"

萧暮雨只是笑，这锅在萧暮雨手里十分听话，油不溅，鸡蛋也不沾，等到鸡蛋一面煎好了，萧暮雨抖动手腕，两枚鸡蛋乖乖翻了个面，这一套动作做得行云流水。

"如果怕控制不好火候，最开始就把火调小点，这样也不用急急忙忙了。"

沈清秋看得十分认真，连连点头。

萧暮雨摇了摇头，轻笑道："算了，为了避免你把厨房烧了，以后我来做饭就好。先出去吧，这里油烟重，等会儿就好了。"

沈清秋哪里舍得离开？这里的每一分每一秒都像是偷来的，她们九死一生后才换来这一个多月的安宁，她无比珍惜。

她就站在门口看着。萧暮雨也没说什么，只是没有她和自己说话，做饭时思绪就回到了之前发生的事上。

萧暮雨把面盛好后，瞥了眼沈清秋，轻声道："可以吃了。"

沈清秋接过面走出厨房，萧暮雨拿了勺子和筷子跟在后面。

"快吃吧，再放就不好吃了。"

LOADING……72%

1.

从副本回来,萧暮雨一群人休息了几天,随后就开始利用空闲时间工作去了。

天网世界原住民数量并不少,衣食住行和他们现实世界里的并无不同,而玩家在这里兼职是系统默认的,所以他们还是可以找适合自己的工作。

萧暮雨干起了自己的老本行,她发现天网世界需要的技术人员一点都不比现实世界需要的少,尤其是运营和维稳方面的人员,这更让她怀疑天网就是一个庞大的系统。

萧暮雨在现实世界中从事的是软件开发工作,就她那个规模不大的公司里,她所承担的任务远比她项目组里的人承担得多。离职前,公司让她做的那个小程序只是一个壳子,实际上是要求她做一个安全软件,目的是维护系统稳定和安全,防止系统崩溃,或者说就是做一个补丁。

萧暮雨其实很疑惑，明明比起运行维护，程序开发和研究才更有价值，但是他们居然让自己花费那么多精力去做运营和维护。

之前事情太多，她没来得及深思，就那个安全软件的要求，远超出当时她所在公司的需要。那么庞大复杂的系统，并不是他们公司能拥有的。

后面公司莫名其妙地阴了她一把，让她离职，她走得是毫不留恋的，甚至在那个所谓的完美程序里她还做了点小手脚，所以现在那个原本需要稳定维护的系统恐怕问题更大了。

自从经历004号副本后，萧暮雨内心深处那个奇怪的念头开始浮现——她有种熟悉感，她总觉得对这里的很多东西都很熟悉，换句话说，她对天网很熟悉。

不是存在于记忆中的很清晰的熟悉感，而是一种潜意识的感觉。她不太想在她什么都没搞清楚时就和沈清秋说这个，一是，怕被系统监听，另一个是，她能感觉到沈清秋也有心事，不想再给沈清秋添烦恼。

下班时间到了，萧暮雨没有等沈清秋来接她，准备自己坐车回去。

她从电梯里出来时，隔壁的一部电梯也停了，门打开，从里面走出来一位"老熟人"。

萧暮雨即使想忽视也没办法了，这个精致贵气的男人每次一出场都这么高调吸睛。

很显然对方也看到她了，他表情有些惊喜，然后低头对身边的人说了几句话，就迈着长腿走到了她面前。

"总算又见面了，幸会。"沈十一微弯下腰，一副儒雅模样。

萧暮雨从不会在礼节方面放肆，即使觉得他过于古怪，也同样颔首回礼："幸会。"

"古有刘备三顾茅庐，我虽比不过刘备，但是诚意不差，小姐这次还要拒绝我吗？"他语气真诚，虽然意愿强烈却不显得咄咄逼人。萧暮雨大概也意识到对方姿态已经摆得够低了，而且这件事似乎也躲不掉了。

于是她点了点头："我姓萧，萧暮雨。"

言简意赅的回复，其实说不说意义也不大，她不至于天真到认为自己不说他就不知道。

"我姓沈，沈十一，很高兴萧小姐愿意松口告诉我名字。"

"想要知道我的名字，对你来说不应该是轻而易举吗？"萧暮雨直言不讳地问道。

"调查一个人当然不是难事，可是要真的交朋友，诚意肯定要够。"沈十一笑道。

"像沈先生你这样的身份地位，我想不通我有什么值得你结交的，这样三番五次纡尊降贵，实在是让我这普通人——受宠若惊。"

她话语很平静，但是字里行间流露几分锐利之感，甚至带着点嘲讽。

沈十一眸光深邃地温声道："我和萧小姐一见如故，第一次偶遇只是个小插曲，觉得你很特别。后来又无意间得到一些消息，觉得势必要和萧小姐认识一下。"

萧暮雨微皱眉头，毫不避讳地看着他："我们不是同一个世界的人，有必要认识吗？"

"我很喜欢萧小姐这么直爽的性格，我的做法的确很古怪，但是等到我们好好谈一谈，我觉得你会明白的。所以，能给我点时间，去坐一坐吗？"

萧暮雨看了眼时间："家里有人还在等我回去。"

"哦，你说的是你队友吧？放心，我会派人去通知她的。"

萧暮雨看着依旧笑容亲和的男人，眸光顿时有些锐利。

"萧小姐不要误会，你说过，要知道你的名字我并不用亲自问，同样你们的行踪我也都清楚。但是请你务必相信，我说这些不是威胁，是彰显我的诚意，我愿意等到你答应的那一天。"说完他又弯了下腰。

他很守礼，温文尔雅，气场内敛而强大，是个厉害人，但是萧暮雨并不喜欢。比起这种同样有目的的接触，她更喜欢沈清秋的直来直往，也不讨厌沈清秋暗地里的小九九，哪怕是沈清秋要无赖，也比沈十一的这种方式可爱多了。

萧暮雨最终还是答应了，原因很简单，有些人即使你拒绝也不一定能解决问题，与其最后让自己彻底变得被动，不如主动出击。

现在萧暮雨正好处于一团迷雾中，也许这个沈十一就是那个拨开云雾的人。

于是萧暮雨给沈清秋发了消息，简单交代了下，说自己晚点回家，但并没有告诉沈清秋自己去见沈十一了。如果真让沈十一去通知沈清秋，她大概可以想到，沈清秋一定要爹毛。

沈十一带着萧暮雨去了一家装修很好的西餐厅，看起来应该是很高档的饭店。坐下来后，沈十一把侍应生递过来的菜单交给萧暮雨："这家店的牛排、甜品都很不错，萧小姐看一下想吃点什么，我请客。"

萧暮雨摇了摇头："吃饭就不必了，家里那个不会做饭，还等我回家做饭呢。沈先生有什么想说的，我们尽快吧。"

沈十一闻言微微一笑："萧小姐还会做饭，真是难得了。不过这里的饭菜可以外带，待会儿我和店长交代一下，带一份回去就好了，免得回去辛苦。"

萧暮雨不紧不慢道:"多谢沈先生,她很挑嘴,我怕外面的东西她吃不惯,我喝杯水就好了。"

萧暮雨拒绝的态度软中带着强硬,沈十一不再强求,只是笑道:"能让萧小姐这么惦记,还亲自下厨,你那朋友真是好福气。"

他这语气有些奇怪,所以萧暮雨并没有回话,只是安静地看着他。

"和聪明人打交道的确省很多事,但是总少了些乐趣。"沈十一合上菜单,眉眼带笑。

说完,他继续看着萧暮雨:"萧小姐一定很好奇为什么我非要认识你。既然你是个聪明人,那我也没必要拐弯抹角,惹得你不舒服。实话说,我找到你是因为你在天网世界游戏中的精彩表现。"

萧暮雨微睁眸子,旋即轻轻皱了下眉:"我的精彩表现?"

沈十一双手交叉,大拇指互相摩挲着,他笑着点了点头:"虽然天网世界的原始居民不知道玩家在游戏世界经历的事,至于游戏成绩,也是保密的,但是有人的地方,规则就不是铁律,总有些漏洞是可以钻的。只要你足够厉害,用一些手段还是可以知道的,刚好我就属于可以知道的那一类人。"

这个消息的确让萧暮雨始料未及,随之而来的又是另一个疑惑:"我姑且认为你说的是真的,但是你一个天网土著居民,根本不需要参加游戏,知道我们的成绩有什么用?我表现得是好是坏,又和你有什么关系?"

沈十一眼里的笑意慢慢敛了起来,眼下的他仿佛丢掉了温和的伪装,展现他原本的面貌。他眼神沉郁凝重,低声道:"有些东西并不是你所看见的那样。天网的土著到底意味着什么,玩家为什么会来到这里,土著又到底是个什么样的存在,萧小姐,你难道不好奇吗?"

萧暮雨有些摸不透沈十一的想法，更不明白他到底想表达什么。

"我的确好奇，但是这一点系统一直讳莫如深。我想你应该知道系统对于玩家意味着什么，它拥有绝对的权威，而且你作为天网世界中的一员，就在这么一个西餐厅堂而皇之地和我讨论这个问题，是不是有些太大胆了？"

沈十一又笑了起来："看来萧小姐比我想象中要知道得多，所以有些事不需要挑这么明。我找你真的是想结识你，换句话说，我想要和你合作。我会提供你们通关所需要的很多资源，还有信息，这些信息甚至可以说是无数天网玩家梦寐以求的。"

萧暮雨皱起了眉："天下熙熙皆为利来，天下攘攘皆为利往，你告诉我这些，你有什么好处？你又想得到什么好处？"

沈十一低头一笑："有些事现在还不到时候说，我只是在向你展示我的诚意。"

"天下没有免费的午餐，沈先生，你的诚意不足以让我现在就答应你，等到你可以和我说的时候，再谈合作吧。天网世界人才辈出，玩得好的绝不只我，你也可以另请高明。时间不早了，我该回去了。"

沈十一吸了口气，伸手在杯子里蘸了酒，在桌子上写了几个字："我知道的确冒昧，但是希望你能看到我的诚意。你的第五个副本也快到了吧？希望你再创辉煌，我会一直等着你。"说完，沈十一递了一张名片过去。

萧暮雨看着桌子上的字，面色沉静，随后她接过名片，径直离开了。

在萧暮雨走后，一个男人从外面走了进来，低声道："十一爷，这样有用吗？"

沈十一往后一靠，深深吸了一口气："现在除了尝试别无他选，这个人要是能这么简单就搞定，哪里会有我们存在的必要？"

男人点了点头，哑声道："听那边说，时间不多了，这已经快到极限了。"

沈十一笑了起来："那还挺丢人的。"

"他能听到的。"

沈十一嗤笑一声，摆了摆手，男人就退了下去。半晌，沈十一站起身。他脸上表情平静，但是眼里有些不易察觉的忧虑之色。他透过窗户看着消失在街口的人，眼神里露出一丝无奈。

萧暮雨一路上都在想沈十一的话，这个人给的理由一点都不可信，但正因为太不可信，又让萧暮雨觉得非常蹊跷。沈十一在天网的地位是不容小觑的，随便一打听大家都知道。他家大业大，涉及的产业更是数不胜数，就连她所在的兼职公司都和他有关。

这样一个人，没道理要这么千方百计和她搭上关系，难道天网世界困住的不仅是玩家，还有土著居民吗？要么沈十一说的就是真的，他需要一些东西，而那些东西只有她可以帮他得到，但这个念头未免太疯狂。她是个什么人，能有什么特殊的，值得别人这么重视？但有一点她很确定，沈十一找她的理由绝不会是因为她的通关成绩。

正沉浸在混乱思绪中，突然有一个人迎面走了过来，萧暮雨心下一惊，抬头时就看到了熟悉的面容。

"清秋，你怎么来了？"

沈清秋看着她，随后闷声道："你突然说加班不回来，怎么看都不像真的。就你那公司的事，哪里值得你加班做？刚刚我去了你公司，他们说你走了有一会儿了。你一个人神情恍惚地在这里走，发生什么事了？"

沈清秋眼里的担忧掩不住。

萧暮雨没打算瞒着沈清秋，把见沈十一的事说了，还有沈十一那些似是而非的话，她都告诉了沈清秋，听得沈清秋直皱眉。

"这人实在太古怪了，第一眼见他我就觉得不舒服，那张脸上的面具厚得让人不忍直视。你也是，去见他怎么不告诉我一声？万一他心怀不轨怎么办？"

沈清秋有一些小埋怨，眉头也不自觉地皱了起来。

萧暮雨抿嘴失笑："好了，是我不好，不该瞒你。但是我知道你不喜欢他，如果我说去见他，你肯定待不住要过来。我现在有许多事理不清楚，他行为这么古怪，一定是有问题的。我单独见他，原本是想看看他能不能给我答疑解惑，没想到让事情更乱了。"

沈清秋闻言，脸色略显凝重："你没答应他是最好的，现在他意图强烈却又不愿挑明，想要的东西绝不简单，我们静观其变最好。"有的话沈清秋不能说，她心里忍不住有些焦灼。她似乎忘记了，他那么急切地想要从萧暮雨身上得到那个东西，又怎么会只让自己来？

沈十一的目的是不是和自己一样呢？除了沈十一，是不是暗中还有人在虎视眈眈地盯着萧暮雨？

沈清秋情绪的变化萧暮雨看在眼里。两人并肩走着，萧暮雨拍了拍她的手，轻声道："好了，眉头皱得像个老太太了。别多想了，既然他们想要得到什么，肯定会忍不住出手的。"萧暮雨还是没有问沈清秋隐瞒了什么事。

"你为什么不问我呢？"沈清秋道。自从在副本里问过她想要什么后，萧暮雨后来就再也没向她提过这个问题。萧暮雨明明知道她之前另有所图，只要萧暮雨肯开口问，就可以得到准确的信息。所以她忍不住把这个问题问了出来。

萧暮雨挑了下眉，抬头思索了一会儿，随后笑了起来："我问过了啊。"

沈清秋低了下头："但我没有回答。"

"没有，你回答了。"回应她的是萧暮雨轻柔的声音。

沈清秋愣了一下，自己回答什么了？

"你说过，你想做的就是保护好我。"萧暮雨这样说出来，让亲口说这话的沈清秋眼睛都开始发酸。

"可是……这不是你问的那个……"

"我知道，但是因为我相信你说的话，你说你会保护好我，我深信不疑。所以你不告诉我肯定有理由，我不需要明知故问。况且我认识的沈清秋有勇有谋，虽然有时莽莽撞撞，但是聪明起来，强过许多人。你的权衡，你的判断，我也相信，明白吗？"

沈清秋站在原地愣愣地看着萧暮雨，灰色眸子里水汽氤氲。这种感觉让沈清秋始料未及，她快速扭过头，仰起头眨了眨眼："我当然明白，你……"

沈清秋眼睛还透着红，但是神色已经十足的严肃认真了："可是你要记得，在这里不要再轻易相信别人，哪怕那人肯为你出生入死，也不能。"

萧暮雨看着她，点了点头："记得，我相信你就够了，其他的不需要了。"

沈清秋侧着头严肃地道："你今晚怎么回事？怎么这么会说话了？"

萧暮雨脸上的笑意一直未减："不闹了，饿了吧？回家做饭了。"

"哼，我是饿，不过你应该和那沈先生共进晚餐了吧？我都看见你从餐厅出来了，你还愿意给我做饭啊？"

"嗯，味道挺不错的。"

沈清秋气呼呼的，顿时不说话了。

萧暮雨瞥了她一眼，继续道："骗你的，我说家里有人等着我喂，所以就没吃。想吃什么？先去买菜。"

"牛排、红酒、意大利面。"

"太贵了，鸡排、啤酒、凉面吧。"

"……"

不过沈清秋也只是故意这么说，并不是真的想吃那些。

最后，两人的晚饭是萧暮雨做的几个简单的家常菜，沈清秋也吃得非常满足。放下碗筷，沈清秋眸子亮晶晶地盯着萧暮雨，笑意盈盈："你说我是修了几辈子福气，才能遇到你这样的队友呢？"

萧暮雨只是瞥了她一眼，觉得好笑："'彩虹屁'吹太多了，可就没真实度了。"

沈清秋摇了摇头："怎么会？我每句话都是发自肺腑。之前看到你就觉得你很特别，后面每次都在感慨世上怎么会有你这么完美的人，当然，也总是口是心非。"

萧暮雨放下碗筷，就这么看着她，眼里带着浅浅笑意。

沈清秋又低声道："不过呢，遇到了我之后，你就变得好温柔啊，我捡到宝了。"

萧暮雨给了她一个白眼："我要是不温柔了，你就捡不到宝了？"

沈清秋托着腮摇头笑："才不是！"

萧暮雨笑而不语，伸手去收拾碗筷。沈清秋连忙按住萧暮雨："不能累着你了，我来吧。"

萧暮雨没有坚持。沈清秋最开始洗碗都不怎么会，但是现在，之前不常做的事她也会很认真地去做。抛开她们现在的境地，萧暮雨真的有种和家人过日子的幸福感。

2.

一个月的休息期，沈十一没有再来打扰她们。萧暮雨每天上班下班，回家就和沈清秋还有苏瑾他们三个在一起闲聊，日子平淡到让人觉得他们回到了现实世界。

但是这种日子越真实越幸福，他们对天网世界的排斥和憎恶也就越深。他们每一个人都无比盼望可以回到现实世界中，继续过他们平凡而美好的生活，那些曾经让他们抱怨、厌恶、觉得无趣的日子，如今却成了他们无比想念的梦。

虚拟世界的美好是有期限的，很快一个月的休息期即将结束。

这一天萧暮雨将大家聚了起来，开始交代注意事项。

"这一次副本是什么没有人知道，也许我们会分开，如果被分开大家一定要沉着冷静，想办法通过我们的联络工具和大家会合。毕竟一起通关才更有保障，除非万不得已，不然不要擅自行动，明白吗？"萧暮雨环视几人。

苏瑾三人纷纷点头。

"另外，有一点我觉得我们要留心，就是这次卡片道具中我们抽到了一张对玩家实施的卡片——禁止他们使用任何卡片道具。由此我有一个猜想，我们后面会遇到别的团队，所以不要认为你遇到的都是NPC，务必保持警惕。"这个结论是她和沈清秋整理卡片时得出来的，副本开启在即，她必须强调。

陈楷杰心头一凛。这个点很关键，副本里遇到怪物害人那是游戏对他们的考验，所以一切都有迹可循、有例可循；但如果是人，一切都将变得不可捉摸，人比怪物更危险。

"好，我记住了，玩家和NPC还是有区别的，我们会小心的。"

这一切只是为了以防万一，如果五个人没分开，那么什么事都好说，大家都有商有量。

一个月过去，这一整天五个人都过得很谨慎，因为系统迟迟没有召他们进副本，他们心都悬着。

直到晚上，系统依旧没有动静，于是沈清秋和萧暮雨只好回自己家等着。

想到这事，沈清秋皱着眉百思不解："这都到时间了，怎么一点消息都没有呢？"

这种感觉就像快考试了，考试前你抓心挠肝地想看到试卷，老师却迟迟不给卷子一样，很不舒服。

"既来之则安之，迟早都是要来的，平常心对待，你怎么也急躁起来了呢？"萧暮雨的确很放松，顺带开导了一下沈清秋。

沈清秋叹了口气，接过萧暮雨给她倒的水，忧虑道："我也不知道啊，以往我甚至盼着下副本，现在我却开始担心害怕起来。"

萧暮雨坐下来，眉眼温和地瞧着她："害怕什么呢？"

沈清秋放下杯子，神色有些低沉："害怕副本太凶险，我保护不好你。"

得到意料之中的答案，萧暮雨笑了笑，然后又认真地道："你会保护我这件事我深信不疑，但是清秋，这不意味着我就要等着你保护。你也是人，你会受伤、会流血、会疼。而且，我只希望身为队友的我能成为你的盔甲，而不是你的软肋，明白吗？"

"你从来就不仅仅是我的软肋，你也是我的盔甲。我会因为你害怕一些东西，但是更会因为你而充满勇气。无论后面的路多难走，我都不会退缩一分。而且，不仅是我保护你，你也一直在保护我，只是呈现的方式不同罢了，不是吗？"

萧暮雨心口滚烫一片。马上又是一次冒险了，可是有沈清秋这样的队友，她就无比安心、无比坦然。

叮！与此同时，五人脑海里齐齐发出一声响，旋即一个有些陌生的女人声音传了出来。

"欢迎玩家萧暮雨、沈清秋、苏瑾、陈楷杰、左甜甜进入005号副本。我是005号副本裁判员,祝你们游戏愉快!"

这一次他们没有再到接待室,看架势是直接进入副本。

"正在准备加载游戏!加载完毕,解压缩!解压完毕!"

这熟悉的声音停止的那一刻,一阵尖锐的噪声在萧暮雨耳边响起,噪声仿佛要钻进她的脑子里,让人耳朵一阵阵轰鸣,连带着大脑都开始晕眩。

难受,十分难受。萧暮雨艰难地想要看清眼前的世界,可是头昏眼花,痛苦得很。

在她天旋地转般的视野里,她看到一片刺眼的白光。很快,那白光中浮现一抹扭曲的肉色,不停晃动。

有个不明物体不停地在向她逼近,萧暮雨本能地觉得危险,于是她发软的身体蓄积了一些力量一下子翻了过去。

砰!啪!身体撞在了地面上,痛楚让萧暮雨意识迅速回笼。她顿时感觉自己能看清楚东西了。紧接着,她发现自己是从一张铺满白色布料的床上滚下去的。那个晃动的东西其实是一个穿白色护士服的护士的手。而那个不停逼近她的物体,就是护士手里握着的注射器。

萧暮雨从床上翻下去时撞到了治疗车,上面的治疗盘掉下去了,里面的东西洒落了一地。

她右手手背发痛,是输液针头被抽了出来,正在往外不停地冒血。她赶紧把胶带按紧,快速打量了一下环境,然后死死地盯着那个护士。

她现在是在医院里,身边没有人,这是她得到的第一条信息。

"你这是干什么?"

护士一字一句说着,语气冷硬,脸色铁青,看着萧暮雨时一脸的冷漠。

"该是我问你，这是准备干什么？"萧暮雨站起身，往后退了一步。

嘴角抽了抽，护士露出一个古怪的笑容，像是在嘲讽萧暮雨。下一刻，她抬起手中的注射器，皮笑肉不笑地道："当然是给你做治疗，躺好吧。"她手上戴了橡胶手套，但是抬手时手腕露出一截，上面有一条明显的血痕，像是被什么抓的，皮肉都翻开了，看着有些恐怖。

萧暮雨听了她的话，目光微抬，看着她手里的注射器，又扫了眼她胸前的名牌——这个护士叫田佳。

那是20mL的注射器，带着针头，针帽也被打开了，里面装满了红色铁锈样的液体，看不出来是什么东西，也没有贴药物名称标签。

萧暮雨捂着肚子，艰难地道："我肚子不舒服，等我先去下洗手间。你可以先给其他病人做治疗，弄好了再来，可以吧？"说完她赶紧拿了纸巾，快步走进了病房的卫生间，并且关上了门。

萧暮雨下意识想反锁门，却发现病房卫生间的门是不能反锁的，她只好紧靠着门，迅速思考眼下的状况。

"相亲相爱一家人。"在这个副本卡片使用没有限制，于是她迅速激活"相亲相爱一家人"的联系卡，可是那个圆圈不停搜索，最终没有一个人上线。

看来他们都在一千米范围外了，真让她说中了，这个副本里他们被分开了。

"小田，你这是干什么？8号病房那几个病人还没换药呢，你怎么就回来了？"

屋外没有了动静。萧暮雨悄悄打开一道门缝，看到那个田佳正站在门口，而另一个年长的护士皱着眉在和田佳说话。年长的护士的帽子上有两道杠,她应该是科室的护士长。

"我马上就去。"又是那种慢悠悠但是僵硬的话语。

"你怎么了?脸色怎么这么差?是不是不舒服啊?"护士长也发现田佳不对,皱眉问道。

"没事的,护士长。"

护士长有些迟疑:"真没事吗?如果不舒服不要硬撑着,万一出现差错,那就是大问题了,知道吗?"

"我知道,我先去了。"说完,田佳推着治疗车走远了。

萧暮雨见状才走出来,她看那个护士长挺正常的,于是试探道:"护士长,麻烦问一下,我今天还有其他治疗吗?刚开始田护士说要给我做治疗,那个注射器里的液体像铁锈一样,我好像还要打那个呢。"问的时候萧暮雨扫了一下对方身前的牌子,写的是"护士长 李玫"。

"铁锈色?"护士长一愣,下意识问道。

"对啊,放在20mL注射器里的,看着有点奇怪。"

护士长表情微微一变,但是很快露出了一个温和的笑:"好的,我待会儿去看一下是不是医生调整了治疗用药,你感觉好点没?"

"谢谢护士长,好多了。"

"你感染很严重,虽然已经在恢复了,但是身体肯定会虚弱,要多休息、多喝水。"

"好的,谢谢护士长。"萧暮雨说完,弯了下腰道了谢,慢慢回到病床上。等到护士长离开后,她迅速挪到了病房门口,然后看到李玫步履匆匆地赶去了8号病房。

她住在2号病房,斜对面的4号病房门也是虚掩着,一个短发的女人从门口探出头,她和萧暮雨一样,也在观察情况。

两个人目光不期而遇,但是对视仅仅停留一秒不到,就都不着痕迹地挪开,两人同时关上了门。此时李玫已经带着田护士快步往护士站走去了。

萧暮雨听着声,开了一条门缝。她发现走在后面的田佳步态已经和之前不一样了,关节都僵硬起来,以致走路时身体都是歪斜的。

萧暮雨正觉得心惊时,田佳突然停了下来,然后她的头突兀地拧了过来,那僵硬的脸上肌肤竟然已经发青发皱,嘴角的红色液体往下滴落。

此刻变得浑浊的眼珠子看向了萧暮雨,田佳露出了一个僵硬的笑容。

萧暮雨被这一眼看得心头发凉,那分明不是一个活人应该有的样子,一时间萧暮雨脑海里涌出无数个念头。下意识地,她关上了门,但是田佳的样子在她脑海里挥之不去。田佳跟在护士长后面会不会对护士长做什么?这些NPC又扮演着什么样的角色呢?

想要提醒的念头很快被萧暮雨打消了,说她自私也罢,冷血也好,她不能在什么都没摸清楚之前吸引火力。在这里她最重要的是对自己、对队友负责。

她迅速检查了自己的身体,腹部有新鲜的伤疤,看样子是开了两道口子,不知道是做了腹腔镜还是插了管子。但万幸的是恢复得很不错,她并没感觉到疼痛。她又看了一下床头卡,上面有她的信息,她现在是在医院的普外科,诊断那一栏写的是腹腔内出血,日期写的是2025年5月3日。腹腔出血,这问题看起来挺严重的,搞不好就是肝脾之类的内脏破裂了。

萧暮雨又检查了下自己的手脚,果然发现了瘀青和擦伤,应该是机械性损伤导致的。

她现在住的是独立病房,房间里配了电视,她一直在忙着理思路,还没来得及关注里面的内容。此刻回过神,她赶紧盯着电视,想着也许能得到一些消息。此时电视画面里,一个新闻主播正在播报一则新闻:"自雅香水榭出现不明原因高热病人以来,截至5月6日,G市各医院已经上报138例不明原因导致的高热症状案例,感染者会出现高烧、腹泻等症状,继而伴有狂躁撕咬等攻击性行为发生,目前具体原因正在调查中。专家推测是某种病毒攻击中枢神经导致的,请广大市民注意防护,一旦出现症状请及时就医,切记不要自行处理。目前调查发现传播途径主要是通过血液,只要不被抓伤、咬伤,就不会被感染。前方记者会持续追踪报道,请广大市民不要惊慌,不信谣、不传谣。"

这一则新闻让萧暮雨嗅到了一丝不安的气息,这种节奏就很像是影视作品和小说里毁灭之灾来临前的样子,再想到外面田佳那古怪的表现,直觉告诉她,情况不妙!一想到田佳,她心里越发觉得不安。

最开始看到田佳这个样子,萧暮雨第一反应是田佳是怪物。怪物要做的事,在她什么都没搞清楚前,她绝不想贸然干预,但如果是她想的那样,她就犯了一个致命错误!那是会传染的!

想到这里,萧暮雨猛地拉开了门,与此同时外面爆发出一声尖厉的叫声,似乎被吓破了胆。伴随着这尖叫声的还有重物倒地的撞击声,然后是此起彼伏的尖叫,夹杂着凌乱的脚步声和男男女女的声音,混乱不堪。一群人奔跑着往护士站冲,同样也有人从护士站往外跑,场面无比混乱。

"快、快,把她们拉开,压住她!压住她!"

"叫保安、叫保安!报警啊!"

走廊左边尽头都是穿着白大褂的医生护士,还有被惊动后出来看热闹的病人及病人家属。看样子已经有人上前去拉扯在地上厮打的人了。

萧暮雨此时头脑无比清醒,迅速扫视周围的同时,拨开人群快步冲了过去,大声道:"大家赶紧散开,离她远点!别被抓伤、咬伤,那是会传染的!"

她声音冷静又果决,仿佛一记惊雷炸醒了在场的所有人,听到会传染,所有人几乎都是下意识地往外退了几步。两个正在拉田佳的人当下也忙不迭站了起来,赶紧往后退,但脸色瞬间变得惨白。原因无他,两个人手上都已经是鲜血淋漓了。

拥挤的人群一下子散开,眼前的一幕就无比清晰地展现出来了。田佳此时正将护士长按在地上,整个人身体不正常地拱起来,喉咙里发出野兽一般的嘶吼声,不停地攻击护士长的身体。她的动作,让胆子小的人直接尖叫起来。人群中的恐慌感陡然升到了极致,一群人拼了命地往外跑。

"变异了,变异了啊!"

这突如其来的骚动很显然惊动了正在埋头啃食护士长的田佳,她倏然抬起了头,左腿扭曲着支起来。

正常人起身是脚底带动小腿,然后是膝盖直起来,但是田佳是脚背踩在地上,膝盖外翻,随即跟机器一样咔嚓一声,那腿强行直起来,她摇摇晃晃地站直了。她满脸红色液体,那些回头看了一眼的人几乎是哭爹喊娘地往外挤。

局势不妙,萧暮雨一点也没心思去观察田佳的样子,她早就瞄准了放在护士站里面的凳子,疾冲过去,跳过护士站翻了进去。在田佳被她吸引了注意力摇晃着要扑过来时,她抡着铁质的凳子,跳上了护士站的桌子,跳起来避开田佳抓过来的手,将凳子狠狠砸在对方的脑袋上。

这一下的力道大得很,田佳脑袋径直被砸塌了一半,身体也跟木桩一样重重摔在地上。

趁这机会萧暮雨扭头看了一下门口,普外科病房的大门是有门禁的,虽然出去不需要门卡,但是它打开的速度并不快,再加上人们太过于慌乱,争先恐后从病房往外跑,都堵在门口了。

而最要命的是,那两个被抓到,不,不止两个,是三个受了伤的人已经开始变异。其中一人是病人家属,此时就混在堆积的人群中。他发病速度极快,转眼间双眼就开始变得浑浊,扭头就咬住了一个男人的脖子,顿时惨叫声、惊叫声又一次炸开了。

另外两个人也开始扑向人群,局势一发不可收。

田佳这次站起来得更快了,萧暮雨已经意识到自己没办法阻止接下来要发生的事了,她抓着凳子砸开扑过来的感染者①,厉声道:"出不去的人赶紧回病房!"

说完她又想到了什么,冲着一个医生大声道:"你们是不是有员工电梯直达病区的?"

那个医生本来已经吓得魂不守舍,被萧暮雨这么一提醒顿时如梦初醒,激动地道:"对对,在后面,快走快走!"

此时病房门口那个逃生通道因为那个病人家属的变异彻底沦为了地狱,变异后的感染者不断扑倒正常的人,倒下一个很快又站起来一个。

萧暮雨的话提醒了留在病房里的几个人,门开了,三男两女从四个病房跑了出来,占据队伍的最前列。

萧暮雨落在后面,在她身边是一对步履蹒跚的男女,其中男人身上还挂着引流管,很显然身体还没恢复,所以跑不快。女人脸色煞白,但还是紧紧搀扶着他,在努力地往前跑。

身后的感染者开始一个个站起来往这边冲,嘴里那种嘶哧嘶哧的声音混合着沉重而急促的脚步声,催得人肝胆俱焚。

在那群感染者里一马当先的是田佳,她甚至没有因为别人而停留,快速往这边跑。

---

① 本作品特殊设定,指一类因病毒感染而变异,失去属于人的理性且外形特殊的生物。

萧暮雨有种直觉，田佳是锁定了自己的，至于原因，她还没时间去了解。

一群人此刻只剩下不到三分之一了。萧暮雨速度很快，那一对男女很快被她甩在了后面。萧暮雨眉心抽动了几下，没有停留一秒。

"我跑不动了，你赶紧跑，别回头！"男人的声音从感染者群的骚动声中费力地传到了萧暮雨的耳朵里，同时还有女人绝望的哭声，她没忍住回头看了一眼。

只见那个男人重重推了一把女人，然后转身张开双手揪住了田佳的衣服，用身体挡住了田佳。田佳被这么一挡，狂躁地怒吼一声，尖利的五指一下就戳进男人的腹部。男人扭过头五官扭曲，他睁着双眼，张着嘴巴一句话也说不出来，左手又死死抓住了左边想要钻过去的男感染者，硬生生堵住了那截走廊。

女人几乎是惨叫着哭出来，崩溃了一般。萧暮雨动作一顿，然后她停下来，毫不犹豫地拽住女人的胳膊，将人拖走了。

见状，男人扭曲的脸上露出一个笑，双眼逐渐发白，最后咚的一声倒下来，顿时那群感染者就跟泄了闸的洪水一样涌了过来。

萧暮雨拖着女人，在里面的人拼命想要关上电梯门时，一把将手里拖着的女人塞到了电梯门口，然后在一群人惊恐的怒骂声中挤进了电梯。

电梯门一点点合上，慢得让人崩溃。众人视线里田佳那张让人魂飞魄散的脸无限逼近，几乎所有人都忍不住闭上了眼睛。最后门关上的那一瞬间，砰的一声巨响，电梯厢被撞得一颤，然后是利爪在金属上挠抓的声音。好在它们都随着电梯的下降不断远去，只是一群人依旧听得止不住打哆嗦。

"你就这么拉着她进来，万一她被抓伤了怎么办？"电梯从十五楼往下运行，死一般的寂静被角落里的女人开口打破。

萧暮雨看了一眼，是那个短发女人。

短发女人说完后一群人惊恐地往里缩，看着萧暮雨和她拉进来的女人，目光也开始变得不善起来。

而被萧暮雨救的女人神情呆滞，一直在流眼泪，对眼前的一切充耳不闻。

萧暮雨没多说什么，拉着女人，从头到脚都让他们看了一遍，然后淡淡地道："我拉着她，如果她被抓伤了，我就趁她突变之前，拧断她的脖子。"

这本来像是一句随口应付的话，但是萧暮雨面无表情的冷淡模样，还有之前抡起凳子砸田佳的壮举，让他们丝毫不怀疑这句话的真实性。就连沉浸在悲痛中的女人都抬眼看了萧暮雨一眼，眼里也有了一点其他情绪。

"这里一楼的门是医院的侧门吗？"短发女人没有继续和萧暮雨争论，她盯着那个不断在变化的层数，声音里透着一股凝重。

这话一出，萧暮雨就看到有四个人不动声色地往后面退了一下，萧暮雨见状侧身靠着电梯壁，垂下眼帘没有出声。

这一台电梯里有九个人，其中有两个护士和一个医生，听了短发女人的话，他们也明白是什么意思了，紧张地道："是侧门，通常是上下班的时段里有人进来。外面是医院内部道路，人比较少的，应该不会有事。"

只是话音刚落，电梯突然减速了，而楼层显示的是五楼。

一时间所有人都屏住了呼吸。

叮！九个人瞪大眼睛死死盯着电梯门。从缝隙里，他们看到了一个满头大汗、脸色苍白焦灼的男医生。男医生看到门开且里面的人还是活着的时，脸上露出了一个近乎哭的笑容，他甚至已经迫不及待地伸进了一条腿。

可就在萧暮雨打量他身体状况时，一声嘶吼传来，一个感染者扑了过来,狠狠咬在医生的脖子上,一抬头,温热的液体喷洒进来,溅了里面的人一身。

"啊——"医生脸上的笑彻底变得绝望和痛苦,他拼命伸着手挣扎。

电梯门彻底打开,电梯内靠着面板的女人脸上直冒汗,她使劲按着关门键。而短发女人和萧暮雨心有灵犀一样,两人同时抬脚狠狠踹过去。两人的力道不容小觑,将那两个缠在一起的人踹出一米多远。只是迎面而来的一群感染者已经不是他们能解决的了。

明明副本没有限制卡片使用,但萧暮雨发现,刚刚她尝试用了一下走马灯卡片却根本用不了。她甚至怀疑,"相亲相爱一家人"这张卡片也失效了。

萧暮雨心头发凉时,脸色突然一变,她回头冷冷地扫了身后两个男人一眼。那两人脸色有些不自然,手缩了一下,但下一秒就一把将站在前面的两个护士推了出去。那两个护士完全沉浸在恐惧中毫无防备,就这么被推了出去,在自己的惨叫声中沦为感染者的口粮。

不仅是萧暮雨,电梯里其他人看到那两个男人的做法也略有些惊讶,但很快就冷静下来。只有一名男医生脸色惨白地瞪大了眼,崩溃地嘶喊:"你们干什么?干什么?浑蛋!"

被骂的其中一个男人使劲按着电梯关门键,而另一个男人冷冰冰地瞪了医生一眼,伸手将他按在电梯上,低声威胁道:"再废话就和她们一起出去!"

男医生被他掐住了脖子,顿时脸色通红,一句话也说不出来。

那两名护士阻挡了感染者的脚步,在一群感染者挤过来时,电梯门险险关上。

刚刚局势无比凶险,门关上后,掐着医生脖子的男人一下子脱了力,丢下医生靠在电梯上直喘粗气。

医生瘫倒在地上,拼命咳嗽,既愤怒又恐惧:"你这个畜生!畜生!"

男人低头凶狠地看着他,举起拳头就要砸下去。萧暮雨看不下去,低声道:"适可而止吧,现在是做这些的时候吗?"

男人扭头看了她一眼,三角眼里神色阴冷:"装什么好人?他们不过是个普通角色罢了,我劝你少管闲事。"这么说着,他却没有再动手。

见状,萧暮雨也没意气用事,只是沉默。她低头看了眼医生,在对上他崩溃的眼神时极轻地摇了摇头。医生缩在角落里看了她一眼,然后咬着牙闭上嘴不再说话,但是眼睛一直盯着那两个男人。

接下来的情况十分危险,萧暮雨也顾不上关注这几个此刻各怀鬼胎的人,快速地道:"从刚才情况看,电梯估计每一层都会停,大家不要松懈。另外推人去挡枪毫无意义,我不觉得我们还有机会关电梯门。"

两个男人听罢都看了她一眼,脸色紧张而阴沉,短发女人则迅速做好了防备。

很快电梯门又打开了。

不出萧暮雨所料,在电梯门缓缓打开时,一股腥臭味扑面而来。就在离电梯口不到三步远的地方躺着一具尸体,或者说是半具。

萧暮雨十分果断,在电梯刚刚露出一条缝隙时,就侧身挤了出去,这一下看得电梯里的人都愣了下。

但是也只是一瞬间,短发女人也紧跟其后闪了出去。

电梯门完全打开,离电梯不到三步远的地方有三个穿着白大褂的感染者。它们本来在漫无目地游荡,但是电梯停下来的那一声叮,一下子惊动了它们,它们顿时就朝电梯口扑了过去。

它们兴奋的嘶吼声立刻把在不远处晃荡的感染者都招来了,顿时感染者们全部往这边冲。

萧暮雨看了一眼,忍不住皱了下眉,这些感染者的速度好像比之前普外科病房的感染者要慢一些。

她站定后又瞥了眼后面,抬脚趁着其中一个感染者没反应过来,踢在了它的背上。

萧暮雨这脚的力度很大,被她踹到的感染者摔在了地上,刚好挡住了两个感染者的路,也为电梯里的人争取到了时间。

这下萧暮雨没心思管他们了,这台员工电梯恰好位于医院病区走廊的拐弯处,另一边是病区的另一条走廊,于是萧暮雨果断选择了钻进病区的走廊里。

恰好有一间病房门是开着的,萧暮雨快速巡视一遍,没有人在里面,于是她径直冲进去一跃而起,抓住病房天花板上悬挂输液瓶的金属挂钩,猛然用力扭断了上面的塑料滑轮。她下手又快又狠,转眼间里面的两根金属棍都被她拎在了手里。她还抽空查看了一眼,身上的卡片绝大多数已经处于不可用状态了。

萧暮雨脸色阴沉,拎着金属棍对着听到动静冲到走廊里的感染者猛地砸下去,拇指粗的金属棍将感染者脑袋都打歪了。

萧暮雨尝试着补了几棍子,结果打得脑袋都只剩下半边,它还能动弹。这时她想到新闻里的话,于是毫不犹豫将棍子捅进它脖子里,挑断脊椎神经,它立刻不动了。

冲过来的短发女人看到萧暮雨拿着金属棍,当下也进了一间屋子。只是短发女人运气不好,正好撞上一个感染者。幸好短发女人有所防备,身手也很敏捷,而那个感染者攻击速度的确要比之前的慢,所以她避开攻击后,成功地将感染者一脚踹了出来,关上了门。

萧暮雨见状手起棍落，干净利落地解决了感染者，掉头快速往电梯所在方向跑。

那边三个感染者被留在电梯门口的人合力打翻了，只是那动静又吸引了新的一批感染者，所以一群人不得不分开跑。

那个医生带着被萧暮雨拖进来的女人一起往这边跑，他们脸色苍白，满脸惊惧。

在两人跑过来的短短几秒内，萧暮雨就将他们打量了一遍，发现没有伤口，在错身的瞬间她又看了眼两人后背，万幸他们都没有被抓伤。于是她抬手将铁棍丢给医生，在对方手忙脚乱接住时，一个横扫把摇摇晃晃追过来的感染者拦腰砸倒，同时头也不回地沉声道："不想丧命就赶紧动起来，只要他们不抓伤你们，就还有机会。"

医生愣愣地看着她，双手再一次用力抓紧了棍子，嘶吼了一声，转身把从走廊里循声找过来的一个感染者干翻在地。

感染者倒下，挣扎着爬起来，他就再打一棍子，这一下打下去仿佛比想象中简单，也打碎了他心里的恐惧。

萧暮雨解决掉两个感染者后沉声道："好了，闭嘴，待会儿把它们都招过来了。"她刚说完，沉闷的脚步声就都开始往这边汇聚。

"切断它们大脑和躯体神经的联系，你是医生，你应该更明白要怎么做。"

她说完，目光在走廊前后扫了扫。

因为电梯运行的声音还有打斗的动静，电梯那边已经被蜂拥而至的感染者占领，里面的人完全没可能等电梯门关上了。

电梯里原本是七个人，萧暮雨、短发女人和男医生以及被拖进电梯的女人进了左边的走廊，而另外两个男人与一个扎着马尾辫的女人跑进了右边的走廊。萧暮雨心中有数，这医院里面已经有其他四位玩家了。

此时情况已经十分危险了，电梯那儿有七八个感染者正在往这边赶，前面这条走廊也有零散的感染者汇聚在一起往他们这边扑，若再犹豫他们就会被两面夹击。

越危险，萧暮雨头脑越清晰，此时回电梯只能是自寻死路。

那就只能往前跑，即使前面感染者多，他们也有病房可以躲藏。但病房的门是朝内开的，没法反锁。不过他们可以进房间冒险爬窗翻下去，从而到达一楼，但感染者不会给他们足够的时间，所以她只有一个选择。

看似很复杂的选择在萧暮雨脑海里一闪而过，她已经做出了决定。

"往前跑！"

男医生现在对这个漂亮冷静的女人无比信赖，当下也咬着牙拎着棍子往前冲，同时脑子也在拼命转。

他当然知道为今之计就是离开医院，于是在萧暮雨再一次将扑过来的感染者打倒时，冲上去补刀，同时气喘吁吁地道："还有一条路，四楼是个大病区，前面左拐有一扇侧门，出去是个封闭的平层，那里有台电梯，可以下一楼，从一楼出去就是医院的侧门，旁边是放射科。这是医院推病人去检查的专用通道。"

眼神微微一亮，萧暮雨当机立断："你带路，我们从那里走。"

因为从病房区域的大门出去也是危险重重，病区外面通常是家属等候区，现在都不知道成什么样了。即使能打开门，他们也不能从那里走，乘坐电梯是最好的选择。

三个人中，有两个人手里有武器，再加上这些感染者战斗力也差一点，虽然又惊险又累，但是三人并没有受伤。可最危险的情况也出现了，这病区原本的病人和医护人员事发时反应太慢，导致很多人都没来得及跑出去就被咬了，所以使整个病区有二十多个感染者,现在都蜂拥而来。

短发女人也发现病房门锁不住,赶紧把冲进房间的感染者打倒,跑了出来。看到萧暮雨后,她也十分果断地跟了上来,帮着一起对付后面追过来的感染者群。四个人在走廊里一路打过去。萧暮雨并不敢把后背交给陌生人,所以精神一直高度紧绷。

萧暮雨忍不住想到沈清秋,不知道她现在怎么样了,如果她在,自己一定什么都不用顾虑。

等到四人冲到了拐弯处时,那边感染者的吼叫声突然兴奋起来,随即就是男人愤怒惊恐的吼叫声。

"浑蛋,周祚,我要杀了你!啊!我做鬼都不放过你,啊!"这怒骂声很快就被惨叫声和吼叫声取代。

与此同时,对面走廊跑出来了两个人,正是之前跑到右边走廊里的人。他们原本是两男一女三个人,可现在只剩下一个男人和一个扎着马尾辫的女人,另一个男人已经不见了。

"玩家许涛淘汰出局,玩家许涛淘汰出局!"这突如其来的播报让所有人心头猛然一颤,就连逃命的那个男人步子都停滞了一下。

萧暮雨一下就明白发生了什么,能够毫不犹豫把所谓的NPC推出去送命的人,危急时刻就也能把身边的队友推出去!

这个播报让恐惧氛围提升到了极致,别人的淘汰会让身处同一境地的人越发害怕。但是萧暮雨反倒松了一口气,这播报恰好说明沈清秋他们都没事。在这混乱糟糕的局面里,这是唯一的好消息。

萧暮雨没有停顿,事实上她根本不想和这种人为伍,这种在背后捅刀子的人,比感染者可怕多了。

"禽兽!"男医生拼命跑,嘴里却还是忍不住低骂着。

萧暮雨、短发女人,还有他,三个人三根铁棍,遇到感染者就抡棍攻击,很快杀出重围。

看到前面的玻璃大门,医生摸出身上的工牌,几乎是扑了上去,迅速刷开了门禁。咔嗒一声,萧暮雨伸手握住把手一下子拉开门,后面的两人勃然变色,男人面容扭曲地大吼道:"等等我们,别关门!"

"不许关门!"男人无比恐惧,刚开始的请求已经变成了凶狠的命令。

萧暮雨瞥了眼他,目光落在他身边抿着唇奋力跑着的女人身上,没有说话。

医生死死地盯着他,同样在看到他身边的女人时,扭过头把门撑开了一下,最后一瞬间两个人都冲了进来。门被重重关上,一群感染者砰砰地撞在门上,几人透过磨砂玻璃可以清晰地看到它们大张的嘴巴以及狰狞恐怖的脸。这近距离的冲击让几人都忍不住往后连退几步。

作为玩家,在前面几个副本还是经过磨砺的,虽然觉得这幅画面恐惧但还能忍耐。两个NPC却是吓得脸色惨白,扭头就吐了起来。刚刚是恐惧压住了恶心,现在他们放松下来,那种不适感铺天盖地而来。

"谢谢。"那个劫后余生的女玩家对着萧暮雨几人说。

医生别过头,不说话。

"抓紧时间,走吧。"萧暮雨并不想多纠结,她要抓紧时间和沈清秋他们会合。

3.
这个平层很安静,一行人终于成功坐上了电梯,并且安全到了一楼。

门打开,走出电梯,萧暮雨警惕地巡视了一圈,同时竖起食指示意几个人安静。

旁边放射科隐约有动静，甚至有人影晃过，但很显然不是活人。

从医院侧门走过去，越走几个人心越凉，大街上的情况不比医院好，目之所及，站着的已经都不是人了。

萧暮雨转头看着几人，压低声音道："想必大家都要去找自己的亲人朋友，我们就在这里分开吧。人多目标大，各自珍重。"

医生听了她的话，急忙道："我可以跟着你吗？"

萧暮雨一愣，沉默了片刻后点了点头："可以，但是我不带废人，如果你给我带来麻烦，我会毫不犹豫丢下你，明白吗？"

医生使劲点头。在他身边，那个一直沉默着的女人却是满脸无措，但是一句话也没说。

萧暮雨看着女人，觉得此刻多余的同情心真的会害了自己。她沉声道："你的丈夫用命救了你，所以我拉了你一把，但是能不能活下来，只能靠你自己。"

说完她冷漠地看了眼其他人，然后一言不发地离开了。

身后几个人面色各异，短发女人看着她，最终并没有说话。

萧暮雨一路上带着那个叫林建的医生穿过街道，小心翼翼地避开游荡的感染者。

大街上车子横七竖八地停着，还有些四轮朝天地翻倒在地上。整个城市生机全部被抹杀了，除了感染者的吼叫，再也没有其他声音。但是，突然一辆汽车砰的一声爆炸开来，巨大的声音顿时把街上游荡的感染者都吸引了过去，而那数量足以让人胆战心惊。

萧暮雨和林建赶紧弯腰躲在一辆车后面。感染者们围着车子的残骸嘶吼着，发现没有活着的人，于是越发狂躁地吼了起来。但是很快，所有感染者突然扭过头，全部安静下来，仿佛专注地在看什么。随即，它们全部转身朝着一个方向摇摇晃晃地走过去。

萧暮雨有些不解，但是随即心里咯噔一下："快点，走！"

林建一脸茫然："去哪儿？"

"跟上。"

"什么？"他瞪大了眼睛，蒙了，这是疯了吗？

于是，在林建胆战心惊的情况下，两个人一路跟着感染者群往前赶。

这股吸引力十分强大，以至有被困在楼上的感染者拼命地撞击玻璃，还有感染者从那些窗户没关好的或是玻璃被撞碎了的房间里，一个个跳了下来。低楼层的感染者跳下后，摔得骨头断裂依旧不依不饶地往前爬；高楼层的感染者摔得浑身散架，只能在地上挣扎蠕动，场面看起来十分骇人。

林建都不敢看，作为普外科的医生，从业十多年各种血腥场面都见过，但他依旧难以冷静地面对这场景，看都不想看。

萧暮雨看了他一眼："你对这附近熟悉吗？"

林建点点头："我是 G 市土生土长的人，这一带我当然熟悉。"

"那就带路，跟着感染者群，但是记得一定要避开临窗街道。"街上的感染者都被吸引走了，没什么危险，但是那些跳下来的感染者可不能不防备。

"明白，不然我们就成送外卖的了。"作为外科医生，幽默风趣几乎是必备技能了，即使现在情况糟糕，林建也还是苦中作乐地补了一句。

萧暮雨看了他一眼，分外淡定地补了一句："不是送外卖，而是我们就是外卖。"

林建一愣，忍不住偷偷看身边这个看起来冷静文雅的女人。其实他心里很诧异，这样一个看起来柔弱纤细的女人，在突然爆发了这么恐怖的事故后，面对那些恶心骇人的东西，她怎么做到比他这个医生还要冷静的？

但是想了想,林建悲哀地发现,跑出来的七个人里,除了那个失去丈夫的女人,其他人都比他冷静,也足够冷血。这都让他开始怀疑世界了,这都是什么人啊?不过这种念头持续时间并不久,因为他无暇顾及这些多余的疑惑,眼下活着才是重点,他要活着才能回去见他的家人。想到自己的父母、老婆和女儿,林建差点哭出来。手机已经没信号了,路上他尝试过联系他们,电话却打不通。他现在只希望这场灾难不是全国性的,那么出游在外的他们也许能够避开这个炼狱世界。

萧暮雨让他带路,他也果然不负所望,选的小路都是人迹稀少、没什么感染者的。虽然路边都是建筑,但这些建筑都没窗户,即使里面有感染者也没办法出来伤他们。

不过他的作用也不是那么大,因为在拐过两条小街道后,萧暮雨已经发现那群感染者的目的地了。

林建看到那一幕,浑身都在哆嗦,他呻吟一般叹道:"妈呀!"他声音都是颤动的。

也不怪他这样子,萧暮雨看到眼前的场面也是头皮发麻。

离他们不过一百米远的主街道上有两座并排的商贸大厦,看样子分A、B座,估摸着有三四十层高,而此刻靠左边的那座大厦被层层堆积的感染者围得水泄不通。看那数量已经无法估计,甚至还有感染者跌跌撞撞往里边走。大厦的门应该是红外线感应门,但是不知道为什么没有打开。那吸引感染者的东西似乎就在大厦里面,所以它们不依不饶,一个接一个使劲地往门上撞。透明的玻璃门上已经是层层叠叠的血印,触目惊心。长时间的撞击也让这扇本来质量颇好的门岌岌可危——这门撑不了太久了。

萧暮雨皱着眉,抬头看着这栋大厦,可惜的是没有一个活着的人影,这让她心里又失落又庆幸。

不过她还不打算离开,如果不是她猜测的第一种极端情况,那么跟过来的意义就更重大了,感染者无缘无故聚集,这在末世里绝对不是偶然,说不定是一个了不得的大发现。

就在这时,那边攻城一样的感染者群突然出现骚动,萧暮雨发现有一两个感染者速度和别的感染者不同,显得很灵活,而且它们在冲撞完却没能进入大厦后,竟然踩在了别的感染者头顶,开始往大厦上攀爬。

那些感染者眨眼间涌出,从四面包抄,往大厦上爬去。只不过它们虽然比其他感染者强,但是想要徒手爬大厦还是很有难度,于是不断有沉闷的响声传来,那是感染者摔下来了。

这场景既恐怖又好笑,又让人迷惑不解。只是很快萧暮雨就皱起了眉,表情变得严肃起来,到最后眸子里都是焦灼神色。

林建甚至怀疑,如果不是眼前情景太过危险,萧暮雨都要冲进去了。

而引发萧暮雨这一变化的原因是这栋大厦的门突然开了,不是被感染者撞开,而是红外线感应门自己缓缓打开了,就像是有人故意放它们进去。

这是林建第一次在萧暮雨眼里看到焦灼的神色,且这焦灼之色十分清晰,让他有些诧异。面对一群感染者攻击时她都没有这么紧张过,这是发现了什么,突然变了脸色?

此时大厦上有几个感染者身体素质远超普通感染者,攀爬能力尤为厉害。下面的感染者蜂拥而入地往大厦冲时,它们竟然沿着空调外机和窗台外沿爬到了六楼。

感染者不会累,只要不掉下去它可以一直爬,而它们的确也在一直爬。它们的路线清晰地指引了萧暮雨,她知道那个吸引了它们注意力的东西在哪里了。

是在十楼,萧暮雨看到一个感染者攀上十楼窗户后,就没有继续往上,而是顺着半开的窗户往里冲,可惜的是它没能越雷池半步。

一个人影出现在窗口,落在萧暮雨眼里真的是一个黑点。她不知道做了什么,但眨眼间那个感染者就犹如断了翅膀的鸟一样砸下来。十层楼的高度,那个感染者径直落地,砰的一声,将地下的两个感染者也砸得倒地,它自己挣扎着爬起来又摔下去。

一个、两个,就像经过选拔一样挑出来的爬楼感染者相继落下。对方动作果断而不留情。即使看不到那个黑点的神态动作,萧暮雨也能知道那个人有多果敢沉稳,也更知道那个人是谁。

冥冥之中,有一种直觉告诉她,那是她要找的人。可是听到大厦里恐怖的号叫和咚咚的脚步声,她又紧张到手脚发麻。

萧暮雨心里又是恐慌又是恼火,在《惊魂七班》副本里有过的那种感觉再一次袭上心头。她两眼喷火——那个浑蛋把这么多感染者召唤过来,有没有想过如果出意外要怎么脱身?

萧暮雨低头看了眼卡片,她尝试着用了"相亲相爱一家人",还是无法连接,顿时她反应过来了:不是不能用卡片,而是有些卡片受到限制用不了,但那种作死的卡片,系统似乎巴不得你用。

在大厦外徘徊的感染者至少有数百个,它们犹如蝗虫一般往里面挤,所以萧暮雨根本就没办法进去。

她抬头看着大厦,这大厦是双生大厦,两栋大厦距离不远,一到四楼是连在一起的。想到这里,萧暮雨转头对林建道:"你待在这里,我要进去。"

林建睁大了眼:"什么?萧小姐,这可是鑫和国际大厦,每一层都是办公区,员工多得可怕。虽然有一部分被隔壁大楼吸引了过去,但是听动静你就知道里面留着的也不少,万一你被堵了,又不熟悉环境,那就危险了。"

"我知道,但我必须得去。如果我没下来,你自己离开就好。"说完,萧暮雨弯着腰朝隔壁的那栋楼跑去。林建根本没来得及再劝她。

这栋楼的门已经坏了,大厅里一片狼藉,但是没有一个感染者。

为了节省时间,萧暮雨冒险按了电梯按钮,叮的一声,一个身材魁梧的男性感染者歪着脖子龇牙咧嘴地往外跑。萧暮雨快速闪到一边,摆好架势,可是它根本看都没看萧暮雨一眼。

忍耐着鼻端清晰传过来的腥臭味,萧暮雨果断按了顶层键,浓郁的味道里隐约有股苦杏仁味,令她觉得有点熟悉。

但是想到什么,她越发觉得恶心。她刚从混沌中恢复意识时,就感觉嘴里有股苦杏仁味,这联想十分不美好。

没有继续多想,她一路顺利地到了顶楼。

这栋楼顶层有一半是办公区域,有一半是一个大平层,刚好靠近隔壁那栋大厦,许多中央空调外机整整齐齐地排列在上面。在这种季节,空调都停止了使用。

萧暮雨一路畅通无阻,她穿过空调外机,趴在栏杆上往下俯瞰。从这个高度往下面看,比之前在大厦外要观察得清晰一点。她发现,沈清秋还在那里。

两栋楼之间距离虽然不远,但是没有任何防护,萧暮雨完全不敢赌沈清秋能不能跳过来。不过很快,她发现这栋大楼的下方还有一个小平台,似乎也是放空调外机的。

她扭头又往下走,因为不清楚是在哪个楼层,她找了三次才找到小平台。一路上她还是遇到了三个没办法出去的感染者,解决完后,才发现就是九楼。

她在九楼办公室里巡视一圈后,一把扯下遮光的蓝色折叠窗帘,跑到平台上,在平台边沿挥动,甚至不管不顾地大声喊道:"沈清秋!沈清秋!"

不知道萧暮雨喊了几声,沈清秋终于看到了那一小片挥舞的蓝色，她眸子一亮，推开窗户，同样扯下窗帘挥舞。

看到萧暮雨的沈清秋十分开心，但是因为她所在的窗户朝南，而萧暮雨所在的大平台朝东，因此她只能看到萧暮雨努力探过来的脑袋。于是她丢下窗帘，不见了影子。

萧暮雨心里一紧，因为沈清秋刚一离开，她就发现最先上来的一群感染者已经钻进了沈清秋刚刚待的房间，在里面横冲直撞。

随即它们又像是发现了什么，全部往外拥，看得萧暮雨额头冷汗直冒，她恨不得插上翅膀飞过去，但是现在只能干看着，毫无办法。

萧暮雨仰着头，努力搜寻对面那栋楼里的一切动静，因为她坚信沈清秋明白她的意思。

只要她等着，只要信任沈清秋，她就能等到对方。

在她的视线里，癫狂地摇晃着往前涌的感染者无比清晰，它们兴奋的叫喊声十分刺耳，那是追杀猎物的呐喊。

一时间，萧暮雨对周围的一切感知都被屏蔽，只有对面的动静可以传过来。

因为害怕错过任何一点对面的声音，就连呼吸都被她死死掐断。

萧暮雨双手绞在了一起，这不到六月，天气是凉爽的，可是她额头上冒出了一层细密汗珠。

砰！对面大厦里有声音传来，有点远。萧暮雨抬起头，只听得咔嚓一声，像什么东西碎裂了一般，又是咔嚓一声，一个人影从十楼窗户里跃了出来。

太阳挂在天空，沈清秋跳出来时遮住了阳光，让萧暮雨更加清晰地看到了她此刻的样子。她后背都是光，腰间系着一条长长的带子，整个人就像一只坠落的风筝，耀眼到夺目，绚丽到让人心慌。

从她身后扑出来的三个感染者没能刹住车，一个个掉下去。这让萧暮雨快要坠落的心又是咯噔一下。

萧暮雨来不及看脚下的路，跌跌撞撞张开手去接她。

从对面的十楼跳到这边的九楼，三米高的垂直高度，五米的水平宽度，萧暮雨脑海里闪现出许多种可能，没几个是好的结果，但是沈清秋依旧义无反顾。

沈清秋助跑后跳出去，跳出的距离已经远远超出了普通人能跳出的极限。她身体素质出色，爆发力极强，借着垂直下落时那不到 0.25 秒的时间调整重心。她离九楼平台边沿已经不到二十厘米远，但也就是这二十厘米决定了她没办法过来。

如果站在九楼的是普通人，沈清秋即使不摔死也会因这巨大的冲击力而撞晕在大楼外墙上。但是站在这里的是萧暮雨，千钧一发之际，她毫不犹豫地跳上了空调外机，左手死死勾在栏杆上，右手紧紧握住了沈清秋伸过来的左手，然后将人往自己这边猛拽。

一个人从三米高之处跳下来的力度难以估量，萧暮雨握住栏杆的左手根本承受不住这股力量，瞬间滑落，但她右手那股拉拽的力道恰好足以让沈清秋的另一只手及时攀住栏杆。

沈清秋右手紧扣着萧暮雨的手腕，双腿锁住了萧暮雨的身体，仿若藤蔓一样牢牢缠着她，生怕她掉下去。

萧暮雨低头看了眼，眼里光芒闪烁，左手又攀住九楼边沿，两个人同时翻了上去。

这一幕无比惊险，稍微有一个环节出错，就是满盘皆输，但偏偏这不可能的事就是成功了。

沈清秋左手紧紧拉着萧暮雨，在她还没反应过来时眸光一寒，一个侧身，手里的匕首精准地刺进出现在平台上的感染者的脊椎里，再一个挑腕，对方应声倒地。

"我终于找到你了。"

萧暮雨冷着脸,凉凉地开了口:"先给我个解释?"

沈清秋看着她,脸上神色一变再变,气势也弱了下去,半晌她只是苦笑了一声:"我等不了。"

萧暮雨绷着脸继续看着她,神色一丝波动都没有。

沈清秋转头看着那栋挤满了感染者的大楼,半晌又看着萧暮雨:"只有看到你好好的,我才能安心。看不到你和面对那群东西,这两者我更怕前者。人是趋利避害的,所以我选择解决前面的问题。"

末世副本里没有灵异怪物,但是这些似人非人的东西,让沈清秋更加忌惮。脑子里的一根弦在她发现绝大多数卡片都没法使用时,一下子崩断了。

萧暮雨聪明冷静,如果是以往,短时间内绝对不会出事,但是这个副本,实打实需要肉搏,萧暮雨没有武器,又不知道会被分到哪个场景,现在哪怕是小小的抓伤都可能令萧暮雨失去生命,这种恐惧沈清秋实在是难以忍受。

现在自己这个搭档在身边,她终于可以稍微安心了。

此时的沈清秋没有狡辩,她也知道自己让萧暮雨生气了,可是她没哄萧暮雨,也没有保证下不为例,而是十分直白地说了自己的想法。可恰恰是因为每一个字每一句话都发自肺腑,才更让萧暮雨没办法再对她甩脸子。

你可以因为她鲁莽而发脾气,可以因为她胆大妄为而发脾气,可以因为她把自己置于险境而发脾气,却没办法因为她太过在意你的安危这点去发脾气。

萧暮雨原本算得上严厉的神色在沈清秋的话中一点点软化,半晌她闷声道:"你就吃定了我没辙,是吧?"

沈清秋摇了摇头,握着她的手:"不是,是我明白你懂我,易地而处,我相信你也会这么做的。"

萧暮雨哼了一声,给了沈清秋一个白眼,冷漠地道:"我才不会像你这么笨。"借着这句话她骂了沈清秋一句,不想再理人。

"那是,暮雨比我聪明多了。不过我也不是真的乱来,也不是不要命,而是为了找你。那栋大厦的红外线感应门设置得很好,我找到了控制系统,可以在楼上远程遥控开门和关门,等到感染者聚齐了再开门放它们进来。

"大厦里面,我上了十楼把那一层楼的感染者都清理了,楼梯口的门也被我锁死了,它们一时半会儿上不来。"

"它们一时半会儿上不来,那你又怎么出去呢?"萧暮雨不赞同地皱了皱眉,更何况它们最后还破门而入了。

"我心中有数,本来我是想着这么大规模的感染者聚集,如果你看到,一定会引起你的注意。即使你没看到,苏瑾她们看到了找过来,那我们也是能碰到一个是一个,总比大家东一个西一个强。如果你们没来,我是打算利用十楼的消防栓坠到下面,顺着外墙往下爬的,刚好门可以再关上。即使你们没来,我也可以清除一大部分感染者。而且,如果感染者不能吸引你来,我自然也还有其他办法。"

萧暮雨有些好奇,刚想说什么却陡然注意到沈清秋的衣服,顿时皱起了眉:"你的衣服?"

沈清秋低头看了眼自己,无奈地翻了个白眼:"我一回过神就发现自己居然在参加一个午宴,身上穿的就是一套长礼服。我刚搞清楚这是在做什么,会场就有人变异了,开始四处咬人。很快一个个传染下去,会场里没几个人逃出来。我总不能穿着这身逃命,只好把衣服扯了。"

萧暮雨还是看得直皱眉——这一身黑色V领裙子包裹着女人过分旖旎性感的身体曲线,下摆被撕掉后那白生生的大腿晃人眼睛。

"好了,我们赶紧离开这里,在路上我们再说一说遇到的情况,好对这个世界有更清楚的认知。"

沈清秋点了点头,但是她突然一脸紧张地拉开了萧暮雨外套的领子,在看到萧暮雨身上的病号服时,语气也变得焦急起来:"你从医院出来吗?那你哪里不舒服?生病了还是哪里伤了?"

萧暮雨看她急了,忙摇了摇头:"给我设定的出场场景就是医院,没事的,医生说我恢复得很好,我也没感觉到不舒服。"

"真的?"沈清秋不放心地问道。

"真的。"

得到了肯定的答复,又有了萧暮雨在身边,沈清秋整个人都轻松了,于是准备带着萧暮雨下去。

两人往电梯口走。沈清秋眼神锐利而警惕,只要有不长眼的感染者突然跑出来,都会被沈清秋解决掉。

看着地上瘫倒的感染者,萧暮雨皱着眉问沈清秋:"你有发现那些感染者有些不同吗?"

"发现了,尤其是被我吸引过来的那群感染者里,有几个身手格外敏捷,比我一路上消灭的要厉害许多。如果是普通人对上它,恐怕很容易就会受伤。"

"你的意思是,你在宴会上遇到的感染者行动并不迅速,对吗?"

沈清秋点了点头:"对,那些敏捷的感染者是在我使用卡片召唤过程中才出现的。怎么了?是不是有什么不对?"

萧暮雨想了想,把自己在医院遇到的事情简单和沈清秋说了。

"你的意思是,你所在的那个病区,感染者异变的速度和别的楼层的不同?"沈清秋也意识到里面的不对劲,于是仔细询问着。

"对,那个护士田佳应该是第一个发病的,就我看到的,那个病区最开始的感染者病毒都是她传播出去的。"她想到田佳手上那道血痕，神情凝重。

"那疑点确实挺多，如果真是那道伤口让田佳突变，那真正的病变源头应该另有其人。一个护士，接触得多的人除了病人和同事外，还有可能是家人甚至是路人，这个很难锁定源头到底是谁。"

"不错，而且其他病区的感染者显然和我那个病区的不同，他们应该是被其他人感染的。我当时听新闻说，G市已经报道了一百三十六例不明原因引起的高烧腹泻，病人还有狂躁行为，具有明显攻击倾向。这种时候出现这条新闻，我觉得就是预示感染者病毒已经扩散了，但是处于潜伏期，结果今天突然暴发。只是我还是不明白为什么田佳的症状这么奇怪。"

两人说着已经走到了九楼电梯口乘坐电梯。电梯这次很顺利地到达了一楼大厅，因为沈清秋的另类操作，现在这里无比安全。沈清秋没有立刻出门，而是直接拐到了一楼大厅后方，从洗手间里拿出了一个塑料桶。

"你这是？"萧暮雨还有些不明白。

"待会儿就知道了。"

带着满腹疑虑，萧暮雨跟着沈清秋走出了大楼。刚出去萧暮雨就看到林建猫着腰从藏身处出来，着急忙慌地往这边冲，只是对方在看到沈清秋时愣住了。

见林建目不转睛地看着沈清秋，萧暮雨走到了他面前，淡淡地道："这附近有没有女装店？"

林建顿时回过神，满脸通红地扭过头，慌忙道："有，有，前面就有个商场。"

萧暮雨扭头看着沈清秋。沈清秋冲她眨眼，低声闷笑，但很快正了下脸色，沉声道："等我一下，做完这件事我就去换衣服。"

说完她拿着桶朝着街上废弃的汽车走去，那些车子横七竖八地停在街上,它们的主人有的是没来得及取走它们,但更多的是已经沦为感染者的口粮。

就在沈清秋靠近汽车时,萧暮雨立刻心领神会,快步跟过去,低声道:"你刚刚说你有其他办法,是指这个吗?"

沈清秋扭头看着她,脸上神采飞扬:"古代有烽火传讯,在这个世界里,这种原始的信息传递方式才是最简单有效的。要是三百米范围内的感染者聚集不能引起足够的注意,那这栋三十多层的大厦起火,肯定能,你说是不是?"

萧暮雨难以置信地看着沈清秋,可又佩服得五体投地,她喃喃道:"你这个疯子。"

只是很快她又垂眸一笑,双眸光芒闪烁:"但是我欣赏你的疯。"

沈清秋莞尔,她毫不犹豫地找到一辆车的油箱,拿出匕首后示意萧暮雨往后退,但收到的只有萧暮雨冷漠的白眼。萧暮雨不肯退开,就半蹲在沈清秋身边看着。

沈清秋失笑,然后用手里锋利无比的匕首径直扎穿了车子的油箱,汽油一下子从里面漏了出来。

沈清秋虽然下手有分寸,但依旧很警惕,万一操作不慎,汽油被点燃,恐怕会出事故。

一桶汽油被接满,两人抬着它走到了大厦门口。

沈清秋将汽油淋在大厦门口,又透过还没来得及关闭的窗户把剩下的汽油都倒进去。

"离远点,我要点火了。"沈清秋示意萧暮雨还有林建。

这次萧暮雨乖乖听了话,而林建却是难以置信:"这……这可是鑫和国际大厦,三十二层的大楼,居然就要这么烧了……要是被人知道,这么严重的放火罪是可以判终身监禁的。"林建长这么大一直奉公守法,实在做不出来这样的事。

沈清秋知道这个是医生。听了他的话，她没好气地道："这都什么时候了？现在最重要的就是生存，你的良知是不会为你带来生机的。暮雨救了你，也愿意你跟着我们，但是有些话我要说清楚，我不是好人，有些道德和底线，但只要有需要，我随时会打破，如果你看不惯可以离开。"

沈清秋说着将残存的汽油拉出一条汽油线，连接到门口。

一旁的林建看着，顿时沉默下来。

"这里面聚集这么多感染者，如果不毁掉它们就会对活着的人产生威胁。在这个世界里，人永远是最重要的，这些东西都是可以牺牲的。"

萧暮雨替沈清秋解释着，又拿出了走马灯。

走马灯一直是亮的，虽然它的其他功能消失了，但用来点火还是可以的。

沾了一点汽油的衣服布条很快被点着了。

沈清秋伸长手臂捏着蹿起火焰的布条，干脆利落地往大厦门口地面那条汽油线上一丢。噌的一下，一条细小的火舌速度奇快地蔓延过去，轰的一声，烈焰滔天。

等到萧暮雨陪着沈清秋换完衣服回来，大厦里的熊熊烈火已经势不可当了，堆积在楼上却失去了指引的感染者茫然无措地在大厦里四处乱跑。

它们不怕烫、不怕呛，所以也没有躲避火灾的意思，可是一群有机质构成的皮囊，无论有没有灵魂都一样会被烧着，于是烈焰一下子就席卷了它们。

一个个感染者在火场里穿行，无比触目惊心，看得林建头皮发麻。

三个人躲在隔壁商场里，小心留意着，渐渐地，他们视野里悄无声息地出现了一个人影。那是萧暮雨的"熟人"了——那个短发女子。

随即又有几个人出现了,萧暮雨顿时眼神一亮。

恰在这时,系统熟悉的声音响起:

"恭喜玩家萧暮雨团队率先完成队员集合,积分 +20!

"恭喜萧暮雨团队激活 005 号《灾难 G 市》副本剧情。权限开启,主线剧情开启。欢迎进入本次副本的二十二位玩家,当然现在只剩下二十一位了,祝你们游戏愉快。本次 005 号副本通关要求不止一条,请认真探索。解锁主线剧情:通关第一要务——请在 G 市生存下去,时间不限。注意,剧情激活后,禁止残害普通 NPC,违者立刻视为通关失败。

"恭喜萧暮雨团队激活通关第二个条件,获取通关通行证,每张通行证积分 250 分!补充说明:为了缩小贫富差距,本次游戏只允许使用本轮副本积分,请认真完成。"

接二连三的通报让沈清秋和萧暮雨面面相觑,同时积分激活后,萧暮雨和沈清秋发现她们个人控制面板在不断地震动。

萧暮雨看着自己的积分分成了两个部分,一个是个人账户,一个是团队账户。团队账户积分里写着"20",而她自己的账户上红色的"+0.5"持续不断地在飘,就像是直播刷弹幕一样,这"+0.5"足足累计加了八个,还有两个"+5"。

萧暮雨看得眉头紧皱,这是什么意思呢?她赶紧看向沈清秋,她的面板上"+0.5"可比自己多多了,密密麻麻地在飘,里面还夹杂着几个"+1",但是没有"+5"。

萧暮雨略一思忖,当下明白了过来,然后看着沈清秋的眼神都变了。

"你是杀了多少感染者了?"她气急道。

沈清秋也明白这积分的意思了,无辜地摇了摇头:"不知道,看一个杀一个,看一双杀一双,没数过。"

大厦的火还在持续燃烧，感染者虽然不会被烟呛倒，但是猛烈的大火也足以让它们化成焦炭，于是原本停涨了的积分又开始零星地往上蹦："+0.5""+0.5"……

萧暮雨顿时愣住了，这一栋大厦里的感染者成百上千，不知道有多少会被烧死，那意味着……她看着沈清秋，觉得又好气又好笑。

"好了，现在不是说这个的时候，赶紧去和苏瑾他们会合。"而就在这时，萧暮雨低声道，"我们的卡片恢复了。"

因为苏瑾他们成功开启了"相亲相爱一家人"，沈清秋和萧暮雨都加入进去了。

林建作为NPC是不会听到系统播报的，也看不到玩家的控制面板，以致他不知道萧暮雨两人到底在说什么。

萧暮雨扭头冲他挥了挥手："我们看到朋友了，要去和他们会合，你有什么打算？"

林建沉默了下，道："我先跟着你们，摸清楚G市的情况后我再看看能不能联系到我在外面的家人。"

"行，走吧。"萧暮雨还没打算让林建走，有些事情她需要向林建求证。

那边沈清秋已经给苏瑾发了消息，让他们等着，三个人隐蔽地摸索了过去。

这会儿不出意外，所有玩家都会往这里赶，那么很快几支队伍都会会合了。

这个副本远大于之前的副本，四支队伍同时参与并不奇怪。只是萧暮雨隐约有种感觉，按照系统的个性，四支队伍之间是不可能真正地和平共处的。

害人之心不可有，防人之心不可无，她现在不想和其他人碰上。刚刚的播报，系统直接把他们的队伍暴露了出去，很可能会引起其他队伍的过分关注,他们更要小心。

4.

苏瑾和陈楷杰三人正躲在一家酒店的旁边,看到了萧暮雨和沈清秋,三人喜不自禁。

"萧队、副队,终于找到你们了。"刚刚他们都听到系统播报了,可就是没找到萧暮雨两人。怕引起其他玩家注意,他们只能躲着,结果发现卡片可以用了,这才联系上。

看着那熊熊燃烧的大火,苏瑾心有余悸地压低声音道:"副队,那栋楼不会是你烧的吧?"

沈清秋听罢笑了起来,对着苏瑾道:"没想到你挺了解我的。"

陈楷杰和左甜甜直咋舌,路上他们就在说会不会是沈清秋放火吸引他们过去的,陈楷杰还说不大可能,结果还真是。

三个人沉浸在相遇的喜悦中,这时才发现萧暮雨还带着一个医生,有些疑惑道:"萧队,这位是?"

"这是林建林医生,和我一起从医院逃出的。"萧暮雨言简意赅地做了个介绍。

陈楷杰几人并没有问萧暮雨怎么会带着他,在他们眼里萧暮雨这么做自然有她的道理。他们和林建简单地打了个招呼,就算认识了。

"这里聚集的人太多了,我们找个安全的地方好好商量一下眼下的事,另外在这个世界最重要的是活下去,活下去不仅是要躲感染者,还要储备足够的物资。"他们当务之急是先维持接下来的生计。

话音刚落,陈楷杰、苏瑾、左甜甜齐刷刷地拿出了背包。

"水、罐头、泡面、压缩饼干,还有零食,我们路上经过了一个超市,把里面能搜到的好存放的东西,都拿了。"

沈清秋和萧暮雨对望一眼，相视一笑。沈清秋大力拍了下陈楷杰的肩膀："干得漂亮！"

陈楷杰被沈清秋夸得满脸笑意："其实还是甜甜提醒了我们，我当时光顾着找你们，都忘记了求生世界里最重要的就是食物和水。这刚开始他们可能还没反应过来，等到真的断水断电，怕是活着的人也要骚动起来了。"

"对，眼下有一件很重要的事，就是囤物资。而既然要囤物资，那就需要一个固定的安全住所。"说完萧暮雨看了几人一眼，她醒来就在医院，什么都不知道，更别说住哪里了。

沈清秋同样摇了摇头，她也不知道。

只有左甜甜开口道："我住在雅香水榭。"

"什么地方？"萧暮雨听了一愣，似乎有些诧异，再次确认了一遍。

"雅香水榭啊。"

萧暮雨还没说什么，林建就连忙道："不行，雅香水榭一直有不明病例出现，我现在都怀疑这个所谓的病毒就是从雅香水榭传出去的，那里可能更危险。"

萧暮雨点了点头："他说得没错，我在医院就听到了新闻，那里不能去。"

林建想了想："如果你们不介意可以去我家，我家新房才交房不到半年，新小区安保系统好，入住率也低，人可能少一点。刚好我爱人带着爸妈和孩子去 M 市旅游了，家里没人。但就是有些远，离这里可能有十多千米。"

萧暮雨他们其实没的选，所以最终还是决定去林建家那边。不过沈清秋提议开车去，因为一路上不可避免地要遇到感染者，这样不但快也能装更多物资，还能避免被感染者抓伤。

"那我们找一辆什么车？而且开车还得有钥匙啊。"现在的车子可不是电影里扯两根线一搭就可以的，陈楷杰有些头疼。

沈清秋神情淡定，她看了眼外面，大厦里火还没灭，如果系统要讲究公平的话，这次团队分散的程度应该是相当的。她在的宴会上就有玩家，萧暮雨所在的医院里也有，那么他们应该也都到了。但是眼下她看到的玩家寥寥无几，这说明大家心思应该一样，都选择暂且避而不见。沈清秋这次没避讳，她走上街头，找到了一辆车，车子的主人已经断了气，不是被感染者咬的，而是出了车祸。

钥匙自然就在他身上，把尸体拉出去后，她发动车子，开着车头都被撞碎的车一个甩尾停在了酒店门口。

"上来吧，不过得委屈大家挤一挤了。"她说完，一行人赶紧上车。后座挤四个人是有点困难，不过好在四个人都不胖，车子空间也算宽敞，他们便塞好东西，关上车门。

其他人刚坐好，沈清秋就听到后面有人喊他们，不过她根本不理会，一脚油门轰地冲出去，原地只留下一堆汽车尾气。

那个男人看着远去的车子，脸上表情晦暗不明。

一路上过去，萧暮雨他们发现 G 市果然像他们想的那样已经全线崩溃，路上游荡着的都是感染者，甚至他们还亲眼看到活人被感染者追赶得无路可逃，沦为口粮。

"完了，一切都完了。"林建其实还指望着政府和军队能够迅速出现解决眼前的问题，但是眼下看，根本是不可能的了。距离病毒暴发已经过去了大半天，如果能有救援，现在也该到了。

甚至他有个恐怖的念头——是不是全国都沦陷了？

在路上，萧暮雨几人又遇到了一辆车子，司机已经成了感染者。沈清秋拿出陈楷杰抽到的唐刀干脆利落地解决了他。尸体被拖出来后，陈楷杰忍着恶心换了辆车。

"去趟加油站。"大家汇合后,想得都很缜密了,既然开车,油就得备充足。

来到最近的加油站,陈楷杰停车观察了一下,加油站空无一人,就连车里面也没有感染者。

没有发现危险情况,几个人都下了车。陈楷杰拿出油枪开始加油,其他人则是打量周围。

街上基本上是看不到活人的,幸存者现在应该都是躲在室内。

只是萧暮雨心里觉得有些不对劲,街上没有活人很正常,可是连感染者都没几个,就不对了。很快加油站对面的一辆车引起了她的注意,那辆车的主驾驶室玻璃破了一个大洞,她透过洞依稀能看到里面有个人影,那人影一动不动,并不是化成了感染者。

"清秋?"萧暮雨不由得叫了沈清秋一声。

沈清秋和她最是默契,此时已经注意到了那边,点了点头:"我看到了,我去看看。"

萧暮雨看沈清秋脸色也凝重起来,当下低声道:"一起。"说完她回头对苏瑾几个人道:"大家警惕一点,可能有情况。"

说完,两个人往马路对面走去,而苏瑾和左甜甜都捏住了手中的卡片,警觉地查看周围。

那边萧暮雨和沈清秋离车已经不到一米远了:里面的确躺着一个女人,女人此刻正耷拉着脑袋,那脑袋和车窗一样被开了一个洞,里面空空如也。

萧暮雨浑身汗毛都竖了起来,她扫视了一下,发现不仅是这辆车,这一排乱七八糟的车子全部被开了洞,只是有的是挡风玻璃,有的是副驾驶室玻璃。

萧暮雨立刻抬手做了一个动作。苏瑾和左甜甜心猛地悬了起来,两人看了一眼陈楷杰。

陈楷杰手都颤了下,却还是若无其事地把油枪挂了回去,打开了车门，示意林建进去。

萧暮雨和沈清秋转头一步步往他们这边走，在离车子不到三米远时，两人齐齐加速往那边猛冲。

苏瑾和左甜甜同时发力打开了后排和副驾驶室的车门，当她们坐上去时，萧暮雨两人也到了车前。同时加油站上方一道影子也跳了下来，恰好落在两辆车之间，速度和力道已经足以让人心惊肉跳了。

沈清秋将萧暮雨塞进了后排关上门，双手抓住车子十分利落地从副驾驶座跃进主驾驶座，同时左手扭钥匙打火，右手带上了车门。这动作行云流水，十分帅气。如果不是情况紧急，苏瑾她们都想喝彩了。

那个从加油站跳下来的影子是一个身体纤细的女人，但已经不是人了。它看到所有人都上了车子，尖声嘶喊着，嘴里一口尖牙锋利而可怖。它一下子就跳到了沈清秋开的车上。车身重重一晃，而它才落下，一只爪子就扎了下来。

那爪子穿过车顶的钢板，从沈清秋头顶刺下来。幸好沈清秋反应迅速，侧了下脑袋，而萧暮雨也按下了手里的秒表。

于是那只手定格在沈清秋肩膀上方，指尖都要触到沈清秋的衣服了。

苏瑾和左甜甜睁大眼睛，心都快停下来了，她们大张着嘴巴，仿佛被按下了暂停键。

萧暮雨看得脸色煞白，心跳到了嗓子眼。那边沈清秋冷着脸，单手拿出了匕首，贴着车顶狠狠切了下去。

这爪子明显比之前那些感染者的要硬，她加了一只手用力，沉着脸猛然一拉，感染者的那只手咔嚓一声掉落在车里。

好歹没出现喷洒一车的恶心场面。萧暮雨将那只掉落的手甩了出去。

"系好安全带！"萧暮雨提醒沈清秋，而沈清秋却是打开了车门。十秒时间所有物体都静止，车子、人，还有这个感染者，都不能动！于是她握着匕首，一刀扎进感染者脑袋里。

但是时间有限，她必须收手控制车子。她回到座位才一坐稳，车子就恢复了运动状态。

沈清秋一脚油门踩到了底，车子猛虎一般往前飞蹿而出，紧跟着又是一个甩尾。那感染者指甲尖利，手指在车上划出四道深深的痕迹，然后它被甩飞出去。

透过后视镜，沈清秋看到那个感染者重重滚落在地上，动弹了几下，但是没有再爬起来。

后座三个人虽然早就有准备抓住了把手，但是时间恢复流逝时，他们依旧被甩得撞在一起，晕头转向。

而后座的苏瑾和左甜甜嘴里的惊呼，也在时间恢复流逝后爆了出来："副队！"

"没……没事。"看到沈清秋好好的，苏瑾哆嗦着长舒一口气。

意识到是萧暮雨动用了卡片，她才拍着胸口，喜极而泣道："还好卡片可以用了，谢天谢地！"

萧暮雨没有说话，只是愣愣地看着沈清秋。透过后视镜，沈清秋没办法看清她的表情，但知道是刚才的事吓到她了。

"暮雨反应很快，我没事的。"不知道说什么，沈清秋补了一句，希望能够让她好受一点。

虽然危机看似解除了，但是后面会出什么事没人知道，于是还来不及调整，沈清秋就开着车利箭一般"射"了出去。

陈楷杰十分果断，早在之前就跑在了她们的车前面，这时看到她们没事了，也没减速，两辆车一前一后飞奔着离开。

稳住身体，萧暮雨这才整个人瘫在了后座上，闭上眼睛平复慌乱的心跳。

而也在此时，系统又进行了播报："恭喜林爽团队第二个全员会合，奖励积分15分，扣除5分补给萧暮雨团队。恭喜蒋伟团队第三个全员会合，奖励积分10分，扣除5分补给萧暮雨团队。现各队已经全员会合，请大家认真遵守规则，不要以身试法。"

萧暮雨五人一脸茫然：什么意思？为什么补五分给他们？难道系统转性了？

虽然他们很惊讶，但是此刻安全离开才是最重要的，那些疑问只能暂且留在心里。

十多千米的路程，因为路上到处都是事故，他们开得并不快，三十分钟后他们才到林建家所在的小区。

小区里地下车库入口的保安亭里没有人，收费杆也被撞断了。听到发动机的声音，在小区外游荡的感染者往这边围过来。一行人赶紧停车熄火，在林建的带领下拿着东西走进小区。

"我家就在小区第二排中间那栋楼。"林建边带路边小声说着。

小区入住率确实不高，绿化的痕迹都是新的，这在一定程度上替他们省了不少事。

小区单元楼有门禁，还好林建一向是老干部做法，钥匙挂在了皮带上，刚好可以刷卡进去。

只是进去后，六个人才拐过去，一个皮肤干瘪发皱的感染者就张着嘴扑了过来。

更加可怕的是，她被啃去半边脸，这么突然贴脸过来，吓得陈楷杰都短促地叫了一声。

萧暮雨忍不住颤了一下，但是很快就被沈清秋扯过来护着了。

而沈清秋出手相当干脆，右手匕首一挥而过，感染者脑袋应声落地，咕噜滚到了一边，看得人胆战心惊。

林建更是不忍心看，他的耐受力其实已经比普通人强许多了，但是一想到这面目可怖的感染者曾经是活生生的生命,他心里就难受得很。

"这尸体?"左甜甜还是不敢细看。

毕竟他们接下来可能住在这里,总要进出,尸体放在这里迟早会腐败,到时候味道可能就很"醉"人了。

"先搬出去,找时间集中焚毁吧。"目前他们也想不到更好的办法了。

这种粗活,最后都是陈楷杰动手。尸体被他拎着衣服拖出去。

林建家的房子在七楼,还好不是高楼层,即使电梯坏了,走楼梯也能接受。

从进电梯到进门一切都很顺利,几个人透过窗户往外俯视,街上有十几个感染者在游荡。基本上当时在外面的人都遭了殃,进一步表明了感染者病毒不是由单一发源地传播而出的,而是从多地蔓延开来的。

"大家都休息一下,我先去换身衣服,水我烧了,你们要是渴了先喝点水。"林建实在忍受不了一身血污和腥臭味,想去换衣服。

"好的,我们自己来就好,谢谢了。"

林建摇了摇头,略显疲惫地走进了主卧关上门。

"萧队,这个医生?"苏瑾对林建有些好奇,就她个人理解,在这个副本里他们不应该带着这些本地居民,毕竟本地居民大多是普通人,也不能理解玩家胆大包天的行为,很容易认为玩家们是群无恶不作的恶棍。

"他是医生,是我所在病区的医生,我想他可能知道关于我的信息。另外,这个人是当地居民,对G市比我们了解,这感染者病毒怎么出现的,可能他知道得比我们多。毕竟我们虽然有身份,但是没有记忆,自己盲目行动,很被动。"

更重要的是这个人心眼不坏，又是医生，能够提供不少帮助，事实上的确如此。

"嗯，我明白了。如果他没有其他心思，带着他肯定是不错的，只是以后我们要是用卡片，怕是瞒不了他了。"左甜甜想得更多一点。

"那就骗他我们有异能，小说里不都这么写吗？"苏瑾挑眉道，惹得一群人失笑不已。

"对了，大家都先说一说，各自身份都是什么情况，掌握了哪些不同寻常的信息。"这个世界的现状几个人已经很清楚了，可是这个副本不仅仅是活着就通关，还需要发掘隐藏任务，所以一些信息必须了解。

萧暮雨最先交代了自己的事情。沈清秋听得眉头越皱越紧，眼睛死死盯着萧暮雨的腹部，她忍不住道："你刚刚怎么没和我说？你身体没事吗？伤口有没有长好？内出血，是脾脏还是肝脏？"沈清秋越问越心惊，恨不得拉着萧暮雨好好看一看，看萧暮雨是不是好好的。

苏瑾几人听了也变了脸色，紧张不已。

萧暮雨无奈："你别这么紧张，都吓到苏瑾他们了。真没事，我一路过来解决了七八个感染者，还能接住从三米多高的楼上跳下来的你，像有事的人吗？当时医生就跟我说了，我恢复得很好。"

她这么一说，沈清秋才忍了下来，没有再问了，但是眉头紧蹙着，一点都没有放松。

"不过萧队，照你这么说，那个最开始被感染的田佳就很值得怀疑了。她要给你注射的是什么东西呢？这很奇怪，20mL 的注射器都是用来配药、加药的，医院根本不能用这么大号的针直接给病人做治疗的，作为一个护士，她不可能犯这种低级错误。"

萧暮雨点了点头，醒过来时看到那药，她之所以觉得古怪就是注射器不对，总感觉那里面的药物很有问题，也许这就是关键所在。

"对了，萧队，你刚刚的意思是你那个病区感染者异变快、速度快、攻击力强、传播性强，和后面那些感染者不是一类，那很可能是有不同源头。既然系统安排玩家在那个病区，那就应该是有原因的，也许需要着重调查。"陈楷杰思忖着道，然后又补了一句，"我的设定是一个研究院的研究员，当时一有意识我就发现我在做实验。闲聊时他们说同事中了招，都请了病假。随后不到半个小时，就有人冲进来说出事了。我出去一看，研究院里有人变成了见人就咬的怪物，它们的速度也快，体能差的普通人基本都没能跑掉。"

"我住的那个雅香水榭小区也是，我还不知道自己具体是什么身份，一进副本我就在家里，也是外面有人尖叫我才发现出事了。很多居民都不敢出去，我是因为要去和你们会合，才偷偷跑下去的。对了，那些变异感染者速度也不慢，比我后来出小区后看到的快一些。"

苏瑾他们三个是在赶往鑫和大厦的路上聚在一起的，他们和萧暮雨她们一样，一开始就各自在不同的地方。

病毒暴发时，苏瑾是在一家公司里上班，正在处理一些材料。

萧暮雨一个个听着，然后询问了一下陈楷杰和苏瑾："你们知道自己工作的公司叫什么名字吗？"

苏瑾点了点头："叫诺如生物制药。我看了一下，它的规模很大，那一栋商业大楼都是它的，很气派。"

陈楷杰一愣："我所在的那个生物研究院是G市最大的一所研究院，专门从事病毒学基础研究，规格看起来还很高。"

这话顿时引起了萧暮雨的警觉，而沈清秋黛眉轻蹙："苏瑾说的这公司我知道。"

"副队你知道？"

苏瑾有些惊讶，随即就听到沈清秋沉声道："我参加的午宴就是诺如生物制药举办的。"

"医院病房、雅香水榭小区、诺如生物制药公司、G市生物研究院，你们听完有什么感觉？"萧暮雨眸色沉沉地低声道。

"就像是病毒传播的每一个环节都涉及了，天衣无缝。"沈清秋凉凉地道。

"这……怎么越想越瘆人呢？不会这不是天灾，是人祸吧？"左甜甜喃喃道。

叮！系统的声音突然出现，打断了一群人的谈话。顿时所有人都竖起耳朵听着。

"恭喜萧暮雨、沈清秋、苏瑾、左甜甜、陈楷杰五人解锁005号副本任务三：查清感染者病毒来源，查明末世降临原因。

"奖励团队积分，5分！"

"不会又是全部播报吧？总感觉这样就是在把我们当靶子，其他队伍肯定会注意我们。"陈楷杰皱着眉，总觉得系统不怀好意。

沈清秋眼角微动，嗓音里透着股冷意："总而言之，不要惮于用最坏的恶意去揣摩其他人。不管系统它怎么想，要真有不长眼的敢动到我们头上，我见人打人，见鬼灭鬼。系统只说了不能残害NPC，可没说不能动玩家。"

说完，她眼睛微眯，唇角露出一抹冷笑，冷艳逼人。

这样的沈清秋其实很少见了，苏瑾几人也没见过沈清秋最开始的模样，一时间有些摸不清她是开玩笑还是说真的，都有些惊疑不定。

当然他们也没那么天真，副本里也不是没有玩家在背后捅刀子，只是有点被这样的沈清秋震慑到了，这气场有些吓人。

气氛顿时肃穆下来，只有萧暮雨面不改色，她看了沈清秋一眼，略有些无奈，却又低头轻笑了一下。

萧暮雨可没忘掉沈清秋是个狠角色。就像沈清秋说的，是人是鬼，只要敢触她霉头，她一定不会手软。

这个人内心是柔软的，对她看得顺眼的人，她不吝惜好意；对她在意的人更是不惜一切代价，处处护着。可她也是个冷酷的人，对多余的人，她真的没多少同情心。

"怎么？被我吓着了？"沈清秋不是没发现气氛的转变，她长腿交叠着跷起，身体往后一靠，神情慵懒随意，眼神中却带着一丝锐利。

苏瑾连忙摇头，左甜甜和陈楷杰头摇得一个比一个凶。

"我们是被副队的霸气震慑了，就该这样！每个人都想活下去，凭什么纵容他们？人不犯我，我不犯人，他们要敢动歪心思，那就别怪我们不留情。"陈楷杰眼神坚定，越说越严肃。

这个世界本来就是弱肉强食、优胜劣汰，他秉持着人的良知，绝不故意设计别人，可也绝不能容忍别人设计他。

"好了，都放松点，讨论正事。"萧暮雨说着，伸手在沈清秋的膝盖上点了点。

大姐大一样杀气腾腾的沈清秋立刻就乖乖坐好，淡淡地道："继续说。"

苏瑾又有些想笑。

"眼下这个副本的通关条件，第一条：保持呼吸不断气，它不要求你也得照做，所以有似于无。"萧暮雨突然一本正经地讲起了冷笑话，逗得一群人止不住笑。

沈清秋更是乐不可支，笑得东倒西歪。看她没骨头一样趴在自己肩膀上笑，萧暮雨只是嫌弃地看了一眼，也没说什么就随她去了。

"它需要的就是末世生存必备的东西，粮食和水。第二条，硬性条件，也是决定我们行动的一个重要因素——通行证，一张250积分，也就是说，我们五个人一共需要1250积分，我相信这会是一个难点。第三条，查真相，这个更是没有下限，可能十天，可能半个月，这就会使得完成第一条变得越发艰难起来，我们要有心理准备。"

以前的副本查真相需要胆识，更需要脑子，但是这个副本更特殊，还要有武力和体力！待在家里不可能查出真相，这必然会导致一个问题，他们必须出去，不能躲在安全屋里苟活到结局。

萧暮雨坐在那里不紧不慢地说着，很快就把所有的事说得清清楚楚了。系统是早就算好了他们不能安生啊。

恰在这时林建出来了，几个人默契地停下了话头。林建看了眼大家，示意道："你们要洗一下吗？"

几人看了眼自己，萧暮雨鼻子也动了一下，沈清秋顿时接话道："谢谢，需要。"

从商场出来，两人很明智地拿了几身衣服，分给苏瑾和左甜甜各一套后，沈清秋让萧暮雨先去洗澡。

而林建就开始安排大家怎么睡。

一共六个人，两男四女，林建家有三间房，刚好两人一间。

由于林建的存在，他们谈话也变得不太方便了，于是都先去洗澡换衣服。

各自回到房里后，沈清秋不知道想到了什么，忍不住问道："对了，暮雨，你的秒表暂停后，为什么苏瑾她们都不能动，只有我和你可以动啊？你能动我能理解，毕竟是你的卡片，可我和苏瑾他们都是一个队的，怎么就我特殊呢？"

这表情看似是很疑惑，认真求解，实则把"我是不是很特殊、很重要"挂在了脸上，她扬扬得意，嘚瑟无边。

"不知道。"萧暮雨表情一凝,别开眼神,干脆利落地说出三个硬撅撅的字。

萧暮雨摆明是不想让某个"狐狸精"尾巴翘起来,但是偏偏这"狐狸精"最喜欢揣着明白装糊涂,非要缠着她问个清楚,幼稚得很。

"怎么会不知道呢?你就告诉我嘛,人家好奇。"沈清秋捏着嗓音说话,听得萧暮雨鸡皮疙瘩都起来了。

萧暮雨忍不住横了她一眼:"好好说话。"

沈清秋抿嘴笑道:"既然不是因为组队我才可以动,那就是别的原因。我思来想去就是那根红线了。你实话告诉我,上面显示的是什么?给我看一眼。"

说着,她缠着萧暮雨想要看萧暮雨控制面板上的内容。萧暮雨正襟危坐,一脸冷淡地道:"都说过了,就是伺候人的。"

沈清秋当然记得当时萧暮雨回答的内容,闻言笑得像只狐狸。她撑着床沿轻笑道:"我暂且信了,那萧队长准备什么时候让我履行职责,给您端茶倒水伺候您呢?"

萧暮雨十分头疼,实话说,她并不能自如地应对沈清秋的调侃。这个人没正形,说话也半真半假。

"沈清秋,别再戏弄我了。"萧暮雨投降一般地看着沈清秋。那张素来冷静无波的脸上露出一丝无可奈何,声音也低了下去。

沈清秋见了,那故意露出的笑容微微凝在了俏脸上,旋即她抬手揉了揉耳垂,脸上表情有几分委屈无辜:"是你总这么冷静,我才想逗逗你。这些副本危险又惊悚,总这样绷着,不好。"

萧暮雨是队长,又是智力担当,无论苏瑾几人再怎么细致,无形中也都依赖着萧暮雨。而沈清秋也知道,萧暮雨是在意这些队友的,所以,她总会给自己很大的压力。

之前在路上遇到那个变异感染者时,沈清秋也知道自己吓到萧暮雨了,虽然回来到现在萧暮雨都没再提一句,但是沈清秋能懂她的心情。

萧暮雨低声笑了下:"我明白的,只是,过犹不及。"

沈清秋愣了愣,旋即咯咯笑了起来:"好吧,看你这么辛苦,我就不作怪了。"

说完她站起身,准备去给萧暮雨倒杯水。走到门口,她又像憋不住了一样回头笑道:"其实这种事,如果你承受不住,可以不承受啊。"

萧暮雨一脸木然地盯着她,眼神冷峻,直到她离开,萧暮雨才摇着头又笑出来。

因为林建在,之前他们中断了讨论,想了想,萧暮雨激活了"相亲相爱一家人",在群里发了消息。

萧暮雨:大家先看一看自己的积分。

苏瑾、陈楷杰和左甜甜相继回复道:收到!

汇总后大家发现,眼下一共有团队积分:35 分。

在个人积分里,沈清秋明显占据领先地位——138.6 分。

萧暮雨:14.5 分

苏瑾:6.5 分

左甜甜:4.5 分

陈楷杰:13.5 分。

苏瑾几人看到沈清秋的分,都是目瞪口呆。

群里一时间只有三个人刷屏的"跪下"表情图片:膜拜大佬!

苏瑾:这是怎么做到的?一个感染者好像是 0.5 分,那些厉害的就是 1 分,但是副队你怎么还有 0.6 分的呢?

不只是苏瑾,萧暮雨也搞不清楚,难道有什么特殊的情况?根据她的得分可以推断苏瑾说的计分方式的确没错,那是不是最后那个变异感染者,它的分值比较特殊呢?

正说着,沈清秋回来了,她把水递给萧暮雨,然后皱眉道:"我的积分还在变。而且变得很奇怪,每次加 0.1 分或者是 0.5 分。"

"0.5 分这个好解释,应该是火场烧死的感染者都算作你的了,这 0.1 分按理来说也该是那场大火导致的,但怎么是 0.1 呢?"萧暮雨有些疑惑。

"暮雨,你记不记得,那两支先后汇聚的队伍各自补偿了 5 分给我们?"沈清秋想到一件事,开口道。

"记得,我刚才就在想,应该是你放火帮他们会合,所以系统才把分补给我们的。那这 0.1 分,也是提成?"萧暮雨觉得不可思议,但是想想系统这不按常理出牌的家伙,还真可能干这种事——既保证所谓的公平,又无形中给他们树敌,一举两得。

杀感染者可以增加积分,其他队伍不可能不知道,这么一说那些被大火烧但又没死的感染者,的确是很好的刷分工具。

与此同时,另外三支队伍围着大厦被烧裂的门窗,一个个轮流解决里面的感染者,在他们控制面板上,一个个 0.4 分在飘扬。

周祚干掉一个感染者,冷着脸骂道:"这系统真抠门,烧过的感染者居然只给 0.4 分。"

短发女人听了他的话,看了眼火势还未减弱的大厦,眼里露出一丝笑意:那个队伍真是有意思。

5.

到了夜里,陈楷杰几人在厨房忙活着准备做饭。林建因为之前家人外出旅游,没有准备太多菜,所以就只煮了面条。

简单的挂面,就放了些青菜,远远比不上萧暮雨的手艺,沈清秋并不爱吃。

不过她嘴巴虽挑剔,但是人不娇气,不喜欢吃也不会在这种时候说什么。只是吃面的速度明显慢了,她吃了一碗后就没再吃了。萧暮雨看了她一眼,没说什么,只是帮着把碗收进去了。

今天大家又惊又怕,又一路处理感染者,其实体力消耗严重。除了沈清秋和萧暮雨,其余人都添了几碗面。

吃完饭,几个人站在阳台上四处搜寻,对面楼只有三间房露出了一丝灯光,其他的都是一片漆黑,邻近的小区也是灯光寥落。

萧暮雨安静看着,半晌道:"平日里就这么点人家吗?"

林建语气低落沉重:"不是,昨晚还有十几户人家。"

"看来这场灾难不可能有人救了。"这话萧暮雨自然不是说给苏瑾他们听的。林建闻言撑在阳台栏杆上,双手捂着脸,半晌没说话。

屋外感染者的号叫声就像飘荡在荒野里的狼嚎,恐怖凄厉,此起彼伏。

沉默片刻后,六个人都回到了客厅。萧暮雨没有再拖,她看向林建道:"林医生,有些事我想和你了解一下。今天早上,田护士准备给我做治疗时,她拿了一支 20mL 的针筒,想给我注射药物,里面的液体看起来是铁锈色的,样子很奇怪,我总觉得哪里不对劲。"

林建听得一愣,立刻反驳道:"怎么可能? 20mL 的针筒怎么能拿来注射?再说我没有给你开什么铁锈色的药物啊。你身体好得差不多了,查血结果都很好,炎症也消了,只需要补充一些电解质就好了,根本不需要其他治疗。你是不是误会了?也许是其他病人的药。"只是说完,他又皱眉否认了,"还是不对,普外科怎么会用到铁锈色药物?"

他盯着萧暮雨,满是不解。

萧暮雨明白他的意思,摇了摇头道:"我确认了两遍,的确是铁锈色。"

林建闻言满脸疑惑,百思不解:"我没见过这样的药,实在不知道怎么判断。难道是田佳私自带进来的吗？她最近几天是有些怪怪的，精神感觉不大好。李护士长还跟她说要是不舒服，可以请假，但是她拒绝了。她今天好像就是第一个发病的，但是按照新闻说的，这种病毒会有发烧呕吐的症状，她并没有啊。"

"她的右手手腕上有一条很深的伤疤，你注意了吗？"萧暮雨问道。

林建摇头："这我没注意，这些天很忙，我也没怎么和她搭班。"

线索又中断了，萧暮雨有些头疼。而另一边沈清秋看了萧暮雨一眼，插话道："所以林医生，你是暮雨的主治大夫吗？"

林建点了点头。

萧暮雨和沈清秋余光碰在了一起，两人顿时心领神会。沈清秋继续问道："暮雨到底出什么事了？之前我刚好出差不在 G 市，赶回来问她怎么了，她就是不告诉我。"

萧暮雨皱了下眉，佯装不悦道："都说了是小事。"

沈清秋却不打算揭过去。林建笑了笑，没察觉到哪里不对："可不是小事，萧小姐在我们医院都成名人了。"提到这事，林建显得很激动，又觉得不可思议。

苏瑾几人看着萧暮雨和沈清秋一唱一和，结果却真问出了东西，便都不约而同地盯着林建，等他解释。

"萧小姐是出车祸被送到我们医院的，情况严重，送过来时几乎休克，我们初步怀疑是肝脏破裂。这种情况往往都是十分危急的，手术不及时很可能就……咳咳，但是送到医院后都准备送她进手术室时，结果发现她的血压、心率都稳定了下来。CT 显示腹腔已经有不少积血，但是肝脾都没有出血点，只是有些挫伤。我们通过腹腔镜进行探查，没有发现活动性出血点，所以手术都没做，只是将积血引流出来了。"大概意识到在病人家属面前这么说会吓到他们，林建忙转了话头。

这情况一说，萧暮雨心里也觉得奇怪。林建没必要故意扭曲事实，但是这很不合常理。车祸后送到医院应该是很及时，这么严重的内出血，总不可能不到一个小时就自己愈合吧？如果没有受伤，那又是哪里出血呢？

"怎么这么奇怪？不会是其他出血点你们没发现吧？"陈楷杰试探道。

"怎么可能？如果真是这样，就那出血量，不找到出血点人肯定撑不住了，萧小姐自己也很清楚的。不过说来也奇怪，萧小姐内脏并没有破裂，但是感染很严重，高烧了很多天，各项指标都很奇怪，输了好几天液才好的。"提到这事，林建直摇头，"我当医生这么多年，头一次见到这种情况，萧小姐体质很特殊啊。"

"林医生，你在医院里工作，你知道最先报告的雅香水榭病例是在哪一天吗？"萧暮雨从头到尾都没说话。她一直在心里做梳理，面色沉静如水，眸子专注深邃。到这时候，她才问了一个问题。

"我们是医疗系统内的，对这个会比较敏感，我记得最先出现的病例应该是5月3日，但不是在我们医院，而是在二院。"林建回忆了一下，回答道。

5月3日，不就是自己进医院那天吗？萧暮雨想。

从林建那里得到的信息不算多，但是正如萧暮雨所说的，从他那了解到了很多关于自己的信息。

"好了，大家今天也累了，早点休息吧。明天天一亮就得出一趟门。今天遇到的那个感染者很邪门，如果我预料得不错，不同的感染者也有不同的能力。我担心随着时间的推移，感染者还会继续变异，如果都像今天加油站那个感染者一样，我们会十分被动。所以，明天必须继续囤物资。趁着水电都有，要先未雨绸缪。"

萧暮雨的话大家都赞同，那个感染者带给大家的阴影极重，如果不是沈清秋敏捷,不是萧暮雨果断,连沈清秋都差点折在那里。

回屋时,陈楷杰跟在萧暮雨身后,拿出一个罐头递给萧暮雨。

萧暮雨有些诧异,只见陈楷杰笑道:"我看萧队你和副队晚上吃得都不多,今天副队杀了那么多感染者,应该挺耗体力的。要是面条不合胃口,饿了就吃点这个。这牛肉罐头我们路上尝了,还不错。"

倒没想到陈楷杰这么细心,萧暮雨接了过来,道了谢,无奈道:"她明明挺能吃苦的,就是嘴巴刁。"

陈楷杰闻言笑了起来:"副队一向最辛苦,就这么点小要求,也不过分。"

萧暮雨点了点头:"是不过分,就是这个副本,只能让她将就了。"

陈楷杰觉得,他们队长这意思,是有些愁亏待副队了。

萧暮雨拿着罐头去了厨房,拿了双筷子才回房里。

沈清秋正坐在书桌边,似乎在懒洋洋地想什么。她见到萧暮雨进来,眼神自动在萧暮雨身上聚焦,当即就看到了萧暮雨手里的筷子和罐头。

眼里涌出笑意来,她却装作不知情的样子,疑惑道:"晚上没吃饱吗?"

萧暮雨坐在边上,打开了罐头,自顾自地夹了一块牛肉,塞进嘴里,同时淡淡地"嗯"了一声。

虽然是罐头,不过味道的确不错,咸香合适,里面不是普通的合成牛肉,味道挺正的,这祖宗应该吃得下去。

萧暮雨慢条斯理地吃着牛肉,问都不问沈清秋吃不吃。沈清秋愣了愣，然后眼巴巴地凑过去："你怎么都不问我吃不吃啊？"

这语气这样子，她还委屈上了。

萧暮雨头也不抬："知道你嘴巴刁，这味道一般，你不爱吃。"

"可我也没吃饱。"

"饿了什么都香，若还能挑，应该是不怎么饿。"萧暮雨嘴巴可不留情，说得那叫一个顺溜。

沈清秋也不生气，她实在太了解萧暮雨了，于是她托着自己的脑袋说道："可是看你吃，我就觉得很好——"

她还没说完，萧暮雨就夹了一大块牛肉喂到她嘴里了。

萧暮雨看她腮帮子鼓起来，在那儿费劲地咀嚼，忍不住笑了起来。等她吃得差不多了，萧暮雨便颇为闲适地道："怎么样，好不好吃？"

沈清秋吧嗒了一下嘴，本来是因为看萧暮雨拿过来的，不管好不好吃都尝一尝，但是吃了一下觉得的确还不错。

"还不错，比想象中好吃。"

她刚说完，萧暮雨又喂给她一块牛肉，然后就把筷子递给她："自己吃。"

沈清秋倒也不是这么无赖，乖乖拿过筷子，然后递给萧暮雨一块牛肉。

"你是不是怕我饿，特意给我拿的啊？"沈清秋喜滋滋又吃了一口，眯眼笑道。

萧暮雨没看她："不是，是陈楷杰拿过来的。"这是事实。

沈清秋无可奈何了，她发现啊，她再怎么逗也打不破萧暮雨的闷。

她安静下来乖乖吃东西了，萧暮雨却坐不住了，偷偷看了她一眼。

半晌，萧暮雨轻声道："晚上吃东西要适量，别吃多了。现在还不知道什么情况,暂且委屈你一下,要是明天出去能弄到蔬菜之类的,我给你做饭。"

萧暮雨感觉自己刚说完,沈清秋那耳朵都竖起来了。

沈清秋放下罐头,笑眯眯地说:"真的吗?"

这次萧暮雨点了点头:"真的。"

沈清秋摇了摇头道:"算了,做这么多人的饭很辛苦,出去了你再做给我吃,不给他们吃。"

萧暮雨抬了抬手虚揽着她,忍俊不禁:"你是祖宗吗?就只能供着你?"

沈清秋只是笑:"不是祖宗,是灵魂搭档啊。"

萧暮雨一愣,随即眉眼间漾出笑意:"我怎么感觉我就是你的老妈子?"

"胡说,我哪来的福气可以有这么漂亮的老妈子?"

两个人笑闹着,沈清秋又想到了从林建那里得到的消息,然后伸手拉了拉萧暮雨。

萧暮雨一愣:"怎么了?"

"给我看看你的伤口,真好了?"沈清秋不大放心。

"真没事。"萧暮雨拗不过她,只能让她看了一下。

萧暮雨腹部有两道疤,疤痕还是粉色的。

沈清秋皱了下眉:"看着像才愈合的,真的不疼?"

"真不疼,按照林医生说的,我的体质本来就很特殊,肝脏破裂都能好,更何况是伤口。"萧暮雨不想她担心,这人自己胳膊断了,腹部被人豁开那么一道口子都一声不吭,怎么到这儿就大惊小怪?

只是听到这儿,沈清秋又皱起了眉:"根据林建的话,你身上的确有很多疑点。就目前看,一个游戏副本,玩家拥有卡片还存在异能的可能性极低,可是手术前发现你内出血是真的,不应该是没有出血点,那应该是愈合了。"这么一来,当时萧暮雨肯定是遭遇了什么事。

"嗯,我一个玩家,系统也不至于送我一个快速愈合的体质,这样岂不是有了外挂?"说完,萧暮雨又想了想,眼眸微微动了一下。

只是这一动,沈清秋便皱起了眉:"你别乱来。"

萧暮雨一愣:"只是开一道小口子,应该没事,这些不确定因素,最好排除掉。"

"确定了也无济于事,并不能说明任何问题,只能说明你体质的确特殊。而且这是求生世界,你总需要面对感染者。可要是这个办法没用,有伤口无疑会增加感染风险。"沈清秋不愿意萧暮雨再伤到,而她几句话也的确打消了萧暮雨的念头——是没什么大用。

"不过林建还说了一件事,雅香水榭第一个病例是在我出车祸的同一天送进医院的,那个二院,我觉得应该有线索。"萧暮雨说完却忧心忡忡。这种副本里最不能去的地方就是医院,那里空间封闭,人群密集。

最难的就是在各个空间之间移动,那里不是需要门禁卡的主门,就是根本没办法反锁的病房门,玩家根本没有藏身之地,实在是太危险了。

"那二院那边,我们找机会再问问林建。眼下形势不明,我们先不去那里,去其他地方探探风,也许会有新的发现。"沈清秋明白她的顾虑,开口道。

这一晚,一群人都没怎么睡好。第一个夜晚,外面感染者叫声不歇,楼道里还有东西撞击铁门,这些动静在静谧的夜里尤为清晰。

萧暮雨心里装着事，压根儿没睡。

翌日，沈清秋是最早起来的，她已经在阳台上活动筋骨了。

萧暮雨看着穿着黑色运动背心的女人，不由得想到第一个副本里的她，顿时咳了一声："赶紧洗漱换衣服，准备吃早饭。"

沈清秋刚做了一个小时的运动，浑身都是细汗，听她这么一说，看了眼屋里都避开这边的几个人，从善如流去换了衣服。

"萧队，今天我们去哪里？"几个人简单地吃着烤吐司，围在一起讨论行程。

早餐是萧暮雨做的，虽然是普通的面包，但是加了煎蛋和培根。培根煎得微微冒油，煎蛋外焦里嫩，又是沈清秋喜欢的七分熟，很合她胃口，她都多吃了一块面包。

萧暮雨看了眼还在慢慢吃的沈清秋，眸光温柔。

萧暮雨在本子上画了一个圈。

"先去这个诺如制药公司，如果情况不妙，或者没什么收获，那再去陈楷杰你在的研究所。"萧暮雨昨晚已经想得很清楚了，玩家出生地应该是有线索的，毕竟那是进这个世界后他们唯一知道的地方。

外面情况危险，他们五个人都是有卡片在身的。实话说，他们比常年在医院里的林建更能应对感染者，况且卡片也不好让林建知道，所以他们决定让林建待在家里。

林建欲言又止，但最终还是接受了。他又不傻，知道萧暮雨几人不是普通人，毕竟普通人不可能会这么淡定地应对感染者，还能面不改色地将尸体丢到外面去。而沈清秋对付感染者的手法，更是让他一个外科医生都叹为观止。

"我知道你们有事要做，我也不多问。我只是觉得你们不是坏人，你们队长更是救了我的命，所以希望你们一切平安。我在家里等你们。"林建其实很迷茫——电话打不通，网络瘫痪，电视也没信号,仿佛回到了原始时期,他根本不知道自己要做什么。

"谢谢,我们是有任务在身,但是这个任务是对你有利的,你不用担心。不过你在家里一定记住,不要给任何人开门,尤其是来历不明的人。你应该见识过人心有多毒,一定要警惕,即使想要帮别人,也等我们回来。农夫与蛇的故事,也不少。"萧暮雨对林建没有恶意,这个医生对他们也仁至义尽,所以能多叮嘱就多叮嘱。

"我知道的。"

6.

林建所在的小区人并不多,而且杀感染者眼下看是可以刷分的,所以萧暮雨一行人话不多说,遇到已经彻底丧失人性的游荡感染者,就直接解决掉。

五个人可以坐一辆车,为了减少动静,也为了节省油,所以就由沈清秋开一辆车带着他们。根据林建给的地图,他们驱车前往诺如生物制药公司。

"好奇怪,为什么病毒是各地同时暴发呢?无论是城市边缘还是市中心都沦陷了,难道从3号到现在短短几天病毒就能够把G市给攻陷吗?我总觉得这里有些不对劲。"陈楷杰看着外面满目疮痍的城市,十分费解。

"那就是说,在这之前病毒就已经潜伏了,只是症状没出现。"苏瑾接话道,但是又想到了昨天她们得到的推论。

"如果是人祸,那是怎么做到的?为什么有人发病有人没事呢?"左甜甜想不通。

"现在是一团乱麻,我们掌握的信息太少了。先调查一下,我们再理一理。"萧暮雨怕大家心里太乱,出言安抚道。

一路上感染者听到车子的动静都围了过来。沈清秋将车开得飞快，即使遇到了感染者，她也会毫不留情地撞飞它们。车里其他四个人都紧紧抓着扶手，心里直呼沈清秋"狼人"。

萧暮雨指路，沈清秋开车，很快他们就有惊无险地到了目的地。

停下车，沈清秋就迅速打开车门，五个人陆续下了车。

五个人里，沈清秋的武器是匕首，陈楷杰有唐刀，左甜甜、苏瑾和萧暮雨三个人则是拿着在小区里找到的铁棍。

"暮雨跟紧我，你没有武器攻击力会差一点。苏瑾和左甜甜跟好陈楷杰，不求你们让感染者毙命，只求千万别让它们伤到你们。"

"明白。"

先把周围聚集过来的感染者清理掉，萧暮雨才带着他们往大厦那边走去。眼前的大厦上面"诺如生物制药"几个大字非常显眼。

大门大敞着，里面大厅空无一人，地面血迹斑斑，一片狼藉。

沈清秋率先走了进去，萧暮雨几人紧跟着她。他们刻意放低声音，再加上周围感染者被清理掉了，一时间这里静得针掉在地上都能听见。

"走楼梯还是电梯？"苏瑾低声问道。

萧暮雨想了想："你们办公地点在几楼？"

"九楼，九楼有两个部门——研发部和财务部。"苏瑾想了想，快速道。

"那还是电梯。"按照当时的情况，一定会有很多人走楼梯逃生，那里感染者的数量可能更多。

电梯里即使有感染者，但里面空间逼仄，只要人守着电梯门，很容易解决它们。

陈楷杰上前侧着身按下了电梯，叮的一声门开了。

电梯才打开一条门缝，里面就像水入油锅一样炸开了，这声音让人胆战心惊。

只听得一声吼，一个穿着西装的男人嘶吼着撞在了电梯门上，不停地想往外冲。那张破碎的脸一下从电梯门缝隙里探出来，在众人面前咧开嘴，露出一口尖利的牙齿，恶臭味扑面而来。

沈清秋伸手抽出陈楷杰的唐刀，单手一挥，感染者探出电梯门的头和手应声落地。接下来，她没有给电梯里挤成一团的感染者任何机会，拿着一把唐刀挥出了古代侠客刀光剑影的效果。

电梯门已经全部打开，但是任何感染者伸出来的手、探出来的头，都被沈清秋精准地砍下来。

之前他们都知道沈清秋厉害，但那是面对着虚无缥缈、力量惊人的怪物，此时面对本来是普通人的感染者，他们才清晰地认识到沈清秋的可怕。

每一次挥刀，每一个动作，都完美而迅速，她甚至连头都不用回，仿佛她曾经在这种情况下厮杀过无数遍，对敌人的一举一动了然于胸。

"正常人能有这样的速度吗？副队简直不是人。"

电梯核载十八个人，因此就算里面挤得满满当当，也不过就是十几个感染者。它们就在这电梯门口，被苏瑾和左甜甜拦了三棍子，其余的都被沈清秋一个人清完。

尸体堆积如山，看得萧暮雨也是愣愣出神。半晌，她低声道："还是走楼梯吧。"

沈清秋将唐刀在丧尸感染者身上一擦，丢给陈楷杰，随后无奈地摊了一下手。电梯里的感染者放出来太危险了。

"副队，你不用吗？"

"你更需要。"沈清秋轻描淡写的一句话，让陈楷杰无言以对。

只是在他们全部踏上楼梯后,叮的一声,系统发出了声音。

"欢迎萧暮雨团队第二个激活005号副本支线任务——探索诺如生物制药,限时一个小时。"

系统话音一落,萧暮雨几人顿时停了下来,看着彼此,眼里都是警惕。

"什么意思?"还没等苏瑾问到答案,他们脚底下的楼梯口突然开始弯曲旋转,整个空间都开始扭曲晃动。

萧暮雨一个踉跄差点摔倒,沈清秋手疾眼快,伸手抓紧她的手腕,把她抱在了怀里。

"大家站稳了,这楼梯在上升!"沈清秋急喝道,随后低声叮嘱萧暮雨,"抱紧我!"

沈清秋迅速抬头从楼梯井看上去,不仅是一楼的楼梯间在动,二楼和三楼,这几层楼的楼梯都在旋转、延伸。

低楼层上升,高楼层下降。整栋大厦就像是由方块组成的积木一样,现在每一个方块之间都开始错位旋转,拉伸重组。

如果不是亲眼所见,他们怎么都想象不到这种情景,仿佛置身于一场科幻电影里。

楼梯的变化十分剧烈,丝毫不顾及有人站在上面,让他们根本无法站稳身体。幸好楼梯上的扶手还在,苏瑾与左甜甜死死地扒着扶手,而沈清秋则是一只手把匕首钉进了墙缝中,另一只手握着栏杆。

萧暮雨紧紧地抓着沈清秋,腾出思绪去想眼前的状况:这应该是游戏设定的,并不是这个世界该有的正常变化。

突然间,九层楼梯整个被剥离出去,它的另一边完全脱离了墙体,然后它螺旋式往前,还不停摆动。他们五个人此刻就像是嵌在了波动的DNA双螺旋上一样,风雨飘摇,楼梯下面是看不见底的深渊,人一不留神就会万劫不复。

沈清秋反应很快，当墙体脱离时她就把匕首抽了出来，整个人扑在楼梯上，左手扒着楼梯边沿，右手匕首再一次刺进楼梯阶梯内，固定着她和萧暮雨。

而萧暮雨在脑子里快速过了一遍所有人的卡片，当机立断地大喊道："不要抓着扶手，小左，用红绳把你们三个缠在楼梯上，快！"

陈楷杰和左甜甜他们都在想办法，一听到萧暮雨的话便立刻做出了反应。左甜甜手里的五米红绳如小蛇一般伸出来，把三个人捆得结结实实，她有些急："萧队、副队，你们撑得住吗？"

陈楷杰的唐刀不比沈清秋的S级匕首锋利，刺不动钢筋水泥，他只能作罢。他当下腾出双手抓住了沈清秋的外套，帮她固定身体。

这时间不过短短十几秒，然后这截长梯疯狂摆动，明明是由钢筋混凝土筑成的，却硬是灵活得像条蛇，甩得几个人头晕眼花，像坐云霄飞车一样。

正在此时，系统声音响起："玩家——邹金亮淘汰！"

这声音一出，五个人又是一激灵。有人淘汰了，是第一个进这栋大厦的队伍吗？

玩家的淘汰对他们来说是一个不小的刺激，五个人心里有些沉重。他们就这么扒着楼梯被甩了很久，突然间，它不再旋转了。

萧暮雨眼看情况不对，赶忙道："快松手！"

沈清秋几人迅速松手，楼梯在连绵不绝的咔嚓声中急速停止，沈清秋整个人都被甩了出去。幸好陈楷杰抓住了沈清秋的衣服，虽然没拉住她但也减缓了她的速度。

沈清秋反应很快，收了匕首，护着萧暮雨的头，两个人滚出两米远，最后堪堪在一条红线前面停下来。

左甜甜赶紧把红绳解开，三个人爬起来去扶萧暮雨和沈清秋。

沈清秋连忙看着萧暮雨，检查她的身体："有没有受伤？"

萧暮雨皱着眉摇头，看了眼沈清秋的手背，那里已经被擦出一片血痕，看着就疼。

萧暮雨想看看沈清秋的手，沈清秋缩了回来，低声道："皮外伤，没事的。现在时间紧，先看看什么情况。"

五个人站在一起看着眼前那条红线，他们脚下踩着的原本是楼梯，现在变成了一条通道，之前的楼梯也已经消失了。

在这条通道右边是一层水幕一样的垂直平面，上面是每一层楼的楼梯间，楼梯口的消防门都是关着的，不知道里面现在是什么样子。

九层楼，八个楼梯口，其中二楼到八楼的楼梯间依次排开，消防门都朝着这条通道，好像随时都会打开。而在这通道的尽头就是九楼的楼梯口，他们此行要去的地方。

"这样一看，之前我们经历的应该是系统虚拟的关卡。看来我们的方向没错，这个公司的确有问题。"萧暮雨平复着呼吸，看着眼前的一个个楼层。

"那这红线是什么意思？"苏瑾看着地上像是激光一样的东西，有些疑惑。系统突然就开启了任务把他们甩进来，然后什么都不说，是要让他们干什么？

沈清秋也很疑惑："探索时间一个小时，不知道是从什么时候开始计时。如果已经开始了，那么这个任务就已经在进行。如果没有提示，那就是需要我们自行触发新的环节。而且，一进来看到这个副本我就很疑惑。前几个副本，系统的意思是天网世界的副本是要带脑子的，但在本次世界副本里，武力是主要的手段。到目前为止，需要动脑的问题好像并不是很突出，这个任务会不会就是一个开始？"

萧暮雨点了点头，表示认同。

"这个场景是脱离现实世界的，系统耗费这么大力气，我想它设置的不会还是单纯的消灭感染者环节。即使有，也不会是纯武力对抗就能过关的。"说着，她看了眼前方紧闭的门，又看了眼脚下的红线。

红线往往是表示警戒线，这个地方画红线肯定是有意义的。想到这里，萧暮雨准备抬脚，但是身边的沈清秋已经一马当先跨过去了。

几个人都是一惊。萧暮雨眉头一皱，她还没来得及说什么，脚底下就一阵颤抖，只见一个暗台在红线前方两米的位置升了起来，上面好像摆放了什么东西，但是被黑布罩住完全看不到是什么。

与此同时，几人的头顶上方一个硕大的显示屏显现出来，是计时器，此刻停留在四个零的状态。而左上角有个小的计时器，上面已经有数字了，显示的是"02：15"，数字还在走动，所以它应该是一个小时的计时。

"欢迎各位来到005号游戏虚拟平台，请大家放轻松，这次任务只需要大家完成一个小游戏就可以进入九楼探索。我相信，你们很快就会爱上这个小游戏。现在大家看着前方的暗台，上面摆放的就是本轮小游戏的道具——不用盯这么牢，反正你什么也看不到。那么接下来开启第一个环节——有奖竞猜！请根据提示回答本轮游戏是什么。奖励为积分，根据所需提示的多少，分值分别为8分、4分、2分。注意：答错或未能答题，扣5分！"

萧暮雨神情严肃，其他几个人也都紧张起来：居然还会扣积分！一个人被扣5分需要消灭十个感染者才能弥补，那答错了就等于是"割肉"，更何况还不知道会不会有其他惩罚。

"为了降低难度，第一个提示，该游戏是很经典的传统动手类益智游戏。接下来开始答题，限时一分钟。其中会有三组提示，请认真查看！"

萧暮雨顿时一抬头，表情也有些震惊。

只是她来不及反应，因为系统刚说完，唰的一下，她就发现自己周围变成一片漆黑，只有她一个人在一圈昏暗的灯光下孤零零地站着，没办法和任何人交流。

萧暮雨的思绪此时已经乱了，眼神也在晃动，她难以专注。

很快，她眼前出现了一个小长方形显示屏，好像有字不停滑过。她忍耐下去，赶紧盯着屏幕，努力想要识别信息。

而就在她所有的注意力都放在那上面时，她的左侧突然冲出来一群感染者！

它们出现得又急又快，那可怕的脸一下子逼近，在萧暮雨的视野里放大，几乎要掉出去的浑浊眼珠子也快要贴上来了。

这突如其来的惊吓和冲击让萧暮雨倒吸一口凉气，她迅速后退。她只觉得心脏跳得快要爆炸了，嗓子眼儿里差点就爆发出惊叫了。

萧暮雨清楚地感觉到自己后背瞬间冒出一层冷汗，脊背发冷。

不过，很快她就发现了这是假的，就像是电影院里的3D特效，只是太过逼真和突然，真的能吓死人。幸好是假的，如果是真的，恐怕她躲都躲不过。

与此同时，一眨眼间，那几个感染者就像突然出现时那样，狞笑着离开了。萧暮雨死死盯着它们，发现有一个感染者胸前衣服上有一个红色圆弧，好像是一个圆的一部分。

可因为刚开始它们出现得太过惊悚，以至萧暮雨完全没注意到它身上的东西，所以只是在它们转身的一瞬间，她匆匆瞥了一眼，并不确定是什么。

萧暮雨在脑海里回忆感染者离开的场景，一个、两个……应该是九个感染者——9！还有红色的弧线——这说明沈十一没有骗她。

萧暮雨没有犹豫,即使此时心里一团乱麻,也还是写下三个字,点击了提交。系统显示提交成功,但是本轮答题并没有结束,应该是还有人没做完。第二个提示出来,萧暮雨做好了心理准备,但是这一次系统没有作怪,提示就是中规中矩的三个字——"格雷码"。

这三个字一出来,萧暮雨笃定了她的答案没有错。

第三个提示,文字很多,萧暮雨看过去:一朝别后,二地相悬。只说是三四月,又谁知五六年?七弦琴无心弹,八行书无可传。

内容只包含一到八,这数字诗萧暮雨也不陌生,她曾经在野史杂谈中见过,而且后面的几句她也记得清清楚楚。到这里如果有人能记得这首数字诗,这道题难度就近乎无,但是要是到这里还不记得,且第一个提示又那么坑害人,那答题基本都只能乱猜了。

叮!倒计时结束。一转头,萧暮雨发现身边的人都在了,而就在提示音结束后,她发现每个人头上都飘着一个金色的数字。

沈清秋:8分

苏瑾:2分

陈楷杰:2分

左甜甜:4分

没有人扣分,那就是赚了!

苏瑾几个人睁开眼时脸色都有些苍白,很显然被吓得够呛,平复下心情后,他们也赶紧看了一下分数,然后都是喜出望外。

"所以这一局游戏就是九连环,是吗?"陈楷杰兴奋地道。

萧暮雨"嗯"了一声,话音刚落,桌子上的黑布倏然被掀开,露出上面摆放着的五个九连环。

沈清秋盯着那九连环,皱眉道:"第一个提示给的真是阴险,九个感染者,一个环,要不是之前它说是动手类益智游戏,又需要道具,我都没想到九连环。况且那一下这么突然,是不是吓到你们了？"

萧暮雨淡淡地点了下头："嗯。"

苏瑾、左甜甜都没多说什么，陈楷杰心有余悸地道："是啊，这设定太阴险了，我还在那儿紧张地盯着那小屏幕，结果几个感染者从旁边突然冲出来，吓得我魂都飞了，什么都不知道了。"

沈清秋没有取笑陈楷杰，她当时都惊了。只是她这个人胆大包天，一看到感染者冲来便后退一步，直接一刀劈过去。一击落空，她就发现那是假的。恐惧会迷惑双眼，也会影响人的判断，而沈清秋很快就冷静了，也就看到了那上面的信息。

她历来就洒脱，想到九连环后她也懒得看后面的东西了，毕竟她的积分多得吓人，即使扣5分她也不在意。

陈楷杰有些不好意思地道："来第一个提示时我被感染者吓惨了，什么都没看到。第二个什么格雷码，我也不明白是什么东西。还是多亏了那首数字诗，我想到了下一个是'9'，就猜了九连环。"

苏瑾补充道："那首诗传闻是卓文君写给司马相如的，后一句是'九连环从中折断，十里长亭望眼欲穿'。我知道后一句，就写了九连环，那个格雷码我也不懂什么意思。"

左甜甜有些开心："我大学时的室友就喜欢玩九连环，我当时试了一下怎么都解不开，然后去搜了一下，看着好复杂，我头都晕了。但就是记住了里面说的，九连环的解法和格雷码是一致的。我也不懂什么是格雷码，看到这个第一个想到的就是九连环，所以我才填的。"

几个人在分享解题历程，萧暮雨认真听着，同时人已经走到了九连环跟前。此时播报声音继续响起：

"恭喜诸位成功猜出本轮游戏——九连环。接下来开启第二个环节，巧解九连环！请认真听游戏规则。

"第一：所有活着的队员都必须参与解九连环的环节，限时二十分钟；第二，一旦开始，在系统没有指示之前，所有人员之间不允许语音指导，不允许手动帮忙，不允许观看队友步骤超过十步，上环和下环都算一步，且所有队员都通关才视为游戏结束；第三，一旦有人违规出声，直接扣除一分钟，违规动手帮忙扣除十分钟。如果游戏失败，失败队员将直接淘汰。注意，一旦接手他人的解环任务，接手玩家如果挑战失败，则两人一起淘汰！请认真研究如何通关，给你们三十秒时间简单交流，一动九连环就视为游戏开始！"

这几条规则一说完，所有人脸色都变了，尤其是第一条规则，那弦外之音就是——要想不参与，除非不想活。这不是变相淘汰不会玩的队员吗？而且，这条规则基本上切断了他们依赖一个人通关的所有可能性。

但此时不是纠结于这条规则的时候，萧暮雨迅速开口道："没玩过九连环的举手！"

话语简单有力，苏瑾他们信任萧暮雨，并没有犹豫，当下苏瑾和沈清秋举起了手。左甜甜快速道："我只是玩过但没通关过，已经过去一年多了。"

"我上学时玩过，但是很多年了，我不确定我能不能在这么短时间内解出来。"

萧暮雨看了眼沈清秋，沈清秋和苏瑾齐齐摇头："没碰过。"

萧暮雨脸色有一丝细微的波动，但是很快就恢复了往日的冷静。因为时间关系她语速很快，但是说话清晰流利，丝毫不见慌张，在一定程度上稳住了一群人的心。但是玩过九连环的陈楷杰手心都在冒汗，就他了解的，第一次玩九连环，如果没人指导，玩四五个小时都是正常的。若是提前研究了方法的聪明人第一次玩，需要三四十分钟，甚至更久。普通人在长期训练后，才能做到在十分钟以内解开九连环。而解九连环最快的世界纪录是在三分三十秒。

"请记住重点！九连环游戏的目的是解下所有的环，从右往左，一共九个环，分别为1、2、3、4、5、6、7、8、9。苏瑾、清秋，你们看着，上环、下环都是从杆的中间进出。九连环核心的法则就是一句话：你想上或者下这个环，那么它前一个环必须在，并且除它之外右边所有的环都必须不在杆上。举例，你要下第七环，那么第六环必须在上面，第一环到第五环都必须下去，下第九环，则第八环必须在上面，第一环到第七环必须下……依次类推，能否理解？"

萧暮雨说话时，所有人都在看着眼前的血红色九连环，几人顿时快速点头表示明白。

"所以要想解后面的，必须先解前面的，我们的操作是从第一环开始下到第九环，五步可以拆完五个环，所以前五个环我会慢一点操作，你们跟着我。操作慢的人重复练习前三环的操作，不要怕不要急，相信我。如果懂格雷码，你们就记着，'1'表示在环上，'0'表示在环下，九连环一共三百四十一步，第一步的格雷码就是'111111111'，代表的十进制是第三百四十一步中的'341'这个数字。"

刚说完，倒计时结束，而那边二十分钟的计时已经开始了。

【"灾难G市"副本未完待续，敬请期待】

005号 1

副本加载中……
各位玩家请等待!